一鬼夜行　つくも神会議

小松エメル

ポプラ文庫ピュアフル

目次

登場人物紹介

喜蔵《きぞう》
古道具屋「荻の屋《おぎや》」店主で、妖怪も恐れる閻魔《えんま》顔。明治五年の初夏、自宅の庭に小春が落ちてきて以来、妖怪沙汰《ざた》に巻き込まれる羽目に。

小春《こはる》
見た目は可愛らしくも大食らいの自称・大妖怪。元は龍《りゅう》という名の猫股だったが、とある事情から鬼に転身。猫股の長者との戦いで力を失い、「荻の屋」に居候している。喜蔵の曾祖父・逸馬《いつま》とも関わりがあった。

深雪《みゆき》
人気牛鍋屋「くま坂」の看板娘。喜蔵の異父妹で、ともに暮らしている。

綾子《あやこ》
裏長屋に住む美貌の未亡人。男を呪い殺す妖怪・飛縁魔《ひえんま》に憑《つ》かれていた。

彦次《ひこじ》
喜蔵の幼馴染の貧乏絵師。男前なのに、女好きで情けない性格。勘が鋭く、しばしば妖怪に目を付けられる。

「荻の屋」の妖怪たち

最古参で皆のまとめ役である硯《すずり》の精《せい》を筆頭に、堂々薬缶《どうどうやかん》、前差櫛姫《まえざしぐしひめ》といった付喪神《つくもがみ》や、禍福をいざなうまねき猫の小《こ》梅《うめ》など、さまざまな妖怪が出入りしている。

七夜《しちや》
九官鳥の経立《ふったち》。裏長屋の大家・又七《またしち》に飼われている。

多聞《たもん》
腕にある複数の眼で他者を操る妖怪・百目鬼《どうめき》。できぼし、勘介《かんすけ》という人外の者と行動を共にしている。喜蔵を気に入り、事あるごとにちょっかいを出してくる。

花信《かしん》
天狗たちの宗主で、荻の屋の裏手にある山に棲んでいた。小春の因縁の相手。以前、深雪とある「契約」を交わしていた。

弥々子《ややこ》
神無川《かんながわ》に棲《す》む河童《かっぱ》の女棟梁《とうりょう》。喜蔵の曾祖父・逸馬とも交流があった。

岬《みさき》
どこの川にも属さぬはぐれ河童。

アマビエ
永遠の命を与える力を持つといわれる謎の妖怪。

小松エメル

つくも神会議

一鬼夜行

荻の屋の朝

浅草《あさくさ》の古道具屋・荻の屋《おぎや》――ここに住まう妖怪たちの朝は早い。

店主である荻野喜蔵《おぎのきぞう》が特別早起きなので、彼が目を覚ます前に、彼らは妖怪としてやるべきことがあった。

「……皆の者、よいか？　今日こそは、鬼兄妹を驚かせるのじゃ！」

心してかかれよ――そう声を潜《ひそ》めて言ったのは、荻の屋の作業台の上に立った茶杓の怪《ちゃしゃくのかい》だ。茶杓から手足がにょきっと生え、目鼻口が浮きでている彼は、付喪神《つくもがみ》という妖怪の一種である。百年近く経《へ》た道具が命を得て変化《へんげ》したのを付喪神というらしいが、中にはたった数年で彼らの仲間入りを果たした者もいる。荻の屋の中では、前差櫛《まえざしぐし》の妖怪・前差櫛姫《まえざしぐしひめ》がそうだった。

「心してかかってほしいのは、茶杓の怪あんたの方よ。この前失敗したのは、あんたが居間に入るなり布団につまずいて、『ぎゃー』とみっともなく悲鳴を上げたからでしょ？　あれで喜蔵が起きちゃって、悪戯《いたずら》の一つもできなかったんじゃないの」

人間の親指ほどの大きさしかないが、態度は人間よりもよほど大きい前差櫛姫は、愛らしい顔に冷ややかな表情を浮かべて言った。彼女の周りにいる妖怪たちは、顔を見合わせて「確かにな……」と頷《うなず》きあった。

「そ、それを言われると弱いが……ええい！　わしなどよい方じゃ！　しゃもじもじなど、数えきれぬほどしくじっているだろうに！」

「な、なんだと!?……わっ！」

ちょうど作業台に上りかけていたしゃもじもじは、急に矛先《ほこさき》を向けられ、焦《あせ》りのあまり土間に落下しそうになった。それを防いだのは、しゃもじもじの細い腕を摑《つか》んだ釜《かま》の怪。それぞれ、しゃもじと釜の付喪神であり、血の繋《つな》がりなど一切ないのだが、二妖は兄弟として知られている。

「確かに、弟はこれまで何度もしくじった。布団につまずいた上、喜蔵の顔にかけようとした枯れ葉を自ら被《かぶ》ってしまったり、手に持っていた蜘蛛《くも》の糸に絡まり泣きだしたり、あまつさえ堂々《どうどう》薬缶《やかん》から湯を汲《く》もうとして誤って中に入り、『地獄《じごく》焚《だ》きだー！　助けてくれ喜蔵ー！』と驚かす相手の名を呼んでしまったり……だが、どれも大したしくじりではなかろう」

しゃもじもじを作業台に引き上げながら、釜の怪は唇を尖《とが》らせて言ったが、彼の言に頷く者は一妖もいなかった。

ごほん、と咳払《せきばら》いをしたのは、硯《すずり》の付喪神であり、妖怪たちのまとめ役ともいうべき硯の精だった。

「……今日はどう驚かせるつもりだ？」

落ち着いた声音を出した硯の精に、その場にいた妖怪たちは表情を引き締め、真剣に話しだした。

「まずは、このいったんもめんが閻魔《えんま》商人の首に巻きつき、絞め上げてみせよう」

布の妖怪いったんもめんの提案に、皆は首を横に振った。

「絞め上げたら窒息《ちっそく》する。誤って殺してしまったら、ことだ」

「そうじゃそうじゃ。閻魔の命などどうでもよいが、鬼姫《おにひめ》に怒られるのは勘弁じゃ」

釜の怪の言葉に、茶杓の怪はぶるりと身を震わせながら同意した。喜蔵の妹の深雪《みゆき》が彼らから鬼姫と呼ばれているのは、可憐《かれん》な見目に似つかわしくない強い意志の持ち主だからだろう。

――鬼姫は、まことに鬼ですよ。うちにも姫はいますが、あの方は表情がなくて言葉はきついものの、根はとても優しいんです。でも、鬼姫は違う……まさに閻魔の妹に相応《ふさわ》しい恐ろしい人間なんです！……だって、私がちょっと閻魔商人の血を吸っただけで、ひと月も口を利いてくれなかったんですよ!?　私が泣いて謝るまで、視界にも入れてくれなかったんですから……え？　ちょっとはちょっとですよ。閻魔商人が貧血で斃《たお》れたくらいでそんな……。

などと言っていたのは、荻の屋によく出入りしている桂男《かつらおとこ》という妖怪だった。絶世の美男子という見目をしているが、気が弱く、情けない。それでいて、狡猾《こうかつ》なところもあり、荻の屋の兄妹にはよく怒られている。彼は引水《ひきみず》という地で、ある女性を守っているため、以前ほど頻繁に店に来なくなった。いてもさほど役に立たぬので、今宵《こよい》の彼の不在を嘆《なげ》く者はいない。

「煮えたぎった湯を閻魔商人の全身に浴びせようか？」

「堂々薬缶、あんたって本当に馬鹿ね。喜蔵に大火傷《おおやけど》させたら、あたしがあんたをこらしめるわよ」

「前差櫛姫よ、阿呆《あほう》は相手にするな。やはりここは、この小太鼓太郎《こだいこたろう》の出番だろう！　腹《はら》鼓《つづみ》を奴《やつ》の耳許《みみもと》でどんどん鳴らしてやる！」

小太鼓の妖怪・小太鼓太郎は自らの腹を叩《たた》く真似《まね》をしながら、高笑いして言った。

「そりゃあ、駄目だ。閻魔商人といえど、鼓膜が破れる」

「いったんもめんに止められるとは……」

よよよ、とよろめいた小太鼓太郎は、居間と店を隔てている襖《ふすま》を見て、ぴしりと固まった。

「どうした？　太郎……!?」

声を掛けた釜の怪も、その隣にいるしゃもじもじも、小太鼓太郎と同じ様子になった。

「何だ、お前たち。そんな驚いた顔などして――」

襖を振り返りながら言った茶杓の怪も、そばにいた堂々薬缶も固まり、店の中を飛び回っていたいったんもめんも、動きを止めた。

「何よ？　急に黙って」

「皆、一体どうしたのだ？」

同時に言った前差櫛姫と硯の精は、皆の視線の先を見て、息を呑《の》んだ。閉まりきっていたはずの襖に、わずかな隙間《すきま》が空いていた。

そこから覗《のぞ》いているのは、血走った目をし、怨念《おんねん》に満ちた表情を浮かべた、青白い面《おもて》

――

「……ぎゃあああああ！　悪鬼が出たあああ!!」

店の中にいた妖怪たちは、一妖残らず悲鳴を上げて、脱兎《だつと》のごとく逃げだした。付喪神たちは、元通りの道具に変化し、店の所定位置にさっと並び、他の妖怪は人間の目には見えぬように姿を消してみせた。三つも数えぬうちの出来事だった。

「……妖怪のくせに、逃げ足が速い」

呻《うめ》くように言ったのは、襖を開け放った喜蔵だ。何やら騒がしい気配がすると店を覗いてみたら、案の定妖怪たちがよからぬ相談をしているところだった。文句を言う前に消えてしまったため、喜蔵はむっと顔を顰《しか》めた。その表情はますます恐ろしく、店の中にいる妖怪たちは皆、内心震えあがっていたのだが――

「妖怪だって、悪鬼に会っちまったら、そりゃあ一目散に逃げるだろ」

くくくっと笑いながら言った相手を、喜蔵は振り返ってぎろりと睨《にら》んだ。「おお、おっ

かねえ顔。やっぱり悪鬼だ」と怯《おび》えた様子もまるで見せずに言った少年は、喜蔵の布団の横に敷かれた布団の上に半身を起こし、頬杖《ほおづえ》をついている。

薄暗い部屋の中でも目立つ、金と赤茶と黒が混ざった斑模様《まだらもよう》の長髪に、赤みがかった鳶《とび》色の瞳。少女のように可愛《かわい》らしい顔に、小馬鹿にしきった表情を浮かべた少年は、名を小《こ》春《はる》という。

「……鬼は貴様だろうに」

何度口にしたのか分からぬ台詞《せりふ》を述べた喜蔵に、小春は牙《きば》のように尖った八重歯《やえば》を見せて言った。

「おう！　猫股鬼《ねこまたおに》の小春さまと言うのは、この俺さまのことよ！」

わーっはっはー！　と小春が笑い声を上げた途端、居間の真ん中に立ててある衝立《ついたて》が、ごそりと揺れた。小春は浮かべていた笑みを凍りつかせ、喜蔵は引き結んでいた唇をぴくりと動かした。

「……煩《うるさ》い」

衝立の向こうから聞こえた、珍しく不機嫌《ふきげん》な少女の声に、荻の屋の皆は震え上がった。

「ごめんなさい……！」

小春のみならず、喜蔵や店の中にいる妖怪たちまで声を合わせ、思わず謝った。衝立の向こうに寝ているのは、鬼姫こと荻野深雪――

「いや～朝はまだだったな！……もうちょっと寝ようぜ、喜蔵」

「……」

そそくさと布団の中に入りながら言った小春に、渋面を作った喜蔵は無言で従った。
荻の屋の朝は、深雪が「おはよう」と言った時に始まると、この日決まった。

付喪神会議

浅草《あさくさ》の古道具屋・荻《おぎ》の屋《や》に、夜が訪れた。

鬼も夜になれば、床《とこ》につく——もっとも、その鬼はまことの鬼ではない。

「寝たか!?」

「寝た寝た！　ぐっすりだ、兄者！」

釜《かま》の怪《かい》の問いに、居間を覗《のぞ》いていたしゃもじもじは、ぴしゃりと障子《しょうじ》を閉めながら答えた。道具として生まれた彼らは、長い年月を経《へ》て特別な命が宿り、付喪神《つくもがみ》となった。付喪神は皆、変化《へんげ》の力を持っている。彼らのそれは、人間に化ける狐や狸《たぬき》とは違い、道具の表面に目鼻口が浮きでて、横からにょきっと手足が生えるといったささやかなものだ。

「これ、そこの兄弟！……大きな音を立てるな」

茶杓《ちゃしゃく》の怪は、ぴょんと跳ねながら注意した。店中央の棚の上には、茶杓の怪をはじめ、付喪神たちがひしめいている。彼らを照らしている青い光が、「鬼火《おにび》」と呼ばれる妖怪であることを疑問に思う者などここにはいない。

「三つ目《みめ》が結界を張ってくれたのだから、どんなに声を上げても居間には届かんさ」

ぽんと身を叩《たた》きながら、小太鼓太郎《こだいこたろう》は笑った。名の通り、小太鼓が変化した彼の横には、人間の姿そっくりの前差櫛姫《まえざしぐしひめ》がしどけなく座っている。

「ちゃんと張れてるのかしら？　あの子何考えてるのか分からないから、どうも不安なのよねえ。いつも結界を張ってくれてた桂男《かつらおとこ》がいれば、こんな心配なんてせずに済んだのに」

前差櫛姫は桜色の唇を尖《とが》らせて言った。大きさは人間の親指程度しかなく、可憐《かれん》で愛らしい見目をしているが、荻の屋に住まう付喪神たちの中で一等気が強い。

「引き受けてもらえただけ、有難いではないか。引水《ひきみず》にいる桂男をわざわざ呼びだすわけにはいくまいし、撞木《しゅもく》もいったんもめんも、結界張りを頼む前に出ていってしまったのだから」

諭すように述べたのは、皆から一歩下がったところに端座する硯《すずり》の精だった。さる藩の若君に大切にされ、紆余《うよ》曲折《きよくせつ》を経て浅草に来た彼は、この場で最も年嵩《としかさ》だ。

「そういえば、ここに来る途中、いったんと会ったぞ。『今宵《こよい》も収穫などないだろうが、せいぜい励めよ』と……奴《やつ》はもめん仲間とどこかで酒でも引っかけてくるつもりらしい」

「あたしも、撞木さんとばったり会ったんだったわ！　『付喪神会議なんて、人間がする会議くらいくだらないのに、よくも何十年と続けられるね』と言ってたっけねえ」

客妖らしく末席にいた印籠士《いんろうし》と青行灯《あおあんどん》が、思いだしたように言った。御徒町《おかちまち》の古道具屋・竹屋《たけや》に居ついている、印籠と行灯の付喪神である。ここに来るのは、七度目のはずだ。その数はすなわち、付喪神会議に参加した数でもある。

付喪神会議は、浅草界隈《かいわい》の付喪神を中心として結成された。成立は数十年前といわれているが、定かではない。はじめは、縄張り争いの決着をつけるために開かれたようだが、時代が変わった今は、相互扶助《ふじょ》的なものに変わりつつあった。異国の文化が入ってきてからというもの、妖怪の存在が希薄になりつつあるせいだろう。といっても、大した話はしておらず、近況や愚痴《ぐち》を語り合うのが常だった。開催も不定期であるため、ひと月に一度の時もあれば、半年に一度の時もある。妖怪らしく、適当なのだ。

「撞木もいったんもそんなことを申していたのか……いつも素直に席を外してくれるが、内心面白くないのかもしれぬ。同じ妖怪なのに、仲間外れにされたと気にしていないとよいが」

「仲間!? はんっ、冗談じゃない!」

提灯左衛門《ちょうちんざえもん》は、ぴかぴかと身を点滅させながら、硯の精の言葉を鼻で笑った。以前、荻の屋にいた彼は、二年前に買われていった後も、会議のたびに家を抜けだしてここに来る。

「拙者《せっしゃ》らはただの妖怪じゃない! 特別な才があったから、こうして妖怪として目覚めたのだ! 生まれついての妖怪と一緒にされては困るな!」

「あちこち破れているくせに、えらそうに。そんな見目でも買ってもらえたなんて奇跡よ。さっさと家に帰って、ご主人さまにご恩返しでもしたら?」

「前差櫛姫！　相変わらずだな！　姫の名を返上してほしいほどの口の悪さ……うわっ、やめろ！」

櫛を振り回し襲いかかってきた前差櫛姫から、提灯左衛門は悲鳴を上げつつ逃げだした。

「見目のことを言われると、私は何も言い返せぬなあ……」

苦笑をこぼした三味長老《しゃみちょうろう》は、上野《うえの》の隠居老人の許《もと》で妖生を過ごしている。老人と出会って、五十年も経《た》つというのだから、随分と古い付き合いだ。元は、今はなき浅草の古道具屋にいたという縁で、付喪神会議に参加するようになった。硯の精に続く老齢だが、二妖とも会議の発起《ほっき》妖は知らなかった。違う土地に流れてしまったのか、すでにこの世を去っているのか——付喪神は妖怪らしく長命だが、寿命はある。

「見目もよく、素晴らしい音が鳴ると引く手あまただった頃が嘘《うそ》のようだ。以前の持ち主が少々手荒な御仁《ごじん》でな……自分の腕が至らぬのを棚に上げ、『よい音など出ぬではないか！』と憤慨されて、壁にぶつけたのだ。ご主人は、雇い主であるその御仁に私を押しつけられて以来、五十年も大事にしてくれている。あちこち傷だらけで、よい音も出せぬおんぼろ三味線だというのに……」

「そんなことはない！」と力強く励ましたのは、拳《こぶし》を握りしめた硯の精だった。

「お主は、作られて百年経ってから付喪神になったのだろう？　それほどの月日が流れれば、あちこちに綻《ほころ》びが出てくるものだ。ひびが入ったり、欠けたり、色褪《あ》せたり……大抵は嫌がられるが、それを味だと認めてくれる人間もいる。お主の主人は、お主を丸ごと愛しているから大事にしているのだ」

三味長老は目を潤《うる》ませて頷《うなず》いたが、他の皆は得心がいかないようだった。

「そんな奇特な人間は、三味長老の主人以外におらぬ」

「こんな古くて壊れてるものなどいらん！　捨ててやる！……人間なんてそんなものよねえ」

「拙者らのような命が宿っていることも知らずにな！」

茶杓の怪と青行灯、提灯左衛門が言うと、棚の上で端座していたどんどん土瓶《どびん》が、むくりと立ち上がった。その拍子に、土瓶の口から湯がこぼれ落ち、かかったしゃもじもじが「ぎゃあ！　あっつい！」と喚《わめ》いた。

「人間は、まっこと勝手な生き物でござる！　巨大な目が二つもついているのに、周りを見ない。真贋《しんがん》を見極める？　ただ見るだけでも無理なのに、できっこないでござるな」

鼻息荒く主張したどんどん土瓶に、前で胡坐《あぐら》をかく扇子《せんす》の付喪神・セン子は頷いた。この二妖は、浅草界隈の長屋で暮らしているが、無論、家主は彼らの正体に気づいていない。

「真贋を見極められたら、素晴らしい逸品が世の中に埋もれることなどなかった。長い歴史の中で、見向きもされず散っていった同胞《はらから》を思うと……よよよ」

「よよよと申すが、お主ちっとも涙が出ておらぬぞ」

呆《あき》れ声を出した硯の精は、付喪神たちを見回して、身体《からだ》を横に傾けた。首を傾げたつもりだが、変化中も硬い硯のままのため、他の付喪神たちのように柔らかい動きができない。

「……そういえば、今屋《いまや》の者が一妖もおらぬな」

硯の精が呟《つぶや》くと、一瞬沈黙が降りた。骨董屋《こっとうや》・今屋は、荻の屋と同町に存在するが、それぞれ町の両端《りょうはし》に店を構えているため、店主たちは顔を合わせる機会すらほとんどない。しかし、今屋には付喪神が五妖もおり、荻の屋とは浅からぬ縁があった。

「そんなのいつものことだろ」

小太鼓太郎が舌打ち混じりに言うと、「そうだとも」「そうでござる！」「当たり前よね」と同意の声が上がった。「そうなの？」と疑問を口にしたのは、センチだった。

「お前がこの会議に出るのは、二度目か……同じ浅草にいるというのに、今屋の連中はちっとも顔を出さない。まったくしようのない奴らじゃ」

「いくら誘っても駄目なのだろう？　俺たちなどわざわざ御徒町から来てるのに！」

茶杓の怪は呆れた顔で、印籠士は頰《ほお》を膨《ふく》らませて言った。

「あいつら、揃《そろ》いも揃って嫌みたらしいのよね……ああ、思いだしただけで腹が立つわ！」

「分かるぞ、姫。あの慇懃《いんぎん》無礼な口調がまた、どうにもむしゃくしゃするんだろう？」

「お高くとまってるものねえ。『私たちは骨董屋の品ですので、古道具屋上がりのあなた方とは違います』とか……どっちも似たようなものでしょうに。何であそこまで自信満々にいられるのか、不思議でならないわよねえ」

悪口を並べる付喪神たちに、硯の精は驚いた顔をしたが、すぐにふっと笑いだした。

「皆、楽しそうでいいなあ」

「ちっとも楽しくない！」と声が揃った時――

「おやおや、それほど楽しみにしてもらっていたとは。生憎《あいにく》私たちはどこかの古道具たちと違って、多忙でしてね」

付喪神たちは一斉に、馬鹿にしきった声が聞こえた表戸の方を見た。少し開かれた戸の前には、琴の付喪神・琴古主《ことふるぬし》、鳥兜《とりかぶと》の付喪神・鳥兜丸《とりかぶとまる》、水差しの付喪神の差江《さえ》と水瀬《みなせ》、鈴の付喪神・鈴王子《すずおうじ》――今屋の付喪神たち五妖が、佇《たたず》んでいた。

「三つ目の奴……やっぱり手抜きしたわね!?」

地団太を踏みながら、前差櫛姫は喚いた。

「琴古主殿、本当のことを言っては失礼ですわ。少しは気を遣って差し上げないと」

「うふふ……差江に賛成です。たとえ相手が格下の付喪神だからって、袖《そで》にするのは可哀《かわい》想《そう》でしょう？　私たちは慈悲深い付喪神ですもの」

ねーと顔を見合わせて、差江と水瀬は頷き合った。双子のようにそっくりな顔をしているのは、同じ職人が作ったからだろう。よく見れば、形や造作は異なっているものの、そこに気づく者はあまりいなかった。

最初に発言した琴古主は、美しい見目の通り、極上の音色を奏でるという。鳥兜丸は、非常に華やかな兜だ。舞楽用なので目立つ方がよいのだろう。鈴王子は一見特徴がない小ぶりの鈴だが、大変材質がよく、価値が分かる者なら涎《よだれ》を垂らして欲しがる逸品らしい。

頭は鳥、首から下は人間の形をした烏兜丸を除いて、彼らは皆、人間そっくりの姿をしている。大きさが猫くらいでなければ、人と見間違えてしまうだろう。平安貴族のような装束《しょうぞく》を身につけた今屋の付喪神たちは、顔立ちも醸《かも》しだす雰囲気も、涼しげで雅《みやび》だった。

「しかし、なんともまあ……相変わらずじめじめとして陰気臭い店よの」

「うふふ。烏兜丸ちゃんも正直なのだから」

青行灯が言った「お高くとまっている」を体現したような琴古主たちに、荻の屋に住まう薬缶《やかん》の付喪神・堂々薬缶《どうどうやかん》は顔を真っ赤にして叫んだ。

「お前ら……一体何をしに来た!?」

「どうせ自慢話でもしに来たんでしょ？　誰も聞いてくれる相手がいないものねえ」

前差櫛姫の台詞《せりふ》に、今屋の付喪神たちは、太くて丸い眉をぴくりと動かした。

「これは異なことをおっしゃる。私たちは日々高みを目指して励んでいます。皆が褒《ほ》めてくるので、自慢話などする必要はありません――誰にも褒められないあなたたちと違って」

「あんたたちみたいな面白みのない道具が褒められる？　妄想じゃないの？――あら、ごめんなさい。あたしったら、素直で可愛《かわい》くて美しいから、つい本当のことを言っちゃった。でも、高値なだけで実は趣味が悪いってことを黙ってたんだから、大目に見てよね」

前差櫛姫は袂《たもと》で口許を隠して言ったが、肩が震えているので笑っているのが見え見えだ。

「……相変わらず口が悪い。こうなってはいけないという見本よの」

「烏兜丸、怒らないでくださいな。親切な方々ではありませんか。わざわざ嫌な例を見せてくださるんですもの。願ってもこんな風にはなれぬので、大きなお世話ではありますが」

「差江が言う通り、私たちにはまるでかかわりがなさそうですね」

水瀬が肩をすくめてうふふと笑うと、鈴王子がひと際《きわ》大きな声で続けた。

「もしかかわりができようものなら、この姿で浅草中を腹踊りで練り歩きます！……つまり、天地がひっくり返ってもありえないことでしょう！」

琴古主たちは、鈴王子の言葉にどっと笑い声を上げた。彼らを半眼で睨《にら》んだ後、他の皆は顔を見合わせてこそこそ言い合った。

「……おい、そろそろいいのではないか？」

「お、殺すか？　殺すか？」

「いきなり殺すのは止めようぞ。じわじわ嬲《なぶ》るのがよかろう」

「殺すのも嬲るのも不可だ！　ちょっと懲《こ》らしめてやればよいじゃないか」

「懲らしめるったって、一体どうやって？」

「それはだなあ……」

茶杓の怪が考えている間に、いつの間にか距離を詰めていた今屋の付喪神たちは、「なんて下品な妖《あやかし》たちなんでしょう」と含み笑いしながら言った。

「うわ、耳許で不気味な笑い声を上げるな！」

　堂々薬缶は叫びながら後ろに跳んで、前差櫛姫によりかかろうとした。

「不気味なのはどちらです。せっかく顔を出してあげたのに、私たちを貶《おとし》めようなんて……うふふ、流石《さすが》は三下妖怪。たまたま変化できた方々らしい振る舞いですこと」

「たまたまですって？　馬鹿なことを言わないでよね！」

　堂々薬缶を足蹴《あしげ》にしながら、前差櫛姫は眉を顰《ひそ》めて言い返した。

「あたしたちが付喪神になったのは、優れていたからよ。ただの道具のままではもったいないから、命と力が授けられて――」

「うふふ。あなた方のどこがそれほど優れているのか、私には分かりかねますね」

　前差櫛姫の言を遮《さえぎ》って言った水瀬に、今屋の付喪神たちは口々に同意を示した。

「……本当に腹が立つ！」

　前差櫛姫は、わなわなと震えながら、髪を飾る櫛に手を掛けた。このままでは、今屋の付喪神たちに襲いかかってしまう――戦いの気配を察した皆は、慌てて声を上げた。

「な、何を申す今屋の者たち！　聞き捨てならないぞ！」

「そうとも！　えーと、その……俺も聞き捨てならん！」

　釜の怪としゃもじもじが叫ぶと、琴古主たちは揃って呆れた表情を浮かべた。

「自身の力も分からぬから、いつまで経ってもその有様というわけですか……哀れですね」

「たとえ力量が知れたとしても、いくら修行に励んだところで、改善はしないでしょう」

「なんと、ますます哀れなことですねえ」

嘲笑《ちょうしょう》混じりに話す今屋の付喪神たちに、沈黙を守っていた三味長老が厳しい声で言った。

「……お前たちは他妖のことが言えるほど、力があるのか？　さも実力があるように話しているが、とてもそうは見えん」

「三味長老、奇遇じゃのう。実はわしもそう思っていたのじゃ」

「あら、茶杓の怪も？　じゃあ、こいつらは無力なくせに吠《ほ》えてたの？　あたしはこいつらに興味がないから妖力を測ったりしなかったけど……へえ、見た目通りなのねえ」

馬鹿にしきった顔で言った前差櫛姫に、琴古主たちは顔色を変えた。

「……馬鹿にするのも大概にしておけ」

鳥兜丸は冷ややかな声を出した。

「あら、最初に喧嘩《けんか》を吹っかけたのはそっちでしょう？」

「最初はそちらからだ。こたびよりもずっと以前に――」

「はあ？　ずっと以前っていつよ？　十年前？　二十年前？　百年前？　あたしそんなに婆《ばばあ》じゃないから、昔のことなんて知らないわ。そもそも、あんたたちはそんなに昔から今屋にいたの？　つまり、ずっと売り手が見つからなかったのね……ぷっ、あはは っ！」

堪《こら》えきれずにふきだした前差櫛姫に、皆も倣《なら》って笑いだした。遠慮せず笑いつづける付喪神たちは、今屋の者たちが打ち震えていることに気づかなかった。

「待て！　こんなところで力を発するでない！」

　仲間を庇《かば》うように、硯の精は前に躍りでて叫んだ。その大音声に、皆は息を止めた。笑い声がぴたりと止まったおかげで、その場に満ちている妖気に気づいた面々は、さっと蒼《あお》褪《ざ》めた。調子に乗り過ぎたか――皆の脳裏には、そんな考えが浮かんだ。

　今屋の付喪神たちは、一様に昏《くら》い表情を浮かべ、強い妖気を発している。彼らから伝わってくるのは、敵意だけだった。

「久方ぶりにお前たちに会えて、調子に乗り過ぎたのだ。我に免じてどうか許しておくれ」

　前に身体を傾けた硯の精を、今屋の面々はじっと見下ろした。

「……分かりました。あなたに免じて許しましょう」

　琴古主が厳《おごそ》かに述べたため、硯の精はほっとした様子で顔を上げた。しかし――

「もっとも、他の皆がどう言うかは分かりませんが。どうです、皆さん」

　琴古主は後ろにいた仲間たちに問いかけた。

「うふふ、許しません」

　即答したのは、水瀬だった。

「以前から無礼な態度を取られていましたが、我慢してきました。しばし頭を冷やす時を与えれば、それも少しは改善されるかと……とんだ思い違いをしていました。馬鹿とは話し合っても、意志が通じ合うことなどないようですね。うふふ」

「馬鹿とは何だ、馬鹿とは！」と叫ぶ堂々薬缶を無視して、差江が言った。

「水瀬の言う通りです——私も御免被《こうむ》ります。生まれや育ちのみならず、道具としても妖怪としても差は歴然としています。仲良しこよしなどできるはずがありませんよ」

「自分より劣《おと》る者に意見されるのも腹が立つものよ。許しがたいといえば、許しがたい」

頷きながら述べた鳥兜丸に、鈴王子は「右に同じく！」と声を上げた。

「……昔は知らないけど、今日喧嘩を売ってきたのはそっちよ。それなのに、全部こっちが悪いと言い張るの？」

低い声音を出した前差櫛姫に、差江は冷笑を浮かべて返した。

「人間のようなことを言いますね……妖怪は力がすべてでしょう。それとも、あなた方は人間なのですか？　どうりで、妖力をほとんど感じられぬわけですね」

前差櫛姫と差江は、同時に跳んだ。前差櫛姫は櫛を構え、差江は口を鋭く尖らせた。それぞれの武器の切っ先が、相手の喉《のど》を突くかという瞬間——

「……煩《うるさ》い。こんな夜中に何をしている！」

押し殺した声が割って入った。付喪神たちは、声がした方を一斉に振り返った。

青い鬼火に照らされて、青白い閻魔《えんま》が、肩を怒らせ立っている。

「ぎゃ……ぎゃあ——出たああ!!」

付喪神たちは悲鳴を上げながら、一目散に荻の屋から逃げ去った。その中には、なぜか荻の屋に住まう付喪神たちも含まれていたのだが——

その場に残ったのは、硯の精と前差櫛姫、そして声を張り上げた喜蔵《きぞう》だけとなった。

「化け物はお前らの方だろうに……」

櫛を自分の髪に挿し直した前差櫛姫は、ぴょんぴょんと跳び、ぽつりとこぼした喜蔵の頭に乗った。小さな手で喜蔵の頭を撫《な》でながら、前差櫛姫は溜息《ためいき》混じりに言った。

「気を落とさないで、喜蔵。確かに化け物よりも化け物じみた風貌をしているし、そのせいでこの前あの女に振られたばかりだけれど、あたしはそんな喜蔵を可愛く思っているのよ？　あたしの好意があれば、他にいくら嫌われようとへっちゃらよね」

喜蔵は先日、裏長屋《うらながや》に住む綾子《あやこ》に振られたばかりだった。

「喜蔵、お主の顔は化け物のようだが、心根は優しい――時もある。その辺の妖怪よりもひねくれておるが、気にすることはない。綾子のことは……いや、そもそも釣り合いが取れていなかったとは思っておらぬぞ。鬼と美女というのは、古来よりよくある組み合わせ……さあ、いつも起きる刻限までまだ時がある。床に戻って寝た方がよいぞ！」

前差櫛姫が広げた傷口に、硯の精から塩を塗りこまれ、喜蔵は諦《あきら》めの息を吐いて踵《きびす》を返した。床について間もなく、歌が聞こえてきた。あまりにも心地よい歌声だったため、耳許で歌う前差櫛姫を制する前に、喜蔵はうとうとしだした。衝立《ついたて》を立てた横で寝ている妹の深雪《みゆき》は、付喪神たちが騒いでいた時も、喜蔵が一喝《いっかつ》した時も、起きなかったらしい。

「……図太い娘だ。俺などよりよほど……」

ぼやいた喜蔵だったが、十も数えぬうちに再び眠りについた。

翌日——

「会議の決定により、荻野《おぎの》喜蔵——お前を立会人に命じる。古道具屋の付喪神と骨董屋の付喪神、どちらが優れているか白黒つけーろー！」

堂々薬缶の宣言と共に、小太鼓太郎が自らの鼓《つづみ》をドンドンと叩いた。中央の棚の上にいる彼の周りでは、付喪神たちがやんやと騒いでいる。作業台で商品を修繕している喜蔵は、彼らを見ようともしない。つれない主人の様子に、店中から文句の声が上がった。

「おい、なぜ無視をする！　これは一大事なのだぞ！」

「そうさ、そうさ！　兄者よ、もっと言ってやってくれ！　俺たち付喪神にとってはとーっても一大事なのだと！　それに、閻魔商人にもかかわりがあるということも！」

「釜の怪としゃもじもじの言う通りじゃ。相手はあの骨董屋だぞ。万が一、億が一、わしらが負けでもしたら、お前も悔しかろうに」

喜蔵は相変わらず手許に視線を向けたまま、「別段悔しくはない」と素っ気なく答えた。

「お前たちが勝とうが負けようが、俺にはかかわりないことだ。相手方の主人が骨董屋だからといって何だ？　どこのどいつだか知らぬが、そこの主人を哀れに思うくらいだろう」

鼻を鳴らした喜蔵に、付喪神たちは黙した。沈黙が降りたことを不審に思い、顔を上げた喜蔵は、ぐっと詰まった。作業台の前にずらりと付喪神たちが並んでいたからだ。真面《まじ》目《め》な顔をして喜蔵を見上げる付喪神たちに、喜蔵は仏頂面で問うた。

「そ奴は俺と深いかかわりでもあるのか？」

「あるとも――骨董屋の名は、今屋じゃ。今屋今次郎《こんじろう》」

重々しい口ぶりで述べた茶杓の怪に、喜蔵は眉間の皺《しわ》を深くした。

「何のかかわりもないが」

「な、なぬ……!!」

喜蔵の返事を聞き、茶杓の怪は素《す》っ頓狂《とんきょう》な声を上げ、堂々薬缶は土間に滑り落ちそうになった。釜の怪と硯の精は、顔を見合わせて首を傾げた。

「……しゃもじもじ、話が違うじゃないの！　喜蔵と今次郎には因縁があるって、自信満々に言ってたのはあんたでしょう!?」

前差櫛姫に詰め寄られたしゃもじもじは、ぶんぶんと激しく首を横に振って言い訳した。

「いや、そんなはずはない！　俺は見たんだ、閻魔商人と今屋が喧嘩しているところを！その時、皆は前日の会議疲れで昼寝の真っ最中、起きていたのは俺だけだった！」

「うむ……？　そういえば、以前『荻野今の乱だ！』と喚いていたような気もするが……」

硯の精がぽつりとこぼした言葉に、しゃもじもじが「そうだ！」と叫んだ時、

「俺は生まれてこの方、誰とも喧嘩をしたことがない」

喜蔵はきっぱり言いきった。付喪神たちは内心（そんなわけないだろ！）と言い返した。

「まことに覚えてないのか？　はあ～我が店の主はどうしてこう物忘れが激しいのだろう」

「……何が我が店だ」

喜蔵が低い声音を出すと、しゃもじもじは硯の精の後ろにさっと身を隠した。格好の隠れ場所を得てほっとしたのもつかの間、喜蔵はしゃもじもじをひょいっと掴《つか》み、目の高さまで持ち上げた。間近で睨まれたしゃもじもじは、「無念……」と言葉を残し、目を閉じた。

「妖怪のくせに情けない」

呆れ顔で言った喜蔵は、しゃもじもじを放り投げた。土間に落ちる前に、しゃもじもじを空中で捕まえたのは、買い物から帰ってきた深雪だった。

「鬼姫《おにひめ》……！　いや、深雪さま！　よくぞ助けてくれた！」

しゃもじもじは涙目で礼を述べ、深雪の胸に縋《すが》りつこうとしたが、喜蔵からの鋭い視線に気づき、慌てて近くの棚の上に飛び乗った。

「まだお昼前なのに、皆すっかり本性を露《あら》わにしているなんて、びっくりしたわ」

妖怪は、日中人前に現れない。荻の屋に住まう付喪神たちも、朝昼は大人しくただの道具のふりをして店に並んでいる。日が暮れた頃から徐々に本性を露わにし、夜には人間のように会話する。喜怒哀楽がはっきりした様は、喜蔵よりもよほど人間らしく見えた。そんな彼らでも、朝昼には変化しないという鉄則を守っていたが、今日は違った。

「……今屋の付喪神たちと、こ奴らが争うらしい」

まっすぐ見つめてくる深雪から目を逸《そ》らしながら、喜蔵は渋々事の次第を話した。

「まあ、そんなことがあったの……今屋さんとは不思議な縁があるのねえ」

「不思議な縁とは何のことだ？　何のかかわりもあるまい」

お前まで妙なことを言うのかと訝《いぶか》しむ喜蔵に、深雪は困ったように笑って息を吐いた。

「お兄ちゃん……覚えてないの？　前にうちを訪ねてきて、色々言ってらしたじゃないの。今屋さんのことは分かる？　ほら、髪色が異国の人みたいに明るくて、ほっそりとしてる人よ。見た目はとてもお若いけれど、あのお店ができて結構経っていると聞いたことがあるから、お兄ちゃんよりもずっと歳上だと思うわ」

「犬の尾のように、ふさふさとした髷《まげ》を結っている、吊《つ》り上がった細い目をした男だろう？　確かに奴は訪ねてきたが、たった一度だけだ」

「その一度を言ってるのよ」と呆れ顔で言った深雪を見て、喜蔵はむっと唇を引き結んだ。

今次郎が突然荻の屋を訪れたのは、三月《みつき》半ほど前の春先のことだった。

――……今屋でございます。

細い目をさらに細めて名乗った今次郎は、入店した時から不機嫌《ふきげん》を隠さなかった。値踏みをするようにじろじろと店内を見回すと、ふんと鼻で笑ってべらべらと語りだした。

――流石は古道具屋だ。うちと違って、実用的なものばかりですね。このしゃもじなんて、使った途端に壊れてしまいそう。こちらの釜は二、三度米を炊いたら、底が抜けそうだ。こちらの小鼓は……叩くのは止めておきましょう。一度で破けてしまう。この前差櫛は……そう悪くないようです。地味だが、味がある……名のある職人が作ったものかもしれません。しかし、値をつけるなら、二束三文《にそくさんもん》ですね。地味な女がつけたら、余計に地味になる。派手な女がつけたら浮く。これが似合う者などそういませんよ。この茶杓も二束三文でしょうね。この荒さでは上手《うま》く茶が点《た》てられない。こちらの硯は――……!?……………ま、まあいいでしょう。売り物でないと言うなら……あちらの棚にある小棚ですが、あれは全くもって駄目ですね。その隣の行李《こうり》も――

酷評を連ねた今次郎は、黙している喜蔵を振り返り、顎《あご》を持ち上げてとどめをさした。

――がらくたを売る気持ちは、どのようなものなのでしょう。教えていただけませんか？

居間にいた深雪は、障子の隙間《すきま》から店を覗いて、はらはらとしていたが、

――別段何も。道具を買いに来たわけでないなら、帰ってくれ。

喜蔵は無表情のまま、冷たく言い捨てただけだった。啞然《あぜん》とした今次郎だが、やがてはっとした顔をして、引きつった笑みを浮かべ早口で言った。

――は、ははは！　これはこれは……なるほど、そういう心持ちだから、こうしてどうしようもない品ばかりを売っていても、何とも思わないのですね！　私のように崇高《すうこう》な志で商売に向き合っていたら、こんな品は決して出せません。いやはや、御見それしましたよ。あなたのその、生きるためなら商人の矜持《きょうじ》を捨てても何とも思わぬというような姿勢

が――

――用事がないなら、帰れ。

今次郎の言葉を遮った喜蔵の顔は、必死に息を詰めていたしゃもじもじが悲鳴を上げてしまうほど、恐ろしいものだった。

「道具が悲鳴を上げて、そ奴に変に思われなかったのか？」

「お兄ちゃんのその顔を見た瞬間、今屋さんが一等大きな悲鳴を上げて走り去ったから」

大丈夫よ、とにこりとした深雪に、喜蔵は唇を尖らせた。

「琴古主たちのあの頑《かたく》なな態度は、お主と今次郎が不仲のせいもあるのではないか？」

硯の精の発言を否定したのは、彼以外の付喪神たちだった。

「それもあるかもしれんが、あいつらは前から居丈高《いたけだか》だった。骨董屋と古道具屋は格が違うと偉ぶってな」

「うむ、自慢話が多かったのう。だが、あそこまで感じが悪くなったのは、春先くらいからだったか……やはり、主人が鬼に退治されそうになったと知り、腹を立てたんじゃろう」

釜の怪と茶杓の怪の言に、皆はこくこくと頷いた。

「先方が勝手に突っかかってきて、勝手に怒っているのなら、やはり俺にはかかわりない」

「あるだろう！　お前は今屋と何の怨恨《えんこん》もないのに、散々悪口を言われたじゃないか。その悔しさを晴らさずにはいられまい」

「悪口を言われたのは、お前たちの方だろう」

「俺たちを売るのは、店主であるお前だぞ!? お前が悪く言われたも同然ではないか!」

「同然ではないな。俺はお前たちがどう言われようとどうとも思わぬ」

あっさり言い捨てた喜蔵は、深雪に店を頼んで、昼飯を作りに行った。付喪神たちはしばし茫然《ぼうぜん》としていたが、深雪が「大丈夫?」と声を掛けたのをきっかけに、我に返った。

「な、なんと無情な店主だ……そもそも、古道具屋の店主という自覚があるのか!?」

「あるわけなかろう! あいつは氷のように冷たい男だ!」

「それが分かっていながら、何であ奴に戦いに参加するよう頼んだのだ!?」

「立会人がいなければ、どうやって勝負をつけるのだ! 他に頼める相手がいたら、迷わずそっちを頼っていたわい!」

騒ぎだした付喪神たちを見た深雪は、店の戸を閉め、付喪神たちの前に戻ってきた。

「今屋さんの付喪神さんたちとは、一体どんな勝負をするの?」

「……道具としての優劣を競うつもりだそうだ」

硯の精が、難しい顔をして答えた。

昨夜、喜蔵の閻魔顔に驚き逃げだした付喪神たちは、荻の屋の店の前ではたと我に返り、再び対峙《たいじ》する羽目となった。

——……ちょうどいい、これから勝負をつけるでござるか。

——妖力を用いて戦うおつもりですか？　万が一傷でもついたら、道具としての価値が下がります。やめておいた方がよろしいでしょう。

どんどん土瓶の挑発に、琴古主は乗らなかった。

——では、道具としての優劣を競うのはいかがでござるか!?

——……よいでしょう。私たちは付喪神とはいえ、その本性は道具。骨董屋と古道具屋の道具、どちらが優れているか、目利きに判断してもらいましょう。

——いいぞ！　乗った！

提灯左衛門の叫びに、荻の屋の付喪神たちは「勝手に決めるな！」と文句を言ったが、結局その場にいた全員が頷いたため、古道具屋対骨董屋の決戦が行われることになった。

「目利きって、誰に見てもらうつもりなの？」

「……決まっておらん」

釜の怪の答えに、深雪はきょとんとして、さらに問うた。

「優劣のつけ方は？　どれか一つ選ぶなら、硯の精さんで決まりなんじゃないかしら？」

「悔しいが、その通りだ。かといって、硯の精を勝負に出さぬわけにはいかん。これまた悔しいが、よい品ならあちらの方が多かろうし……なので、荻の屋または古道具屋出身のこちらから五品、骨董屋から五品と、それぞれ出し合って、目利きに五つ良品を選ばせる」

「古道具屋か骨董屋か——多く選ばれた方の付喪神さんたちが勝ちってことね」

「鬼姫は物分かりがよくて助かるのう」

ふむふむと満足げに頷く茶杓の怪に、深雪は口許に指を当てて言った。

「……大家さんはどうかしら？　確か、なかなかの目利きだと聞いた覚えがあるわ」

「又七《またしち》か……だが、今屋の者たちはどうじゃろう。『そちらに近しい人物に任せるわけにはいきません。どうせ裏で繋《つな》がっているのでしょう』と嫌みを言われそうな気もするのう」

「店子《たなこ》だけじゃなく、町内皆のお世話をしてくれている大家さんだもの。きっと今屋さんとも親しくされてるはずよ。……もしかしたら、お兄ちゃんよりも仲がいいかも」

「それなら、こちらが不利ではないか！」

「大家さんは公明正大な人だもの。きっと大丈夫よ」

「……うーん、そうか。鬼姫がそう言うなら、そうなのだろう……どうじゃ皆？」

問うた茶杓の怪に、付喪神たちは「よかろう」「いいわよ」「合点承知」と答えた。

「ならば、決まりだ！」

いざ大家宅へ――そう叫びかけた堂々薬缶の声は、喜蔵の「昼餉《ひるげ》ができたぞ」という低い呼びかけでかき消された。

夕日が沈み、夜の闇《やみ》に包まれてから、半刻《はんとき》（約一時間）。荻の屋の付喪神たちと、知らせを受けて駆けつけた三味長老たち、それに勝負を引き受けた今屋の付喪神たちは、又七宅の一室にいた。

「これほど日が暮れるのを待ち望んだことはなかったでござる……」

神妙な面持ちで言ったどんどん土瓶に、古道具屋の付喪神たちは深く頷いた。昨夜の会議に出ていた面々が、全員揃っている。皆緊張した面持ちをしていたが、「あたしは選ばれるに決まってるでしょ」と自信満々の前差櫛姫は、楽しそうに鼻歌など歌っている。

「こちらにもあちらにも支度がいるし、そう早く実行できるものではないさ」

「ふん……敵に支度の時など与えなくともいいじゃないか」

「まことにそうか？　卑怯《ひきょう》な手を使って勝っても嬉しくはあるまい」

硯の精の言葉に、釜の怪はぐっと詰まった。

「別段構いませんよ」

笑い含みの声を出したのは、荻の屋の付喪神たちの向かいに座す、琴古主だった。彼の斜め後ろには、会議に訪れた四妖が控えている。

「私たちは、わざわざ手入れなどせずとも、常に美しく磨《みが》かれています。欠けたところもなければ、汚れたところもない。あなたたちのように、必死に身を整える必要はありません」

古道具屋の面々は、けっと鼻を鳴らした。今屋の道具は、古道具屋で売っている道具と違って、作りそのものが頑丈で、凝《こ》った装飾をしている。元値が張ると分かっているから、扱う人間も大事にしてきたのだろう。付喪神の魂《たましい》が宿るほど古い品には見えなかった。

「勝負など分かりきっているのに。負けを知りながら戦うなんて酔狂な妖ですこと。勿論《もちろん》、人間も……うふふ」

嘲笑混じりに述べた水瀬は、ちらりと数間《すうけん》先を見上げた。柱に寄りかかるようにして立っている長身の男・喜蔵は、付喪神たちに視線を向けて「何だ」と低い声音を出した。

「ひえっ……な、何でもありませんわ！」

睨まれただけで縮み上がった水瀬は、ひっくり返った声を上げた。

「な、何で閻魔が来たんだ……鬼姫が来るんじゃなかったのか？」

「他にいないと思いこんで、最初に声をかけたのがまずかった。端《はな》から深雪に頼んでいればば……」

堂々薬缶としゃもじもじが落胆しながら言うと、喜蔵の肩に乗っていた前差櫛姫が「馬鹿ねえ」と呆れ声を出した。

「あの人の好《よ》い娘じゃあ、勝負に不正が起きた時、相手を糺《ただ》してぼこぼこにできないでしょ！」

「俺がまるで力を振るうかのように言うな」

顔を顰《しか》めて言った喜蔵に、前差櫛姫は「喜蔵はひと睨みで倒せるわ」と太鼓判を押した。

「……情けないものよの」

冷笑を浮かべて呟いたのは、鳥兜丸だった。

「妖怪のくせに、人間の力を頼りにするとは……情けなくて涙が出る」

「聞き捨てならんな！　誰が人間の力を頼りにしたというんだ！　拙者らはただ立会人として荻の屋の主を呼んだだけだ！」

顔を朱に染めた提灯左衛門は、摑みかからんばかりの勢いだったが――

「喜蔵さん、そんなところに突っ立ってないで、お座りくださいな」

朗《ほが》らかな声で言ったのは、襖《ふすま》を開けて入ってきた又七だった。

――夜分に申し訳ありません……道具を見てもらえませんか。

喜蔵からの突然の申し出に、又七は少し目を見開いただけで、「いいですよ」と承知した。断られたら、「他に目利きなどいない。勝負は諦めろ」と付喪神たちに言うつもりだった喜蔵は、思わぬ展開に驚き、呆れた。面倒見が良すぎるのも問題だ――又七が奥方に来客の旨《むね》を伝えにいっている間、喜蔵は頼みを聞いてもらった恩義も忘れて、ぶつぶつと文句を垂れていた。

又七は「おお、これはすごい」と歓喜の声を上げながら、座敷の真ん中に置かれている道具に近づいていった。襖が開く直前まで本性を露わにしていた付喪神たちは、いつの間にかただの道具に戻っている。荻の屋と今屋の道具だけでなく、三味長老やどんどん土瓶などの古道具、それに喜蔵の肩に乗っていた前差櫛姫も、今は一緒に並んでいた。

「荻の屋さんの中で唯一『売リ物ニ非《アラ》ズ』と札がついている硯がありますね……確かにこれは売れないでしょうな。相当値が張る一品に違いない。似たものを見たことがあります。お公家《くげ》さんの家に代々伝わるという品でした。この店ごと売らねばならぬほどの価値があると……これがそこまでなのかは分かりませんが、非常に物がいいことは分かります」

ただの硯の姿に戻った硯の精を丁重に眺めながら、又七はにこやかに言った。眉をぴくりと動かした喜蔵は、ようやく柱から身を離し、又七の近くまで来て腰を下ろした。

「……先ほどもお願いしましたが、この中から良品と思うものを五つ選んでください」

いかにも不本意といった顔で頼んだ喜蔵に、又七は頭をかいた。

「選ぶのは構いませんがね……なぜまたこんなことを？」

喜蔵は言葉に窮《きゅう》した。付喪神たちの喧嘩に巻きこまれた——本当のことを言えたら苦労はない。困惑の表情を浮かべた喜蔵は、いつも以上に迫力があった。

「ま、まあ色々あるんでしょう。人生というのはそういうものです」

無理やりまとめた又七は、いそいそと道具を綺麗に並べ直した。その手伝いをしながら、喜蔵は道具一つ一つに睨みを利かせた。決して姿を現すな——そう言っているのが分かった付喪神たちは、恐怖から来る震えを必死に堪えた。

手に取って見やすいように並べられた道具を前に、又七は首を傾げた。

「おや……荻の屋さんらしくないものがいくつもあるなあ。だが、そっちもどこかで見たことがあるような……」

又七の物覚えのよさに、付喪神たちはぎくりとしたが、

「気のせいでしょう」

喜蔵は無表情で言いきった。

「そうですかねえ……しかし、皆いい商品ですなあ。選んだものは、私に売ってくれるんですか？」

「それは……」

「はは、冗談ですよ。硯を含め、値が張りそうなものばかりだ。無駄遣いしてと妻に怒られてしまいます」

　言い淀んだ喜蔵に、又七は笑って返した。喜蔵の顔に未《いま》だ怯《おび》えることはあるものの、こうしてからかうことができるのは、年の功だろう。むっと唇を引き結んだ喜蔵から視線を戻し、又七はまず硯を手に取った。

「やはり、これは別格ですね。理由は先ほど述べた通りです。手に入らないと分かっていても、選ばぬわけにはいきません」

　横にそっと硯をよけると、又七は今度も迷わず手を伸ばした。優しく胸に抱いたのは、琴だった。

「楽器には造詣《ぞうけい》が深くありませんが、それでもこれは素晴らしい品だと分かりますよ。美しい装飾に……やはり、素晴らしい音色だ。古道具屋に置いておくのがもったいないほど……いやはや、失礼。古道具屋ではなく、好事家《こうずか》に売れば高値がつくと思いましてね。なぜ古道具屋に持ちこんだんでしょうね？」

　不思議そうに述べた又七に、喜蔵はぐっと詰まった。

（……この爺《じじい》、朴念仁《ぼくねんじん》かと思いきや、案外鋭いところがあるなあ）

（昼行灯を気取っているんでしょうか）

付喪神たちは人間には聞こえぬほど小さな声で、こそこそと話し合った。無論気づいていない又七は、琴を硯の横にそっと置いた。

「さて、あと三つ……ここから三つ選ぶのはなかなか難しい。どれもいい品ですからねえ」

又七は居住まいを正すと、じっくり道具を眺めた。何度か手を伸ばしかけて、やっと手にしたのは、鈴王子が宿っている鈴だった。

「小ぶりの鈴ですが、これも非常にいい品でしょう？　まるで星のような輝きだ……それにほら——やはり、これもまたいい音色がします。鈴を転がしたような声と言いますが、こんな美しい声の持ち主なら、確かに惹かれてしまうでしょうね」

（くそーまた今屋か！）

（当然でしょう。私たちの方が断然美しいのですから）

（何だと……やるか!?）

（望むところ——）

付喪神たちの声が聞こえたわけではないだろうに、喜蔵は道具をじろりと一瞥《いちべつ》した。

（……決闘は後にしましょう）

（そ、そうだな！　他人の家を壊すわけにもいかんしな！）

意見がはじめてあった頃、又七は四つめの選定に取りかかっていた。

「悩みますねえ……先ほどの琴のように、はっきりと見た目に美しさが表れているのは選びやすいんだが、私は一見魅力が分かりづらいものの方が好みなんです。見る人が見れば、良さが分かるような――いや、私は目利きではないので、単に好みなだけだな」

　又七が含み笑いをして言った時、喜蔵が咳払いをした。ただ咽《むせ》ただけだったが、顰めた顔があまりにも凶悪だったため、又七や付喪神たちには、「無駄口を叩くな、さっさと選べ」と聞こえたようで、皆顔色を悪くした。

（おい！　顔色はどうせ見えないからいいが、震えは我慢しろよ！）

（わ、分かっていますよ……！　何なんです、あの顔は……本当に人間なのですか!?）

（……あたしもずっと疑っていたのよねえ。もしかすると閻魔さまがこちらの世にお忍びで来てるのかも。姿を変えたはいいけれど、化けきれずあんな恐ろしい面《つら》になって……！）

（あ、青行灯殿……それはまことですか!?　まことなら……この勝負に負けた方は、地獄に落とされるのではありませんか!?）

「嫌だー！」としゃもじもじが思わず叫びかけた瞬間、喜蔵がどんと畳を殴った。

「……ひっ！」

　鬼の形相で突如《とつじょ》妙な行動に出た喜蔵に、又七は悲鳴を上げながら後退《あとずさ》りした。

「失礼……やぶ蚊《か》が飛んでいたので。残念ながら潰し損ねてしまいましたが」

　喜蔵は赤くなった拳を見せつけて言った。

「蚊……ですか？……いや、はは……」

口許を引きつらせて笑った又七は、ややあって居住まいを正した。

「……ええっと、それでは四つめはこちらで」

又七が選んだのは、前差櫛だった。

（よし、これで二対二だ！）

（なかなかいい目をしているじゃないの！　選ぶのが遅かったけど、許してあげるわ！）

又七の手に持ち上げられた前差櫛姫はご機嫌だったが、その声は喜蔵と又七にはやはり聞こえていなかった。前差櫛を手のひらに載せた又七は、慈しむような目をして言った。

「こう言っては何ですが、これは地味でしょう？　だから、孫娘にあげるのは躊躇《ためら》われます。娘だったらいいかもしれませんが、『もっと華やかな方がいいのに』と拗《す》ねられてしまうかな。これを贈るのにちょうどいい人が、私の妻です。あの人は、私と一緒に歳を重ねている。それが私にとって、この上ない幸せなんです。強くて優しいあの人にこそ、こんなしとやかで上品な櫛が似合う……ああ、ごめんなさいねえ。関係のない話をしてしまって」

照れくさそうに笑った又七に、喜蔵は仏頂面で首を横に振った。

（『俺が振られたばかりだというのに、色惚《いろぼ》けを聞かせるな』という顔をしておるな）

（……おや、どなたかに袖にされたんですか？）

（あんたたちも知ってるんじゃないか？　裏長屋にいる綾子という、大層な美人さ）

（見たことはありませんが、有名ですね。あなた方のご主人、身の程知らずなのでは？）

付喪神たちが小声で言い合っている最中、喜蔵は皮肉げにこぼした。

「長らく共にいて、色々なことがあったと思います。腹の立つことも煩わしいことも――それでも相手を嫌いにならず、今もずっと想いつづけていられる……あなたは幸せ者だ」

「ええ、そうですね……私は幸せ者です」

目を見開いた又七は、すぐに朗らかな表情を浮かべ、きっぱり言いきった。

「生涯を共にと誓った愛妻や、しっかり者の子たち、可愛い孫や、働き者の店の者たち――それに、喜蔵さんや深雪さんたちのような優しい友に囲まれて、幸せでないわけがありません。こんな呑気《のんき》な私でも、辛いことや苦しいことはたくさんありましたが、そこで駄目だと思わず乗り越えられたのは、皆がいてくれたからこそですよ」

「……」

喜蔵は微《かす》かに顎を引いた。そんな喜蔵に穏やかな笑みを向けた又七は、ずっと手のひらに載せていた前差櫛を、ことさら丁寧に選んだ道具の方に置いた。

姿勢を正した又七は、じっくりと道具を見回して、何度か頷いた。その様子から、又七が五つめの道具を決めたと分かり、部屋の中に緊張感が漂った。いよいよ勝負が決する――古道具屋の付喪神たちも、骨董屋の付喪神たちも、ごくりと唾《つば》を飲み下した。

「それでは、五つめを選ばせてもらいましょう」

「お願いします」

表情を引き締め、喜蔵は頭を下げた。すっと息を吸いこんだ又七が、道具に手を伸ばしかけた時――

「ここか……！」

バーンという、何かが破れたような音と怒声が響いた。喜蔵と又七、それに付喪神たちは、音と声が響いた方を同時に見遣った。部屋の出入り口の前に立っていたのは、今屋主人の今次郎。その足許にあったのは、彼に蹴り破られ、無残な姿と化した襖だった。

突然のことに呆気に取られている面々を尻目に、今次郎は肩で息をしながら、部屋の中に入ってきた。額には青筋が浮かび、目の端と口許が痙攣《けいれん》している。

部屋の中央に立った今次郎は、主である又七は無視して、喜蔵を鋭く睨みつけて怒鳴った。

「この――盗人《ぬすっと》め……！」

*

しばしの沈黙の後、口を開いたのは又七だった。

「今屋さん、一体どういうことでしょう……？」

「どうしたもこうしたもありません！　この男が盗人だと言うだけです！」

顔を朱に染めた今次郎は、ずいぶんと年嵩であろう又七にも食ってかかった。その勢いに驚きつつも、又七は重ねて問うた。

「盗人ですか……一体何を盗まれたとおっしゃるんです？」

今次郎が口を開く前に、答えが分かった喜蔵と付喪神たちは、

（……道具のことだ）

（……私たちのことだ！）

と、それぞれ心の中で叫んだ。

――ご主人は、店じまいをした後、外に出るのが日課。……失礼な。遊んでいるわけではありません。大事なご用事があるから、出ざるを得ないのです。用事の内容は知らな……も、黙秘します。……ともかく、勝負をするなら、店じまい後数刻の間です。日が変わるまでは、決して帰ってきません。その間に又七殿の許へ行き、勝負を終わらせてここへ帰る――そうすれば、ご主人は、私たちが外に出たことに気づかないでしょう。

荻の屋の付喪神たちから連絡を受けた時、琴古主は厳かな様子でそう言った。

日が変わるまで、あと二刻もあった。

（琴古主……話が違うでござる！）

（そ、そんなはずは……!?）

どんどん土瓶の詰《なじ》りに、琴古主は動揺を露わにした。

「これも、これも、これも……これも、これも！　私のものだ……!!」

指差しながら上げた今次郎の大音声に、部屋の中はまた静まり返った。ここでもやはり

沈黙を破ったのは、驚きの表情を浮かべた又七だった。

「見覚えがあると思っていましたが……今屋さんのものでしたか。ま、まさか……!?」

「違います」

おろおろとしはじめた又七に、ようやく我に返った喜蔵は、素早く反論した。

「何が違うと言うのです！　他人《ひと》の家から勝手に道具を奪っておいて、知らぬふりをするつもりか！　おまけに、他人様の家に持ちこんで……そうか、分かりましたよ。又七殿に売り飛ばす気だったのですね!?」

「違う。こたびの件は――」

「ええい、黙れ！　盗品だと露見せぬうちに売り飛ばせば、多額の金が入る。そんなもののために盗みを働くなど、人間の屑《くず》です！　この屑商人め……！」

「……違うと申している」

激高する今次郎に喜蔵はそう繰り返したが、道具がここにあるのは確かだ。付喪神たちの威信をかけた勝負のために、彼らと共に又七の許へ来た――真実をそのまま伝えたところで、信じてもらえるはずがない。どう説明しても、得心してもらえる気がしなかった。

違うと言いつつ説明しない喜蔵に、今次郎はますます怒りを深めたようだった。その証《あかし》に、目は燃えるように赤く光り、逆毛を立てるようにして、全身から薄い茶褐色の毛が上向きに生えだし、頭上には角のごとき三角の硬そうな耳が出現し――

「き、狐……!?」

「今次郎さまが狐に憑《つ》かれた!?」

大声を上げたのは、鳥兜丸――だけではなかった。今屋の付喪神たち全員が、同じようなことを叫び、同時に本性を露わにした。

今次郎は瞬《また》く間に化けた。目が赤く光っていることと、上背が喜蔵ほどあることを除けば、立派な狐だ。

「い、いつの間に今次郎さまの身を乗っ取ったのだ……!?」

「なんと……狐！　なんと無礼なことを……！」

「さっさと出なさい！　さもなくば……さもなくば――」

鳥兜丸たちは前のめりになり、真っ青に染まった顔で声を荒らげた。そんな彼らを穴が空くほど見つめつづけた又七は、よろめきながら腰を上げた。

「申し訳ない……どうも目の調子がよくないようなので、顔を洗ってきます。ついでといっては何ですが、茶と菓子も持ってきましょう」

「歳のせい……それとも夢か？」とぶつぶつ言いつつ、又七はふらふらと覚束《おぼつか》ない足取りで部屋から出ていった。

「……人前で姿を現すとは何事だ！　大家に露見したじゃないか！」

「煩い！　そういうあなたたちも、本性を露わにしているではありませんか！」

「嘘を吐《つ》くな！」と怒鳴った堂々薬缶だったが、自身を足許からじっくり眺めて絶句した。

「……いつの間に！」

「つられて本性を出すなんて、間抜けにもほどがありますよ！」

「先に変化しておいて、その言い草はないでしょ！　驚きのあまり正体を現すなんて、妖怪失格よ！　さっさとただの道具に戻りなさい！」

「何ですって……婆臭い冴えない地味櫛のくせに！」

「はあ～!?　櫛刺しにされたいの!?」

本性を露わにした付喪神たちは、取っ組み合う勢いで言い合っていたが、

「──ぐっ」

呻《うめ》き声がした瞬間、ぴたりと動きを止めた。狐に憑かれている今次郎が、喜蔵に襲いかかったのだと皆は思った。しかし──

「さっさとその身から出ていけ」

冷たい声音を出し、狐と化した今次郎の首を絞めていたのは、喜蔵の方だった。

「ぐ、ぐぐ……ぐぐっ！」

「何を申しているか分からん。はっきりと言え」

お前が首を絞めているから話せないんだろ！──付喪神たちは同じことを思ったが、声には出さなかった。冷徹な表情で今次郎の首を絞める喜蔵は、あまりにも恐ろしい。今次郎の顔色が赤から青に変わりだした頃、ようやく我に返った今屋の付喪神たちが動いた。

「やめてください！　その身は今次郎さまです！　死んでしまったらどうするんです!?」

琴古主たちの必死の訴えに、喜蔵は手の力を緩《ゆる》めぬまま、首を傾げて言った。

「宿り主の身が死ぬ前に出ていくものではないのか？」

「それは妖怪によります……死後なお寄生しつづける者もいるんです。ともかく、それ以上やっては今次郎さまのお命が危ない……！」

琴古主の悲鳴混じりの声が響いた。喜蔵は不承不承といった様子で、今次郎の首から手を放した。途端、今次郎は膝から崩れ落ち、畳の上に四つん這《ば》いになった。げほげほと咳《せ》きこむ声だけ聞いていると人間にしか思えぬが、姿は狐だ。

「縛るものを借りてこい」

「今次郎さまを拘束するつもりですか!?」

「この人は今、今次郎さんではなかろう」

「で、ですが……」

躊躇う様子を見せる今屋の付喪神たちに、喜蔵は舌打ちした。

「……俺が行く。戻ってくるまで、そ奴を逃がさぬように見張っていろ。お前たちにとっては大事なご主人の身なのだろう？」

狐の化け物に鋭い目線を向けて言った喜蔵は、皆が頷く前に踵を返したが――

「縛るもんはいらんと思うで、喜坊《きいぼん》」

呑気な声音が喜蔵の眼前で響いた。顔のすぐそばに黒い物体が浮かんでいることに気づいた喜蔵は、額に青筋を浮かべて低い声音で言った。

「……他人の顔の前で飛ぶな」

振り向いた先にいたのは、又七が飼っている九官鳥《きゅうかんちょう》の見目をした妖怪・七夜《しちゃ》だった。ばさばさと黒い翼を羽ばたかせながら、七夜はにやりと目を細めて言った。

「喜坊が急に振り返るからこうなったんやろ。わてかてむさくるしい男の顔なんて間近で見たないわ。昔はまだ可愛げがあったけど……って、ほんまおっそろしい顔やな！」

「びっくりするわ」と大仰《おおぎょう》にのけ反った七夜は、又七と数十年の付き合いになるらしいが、又七は七夜の正体に気づいていないという。

「七夜さん！　よくぞ来てくれた……」

「助かりましたぞ、七夜殿！」

付喪神たちの上げた歓声に、喜蔵は鼻に皺を寄せた。荻の屋の付喪神たちがなぜか七夜を慕っているのは知っていたが、他の付喪神たちも同様らしい。喜蔵にとって七夜は、「よく喋《しゃべ》る鬱陶《うっとう》しい鳥の化け物」でしかない。

「縛るものがいらぬというのはどういう了見だ。素手の人間に殺されそうになるほど弱い妖怪でも、妖怪には違いない」

「力が弱いのは確かやけど、逃げへんやろ。今次郎を縛るもんたちがここにおるんやから」

「あれは狐だ。今次郎さんはあの中で眠っているのか、……死んでいるのか」

喜蔵は声を潜《ひそ》めたが、琴古主たちにも聞こえてしまったらしい。

「そんな……今次郎さまが死ぬなんて――そんなの、嘘だ……！」

泣き声混じりの台詞に、喜蔵は溜息を呑みこんだ。いつも口を挟んでくる硯の精や、かしましい前差櫛姫たちも黙っているので、今次郎がすでに死んでいるかもという考えが少しはあったのかもしれぬ。この場で明るいのは、「なんやそれ」と笑いだした七夜だけだった。

「なんで今《こん》が死ぬねん。えらい咳きこんでるやないか。ああ……ようやく止まったようやな！　なあ、今。大事ないか？」

「だから、言っておろう。あれは今次郎さんの身を乗っ取った狐だ。話しかけたところで、今次郎さんの返事は聞けない――」

「……大事ありません」

声が聞こえるや否や、喜蔵はさっと振り返った。四つん這いのままだったが、今次郎は顔を上げてこちらを見ていた。その姿はやはり狐でしかない。だが、七夜はまた「よかったなあ、今」と労《ねぎら》った。

「お前……今次郎さんの身を乗っ取った狐と知己なのか。……よもや裏で結託していたのではあるまいな」

また前を向いた喜蔵がさらに目を鋭くさせて言うと、七夜は呆れたような息を吐いた。

「えらい勘違いしておいてその言い草、ほんま人間て嫌やな～――ええか、よう聞き!!」

今次郎は元から狐や――七夜の言葉が座敷に響き渡った。

寸の間の沈黙後、喜蔵は口を開いて七夜に詰めよった。

「それはまことか。嘘だったらただではおかぬ」

「う、嘘やない！　ご主人の残り少ない毛に誓ってほんまや！」

今次郎は狐や！——そう言い張る七夜は、嘘を吐いているようには見えなかった。

「……元から狐？　言われてみれば確かにうっすら妖気が漂っているけれど、普段の今次郎さんには全く感じられなかったわよねえ。数度見かけたうち、ただの一度も」

「よほど力の弱い妖怪でなければ、もう少しくらい妖気が醸しだされているものね。……もしかして、そんなに弱い妖怪なの？」

青行灯は首を傾げて言い、前差櫛姫は面白そうに笑った。

「……その通りですよ」

呻くように言った今次郎に、付喪神たちは息を呑み、喜蔵は眉をぴくりと動かした。四つん這いで俯《うつむ》いたまま、今次郎は自嘲《じちょう》気味に語った。

「七夜殿のおっしゃる通り、私は元々妖怪——妖狐《ようこ》と名乗れば、同胞に笑われてしまうでしょうね。生まれてからずっと私にはほとんど妖力がない……修行云々《うんぬん》で強くなりようがないほど、ひどいものなのです」

「うーん……そないなことあらへんて庇ってやりたいところやけど、ほんまのことやからなあ。まあ、しゃあない。才っちゅーのは、生まれながらに持ってる奴もいれば、死ぬまで得られん奴もいる。小春坊《こはるぼん》なんか見れば分かるやろ？　猫から化けるだけでも大した才やいうのに、猫股《ねこまた》から鬼、猫股鬼――一度力を失っても、修行すればまた妖怪の頂点に近いところまで行くんや。あない才のある奴と比べたら誰でもあかんけど、今は……顔が恐ろしいだけの非力な人間にあっさり負けてしまうくらいあかんのや」

七夜は憐《あわ》れむようにしみじみと言った。今屋の付喪神たちが茫然とするなか、古道具屋の面々がはたと我に返った様子で七夜に問うた。

「な、なぜ狐が骨董屋に⁉　七夜殿はどこでこの狐と知り合われた⁉」

「それに、変よ。妖力がほとんどないのに、何で人間に化けられるの？」

「人間に化けたことも、骨董屋になったことも妙だが、そもそも何でそいつは閻魔商人を毛嫌いしているんだ？」

「流石は兄者。それを聞きたいと思ってた！」

どんどん土瓶、前差櫛姫、釜の怪、しゃもじもじと続いた質問に、七夜はもったいつけてから話しだした。

七夜と今次郎の出会いは、数十年前に遡《さかのぼ》るという。

ある夜、七夜は浅草、上野界隈の上空を飛んでいた。又七が眠りについた後なので、往来には人っ子一人歩いていなかった。

「鳥目には辛いけど、わては頑張ったんや。何をて、人間で言うとこの散歩をや。大事やろ、散歩は。長生きしたいなら、栄養あるもん食うて、よう動いて、ぐっすり寝なあかん。わては妖怪の長寿記録狙《ねろ》うてんねん――て、話が横に逸れたな。すまんすまん」

七夜が今次郎に会ったのは、すすきが生い茂る草原だった。すすり泣く声がする――そう思い、声をたどって向かった先には、傷だらけで倒れている者がいた。

「ちょうど今みたいに四つん這いになってたわ。のし蛙《がえる》か思うたけど、耳と毛と尾が生えてたんで、狐て分かった。狐に知己などおらへんから、そのまま去ろう思うたんやけどな……」

――……そこのお方――私は今次郎と申します。どうか、この今を殺してください。

七夜をその場に留まらせたのは、狐の悲痛な叫びだった。

――あんた傷だらけやけど、死ぬほどやないやろ。助けてくれの間違いやないか？

不思議に思って問い返した七夜に、今次郎は苦笑混じりに答えた。

――この傷は、同胞の妖狐たちがつけたもの……昔から、彼らは私の非力さを嫌い、修行と偽り、私を折檻《せっかん》してきました。私には抗う術《すべ》などありません……彼らが私を忌《い》み嫌うのはもっともです。妖怪は力こそすべて――なのに、私はそれをほんの少しも持ち合わせていない。……もう嫌だ……傷つけられるのも、恨むのも……

いっそ死んでしまいたい――今次郎の想いが伝わった七夜は、ばさりと翼を羽ばたかせた。次の瞬間、人間の姿に変化した七夜は、今次郎の傍《かたわ》らにしゃがみこみ、肩を叩いた。

――あんた、生まれ変わったらどうや？　こうやって人間に変化して生きるんや。

――……私には変化する力さえありません。

――お月さんに頼めばええ。月の光には特別な力があってな、毎日かかさず数刻月明かりを浴びとったら、変化できるようになるんや。わての知己にも非力な奴がおったけど、お月さんのおかげで今では立派に変化の術使いや。せやけど、一日も欠かしたらあかんで？　その途端、化けられへんようになるさかい。

――しかし……月は毎日出ていません。

――出てへんように見えるだけや。お月さんはえらいから、毎日空にいる。ちゃんと心を込めて「どうかお願いします、助けてください」と願《ねご》うて月明かりを浴びとったら、そのうち必ず化けられるようになるから、死ぬのはもっと後でもええんちゃう？

七夜の言葉に、今次郎は何も返さなかったが、微かに頷いたようにも見えた。

「まあ、そないな縁があってな……正直、忘れとったんやけど、ある時ご主人を訪ねてきた商人が、ご主人が席を外した隙にわてに話しかけてきたんや。『その節はご助言いただき、ありがとうございました。無事こうして化けられました』てな」

なあ、今――七夜の呼びかけに、今次郎はうっそりと顔を上げた。その顔も、姿も、狐のままだったが、不思議と人間の時の見目と重なって見えた。項垂《うなだ》れた様子で唇を噛みしめている今次郎に、ずっと黙していた硯の精が言った。

「お主……どこかで見たことがあると思ったが、もしやあの時の男か？」

硯の精の言葉に、今次郎はぴくりと身を震わせた。

「あの時の男って何よ？」

「ふむ……あれは今から数十年前のこと――喜蔵が生まれるずっと前だ。まだ逸馬《いつま》が荻の屋の主人だった頃、店を訪ねてきた男がいたのさ」

忙《せわ》しく動く視線に、そわそわとした態度は、見た瞬間に怪しいと分かるものだった。

「盗みを働きにきたのか——我はそう確信した。だが、逸馬は鈍い男だ。相手がどれほど不審な挙動をしようとも、にこにこしているばかりで疑いもしない。それどころか、盗まれた後でさえ気づかない——そう思っていたのだが……」

男が商品に手を伸ばし、懐《ふところ》の中に入れようとした時、逸馬は言った。

——何かとお間違いではありませんか？　あなたが今手にしているのは、私の大事なもの——友のような存在なのです。

一瞬固まった男は、慌てて手にしていた硯を棚に戻した。そして卒倒しそうなほど青ざめ、駆け足で出入り口の方に向かった。

——あの……またいらしてください！　あなたもどうやら道具が好きなご様子……私には友が少ないので、お話しできたら嬉しいです。

男が表戸から飛びだす瞬間、逸馬は照れたような声で言った。男は振り返らず走り去ったが、硯の精には分かった。

「あの男は、逸馬の言葉を聞いた時、妖気を放ったのだ。人間にしか見えぬのになぜ……と思っていたが、結局その後その男は荻の屋を訪れなかった。我は逸馬が亡くなってからしばらく蔵の中にいたので、その間にすっかり忘れていたが……うむ、やはり。お主の顔は、あの時の男に間違いない」

硯の精の語りが終わるや否や、喜蔵は今次郎の傍らに行き、冷たい目で見下ろした。

「うちの店から盗みを働こうとしたとは……曾祖父《ひいじい》さんの情けで見逃してもらったというのに、俺に嫌みを言いにきたのはなぜだ？　ただの逆恨みか？　無様にもほどがある」

喜蔵の叱責《しっせき》に、今次郎は細い目からぼろぼろと涙をこぼしながら言った。

「……人間になったはいいものの、どうやって生きていけばいいのか、皆目《かいもく》分かりませんでした。このままでは野垂《のた》れ死んでしまう――盗みを働いて、その品をよそに売ってしまおうと魔が差したのは、まことです。たまたま選んだのが、荻の屋さんでした。上手《うま》くやれると思ったのに、いざやろうとしたら、罪の意識に苛《さいな》まれ、震えてしまいました。それでも、死ぬよりはマシだと決行したら、あのざまです……」

それから今次郎は、自身も道具を扱う商いをすることを決意した。古道具屋でなく、骨董屋になったのは、浅草を出て弟子入りした先がそうだったためだ。師匠に当たる骨董商は、今次郎が弟子入りして十数年後、病《やまい》で亡くなった。その店は、彼の子が継ぐことになり、今次郎は晴れて独立し、自分の店を持つことになった。

「私は、浅草に戻ってきました。店を開くなら、私を助けてくれた方々がいる土地だろうと……まず、七夜殿にお礼に行きました。その後は、荻の屋さんの許へ……」

しかし、逸馬はすでに亡くなり、喜蔵の祖父の代になっていた。詫《わ》びも礼も、二度とすることが叶わない――それに気づいた今次郎は、哀しみよりも怒りを覚えた。

「なぜお前が怒るのだ。やはり逆恨みではないか」

「ええ……ええ、そうです。その通りです！　私だって分かっているのです……どれほど勝手なことを言っているのかくらいは……。色々話してみたかったんです。お詫びとお礼をして、許してもらえたら、道具のことなどを語り合って、友のように笑い合って……そんな未来を夢想していたんです、勝手に――」

泣きながら言った今次郎に、喜蔵は押し黙った。

「……はじめての友を作り損ねたせいか、その後も私には友ができませんでした。あなたのお祖父《じい》さまとは少々話したこともありますが、ひどく無口で、友になどなれる様子ではありませんでした。あなたのお父さまは出奔癖《しゅっぽんへき》があったし、そもそも道具に興味などなかった。私はあまりこの世のことを知りません……道具のことくらいしか分からないのです。あなたも同じだと思っていました。人を寄せつけず、たった一人で生きている。人と妖怪の違いはあるが、抱く孤独は同じだと……だからきっと友になれると信じていたのです」

あの日までは――喜蔵を睨むように見上げて言った今次郎に、喜蔵はむっと顔を顰めた。

――荻の屋の主人を紹介してほしい？　なんや、妖怪の困りごとでも起きたんか？　妖怪沙汰《ざた》なら、小春坊の方がええんとちゃう？　たまにこっちの世に来てるさかい……今いるか分からへんけど。おらへんなら、付喪神たちに相談したらええ。付喪神は付喪神や。荻の屋の道具には、ぎょうさん付喪神が交じってるんや。喜坊は、小春坊とも付喪神や妖怪たちともよう喧嘩してるけど、ほんまは仲良しでな。友……いや、無二の親友や！　義兄弟の契《ちぎ》りを交わしてるかも分からん。あの人と妖怪たちには深ーい絆《きずな》があるさかい、「友はこれ以上いらん。こ奴らだけいればいい」とか言うてたような言うてなかったような――

それが、今次郎が喜蔵への紹介を頼んだ時、七夜が語った言葉だった。

「……誰が友だ？」

低い声音で言った喜蔵は、横目で七夜を睨んだ。

「あ、あはは……冗談や、冗談！　そないなこと本気にすると思わなかったさかい……あぁ！　ご主人の呼ぶ声が聞こえたわ！　はよ行かな！」

喜蔵が止める言葉を発する前に、七夜は凄《すさ》まじい速さで部屋から飛び去った。

「……私と同じだと思っていたあなたには、大勢の友がいた。腹が立って仕方がなかった。この世でたった一人――一妖なのは、私だけだったんです。悔しくて、悲しくて、この気持ちをどこかにぶつけてやりたかった。……あなたの許を訪ねたのは、あなたにも私の絶望を味わわせたかったから。でも、私にできることなど、嫌みを言うくらいなものです。人間を殺すどころか、心を傷つけることすらできない妖怪など、私の他にはいないでしょう。あなたのおっしゃる通りですね……私はどうしてこんなにも無様なのでしょう。妖怪としても、人間としても、価値などない……」

乾いた笑い混じりに言った今次郎の目から、また涙が流れた。

「……」

じっと今次郎を見下ろした喜蔵が、ようやく口を開こうとした時、

「今次郎さまは無様などではありません！」

「そうですとも……！」

叫び声が響いた。喜蔵と古道具屋の付喪神たちは、声を発した琴古主たちに視線を向けた。彼らは、今次郎におずおずと歩みよりながら語りだした。

「……今次郎さまは、私たちをとても大事にしてくださいました。興味はないのに、価値を目当てにして買いに来たお客には、決して私たちを売らなかった。その反対に、大事にしてくれそうな人には、値を下げてまで渡してくださって……過去に売られていった同胞たちは、今次郎さまのおかげでとても幸せそうでした」

「売られていった者たちだけではありませんわ！　いつまで経ってもいい買い手がつかない品も、今次郎さまは平等に慈しんでくださった……私たちと同じように、あなたも私たちの本性には気づいていなかったのでしょう。それなのに、あなたは私たちに毎日優しく語りかけてくれた……うふふ。話し方から、この世の常識、浅草のこと、そこに住まう人たちについて――私たちに色々なことを教えてくださったのは、あなたではありませんか！」

差江と水瀬が必死に説けば、洟《はな》を啜《すす》りながら鳥兜丸が言った。

「この者たちが言うことは、もっとも……俺たちは、いつもあなたと共にあった。あなたのおかげで、よい道生、よい妖生が送れている……！」

「荻の屋への愚痴を聞き、勝手に喜蔵殿への復讐《ふくしゅう》を果たそうとして、申し訳ありません……今次郎さまを哀しませる存在が許せなかったのです。今後は決してこのような真似《まね》はいたしません……だから、今次郎さま――」

嗚咽《おえつ》で先を続けられなかった鈴王子に代わり、琴古主が口を開いた。

「価値がないなどとおっしゃらないでください。私たちにとって今次郎さまは、誰よりも価値のある方なのですから。私たちでは寂しさを癒《いや》せぬかもしれませんが、今次郎さまが許してくださるなら、これからも共にいさせてください……！」

叫ぶように言うなり、うわーんと泣きだした琴古主につられて、今屋の付喪神たちは大泣きした。

「……確かに不足ですね」

今次郎は小声で言った。眉を顰めた喜蔵は、前に足を踏みだしかけたが、三味長老に袴《はかま》の裾を引っ張られて、思いとどまった。皆が不安げな表情を浮かべるなか、三味長老だけは穏やかな表情で今次郎たちを見つめている。

「あなたたちのように心優しく、道具としても妖怪としても優れた者たちの主人が私のような者だなんて……あまりにも力不足です」

ふっと笑った今次郎は、「でも」と続けて顔を上げた。

「もしそれでも許してくれるなら……私のそばにいてくれませんか」

「……今次郎さま！」

琴古主たちは主の名を叫びながら、今次郎に飛びついた。ちょうど半身を起こした今次郎は、胸に飛びこんできた道具たちに目を白黒させながら、やがて泣き笑いをした。

「……うう、ぐす」

「何でお前まで泣くんだ、弟よ……ひっく」

「そういう兄者こそ……ぐすんっ」

釜の怪としゃもじもじはもらい泣きをした。硯の精と前差櫛姫、三味長老以外の面々は、涙こそ流さぬものの、泣きそうな表情をしていた。

「ふん……何よ。良い話でまとめちゃってるけど、逸馬へのお詫びとお礼、それに喜蔵へのお詫びもしていないじゃないの」

今次郎たちを遠巻きに眺めながら、前差櫛姫は鼻を鳴らした。

「まあ、よいではないか。はじめて友ができたのだ。きっと、今次郎もすっかり改心して、そのうち改めて喜蔵に詫びに来るさ」

「硯の精って、本当にお人好しねえ……喜蔵はそれでいいの？――あら？」

前差櫛姫は首を傾げて辺りを見回した。そこにはすでに喜蔵の姿はない。

「……妖怪のあたしが言うのも何だけど、ここは喜蔵が今次郎に、『俺に友などいない。……だが、話し相手くらいならばなってやってもよい』とか何とか言って、めでたしなんじゃないの？」

「なんだ、前差。お主は結局今次郎を許してやれという意見なのか？」

「別段どっちだっていいわよ！　見ず知らずの商人だもの」

　唇を尖らせた前差櫛姫は文句を言いつつ、荻の屋の仲間の許へ近づいていった。

「ちょっと！　いつまで泣いてるのよ！　妖怪のくせにみっともないわねえ。皆、根性が足りないのよ。ほら、あたしの前に並びなさい。ここにいる全員まとめて、この前差櫛姫さまが鍛《きた》えてあげるわ！」

　前差櫛姫の発言と高笑いを聞いた一同は、さっと顔を蒼褪めさせ、慌てて逃げだした。

「待ちなさい！　逃げれば逃げるほどひどい目に遭わせるわよ‼」

　勿論立ち止まる者はいなかった。座敷の中で鬼ごっこがはじまる前に、三味長老はいそいそと小走りして、襖の壊れた出入口を潜《くぐ》った。廊下に出て歩きだした三味長老は、ある部屋の前で足を止めると、わずかに襖を開いた。

　そこには、壁際に追い詰められた七夜と、壁に手をついて七夜に凄《すご》む喜蔵の姿があった。

「月明かりを浴びるのを止めたら、狐に戻ってしまうと言ったたな。今日はほんの少ししか浴びていないはずだが、支障はないのか。自ら狐に戻った今次郎は、まさかこのまま人間に変化できぬなどということはあるまいな？」

「いやいや、そない怖い顔で迫らんといてくれる⁉　ほんまおっそろしい面なんやから、もっと気をつけてもらわな……ゴホン！　ええっと、質問何やったっけ？　ああ、月や月。大丈夫や、まるで問題あらへん。望めばすぐにまた人間に変化できるやろうし」

　丸っと嘘やからな――七夜はからからと笑った。

「そうや。月明かりを浴びつづければ人間に変化できるようになるなんて、真っ赤な嘘や。お月さんに特別な力があるかは分からへんけど、あったとしても、妖怪や人には関係あらへん。月のもんは月のもんや。わてらの力がわてら自身のもんであるようにな」

「……嘘、だと？」

怪訝な顔で呟いた喜蔵に、七夜はいつもより翼を大きく羽ばたかせながら答えた。満足げな様子に、喜蔵は常にも増して仏頂面で言った。

「……つまり、今次郎は月の力をもらって変化しているつもりで、自らの才や努力で変化できるようになったと」

うむ、というように頷いた七夜は、「ぎゃっ」と悲鳴を上げた。

「せやから、その閻魔顔止めてもらえへん!?」

「煩い、鳥頭」

「そうそう、ちょっと煮込んだらいい出汁《だし》が取れる——って、何やと!!……あ、こら！」

話は終わってへん——七夜がすべて言いきる前に、喜蔵は素早く廊下に出た。襖の近くに立っていた三味長老をちらりと見たものの、何も言わず表に向かって歩きだした。三味長老は、姿勢のいい後ろ姿に声を掛けた。

「大丈夫だと伝えてやればいい。お主の口から聞いたら、喜ぶだろう」

そして、深く感謝もするはずだ。そうすれば、今次郎も「これまでの非礼をお詫び致します」と言いやすくなるだろう。しかし——

「なぜ俺が奴を喜ばせてやらねばならぬのだ。お前が代わりに伝えてやればいい。俺にはかかわりない」

ふんと鼻を鳴らして、喜蔵はそのまま歩き去ってしまった。

「……素直でない御仁だ。私のご主人とは正反対だが、心根が優しいところはよく似ている。ああ、いかん……たった数刻離れていただけなのに、もう会いたくなってしまった。だがあの方は今頃、夢の中で私を奏でておられるかな」

くすりと笑った三味長老は、茶と菓子を盆に載せてこちらに向かってくる又七の姿を認め、慌てて部屋に戻った。

「あ、足の生えた三味線が走っていたような……いや、気のせいだ！　きっとまだ夢を見てるのだろう……それにしては妙に意識がはっきりしているなあ……お迎えが近いのだろうか？　困るなあ、『急に死ぬなんて迷惑です！』と怒られてしまう」

又七が廊下で独り言ちる《ご》なか、三味長老は皆に「急いで変化を解け！」と大声を張った。

かりそめの家

「ずっと口を利いてくれないね」

「…………」

「怒っている理由を教えてくれるかい？」

「……いっつも一人で行っちゃうんだもの。留守番ばかりでつまらない」

「そうだったね、ごめん。どうしたら仲直りしてくれる？」

「……遊びたい」

「いいよ。たくさん遊ぼう。何がしたい？」

「遊びたい――あの人と」

「……ふふふ、いいよ。じゃあ、行こうか」

「――うん！」

＊

とん、とん――。

浅草《あさくさ》の、とある商家の戸を叩《たた》く音が響いたのは、明治六年九月初めのことだった。残暑の厳しい頃で、空には焼けるような陽が浮かんでいる。じりじりと騒がしい声を上げる蟬《せみ》も、夏の終わりをまだ知らずにいるのかもしれぬ。

「開けてー開けてよー」

戸を叩いて言ったのは、八つくらいのおかっぱ頭の少女だ。顔半分しか見えぬのは、目の下で切り揃《そろ》えられた前髪のせいだ。白面の中、紅を引いたように赤い唇《くちびる》が浮いている。

「ねえ、遊ぼうよー」

何度声を掛けても、戸の中から返事はなかった。口をへの字にして振り返った少女に、後ろに立っていた男は困ったように笑った。男は暑さを感じぬ性質《たち》なのか、単衣《ひとえ》の上に羽織まで羽織っている。更に妙なのは、その色柄だ。天の川が描かれた藍《あい》の羽織に、不如帰《ほととぎす》と鳳仙花《ほうせんか》の絵が入った黄土《おうど》色の単衣、鮮やかな朱《しゅ》の帯――上から下までかくも派手だというのに、男が纏《まと》うと、不思議と洒脱《しゃだつ》に見えた。

「出直そうか。その時は必ず一緒に遊んでもらおう」

男の囁《ささや》きは、琴の音のように澄んだ美しさを持っている。この声で優しく提案されたら、大抵の者は一も二もなく頷《うなず》いてしまうだろう。だが、長年共にいる少女には通じなかった。

「嫌！　中で待ってる！」

「駄目だよ、できぼし——」

止めた時には、できぼしと呼ばれた少女は戸の鍵《かぎ》を開け、中に駆けこんでいた。普通の人間ではない彼女にとって、鍵を開けるなど造作もないことだ。手を宙に浮かせたまま、男は溜息《ためいき》を吐《つ》いた。ちらりと見上げた先にあった看板には、こう記してある。

古道具　荻《おぎ》の屋《や》
「ごめんね、喜蔵《きぞう》さん」

不在らしい店主にそう呟《つぶや》いた男——多聞《たもん》は、言葉とは裏腹に悪びれぬ笑みを浮かべて、荻の屋へと足を踏み入れた。


「あははは、いやあ快適快適！」

店の中に入って早々聞こえてきたのは、わいわいと騒がしい声だった。誰もいないはずなのに——と不思議に感じるところだが、事情を知る多聞は何とも思わなかった。この荻の屋には、風変わりな者たちが大勢住み着いている。彼らの多くは、店内の棚の上で寝起きしていた。

「はあ、閻魔《えんま》が出ていったおかげで、やっと本性が出せる」

声が聞こえたと同時に、小太鼓《こだいこ》の側面からぽんっと短い手足が飛びだした。彼は、小太鼓の付喪神《つくもがみ》、小太鼓太郎《こだいこたろう》だ。何かあるたび、腹の鼓《つづみ》を叩く癖《くせ》があり、今もそうしている。元々は、一本の木材の中をくり抜いて作られた、なかなか高価な小太鼓だったが、側面に張られた牛革は劣化してぼろぼろだ。作られてから百年も経《た》つと、物にも命が宿る――それが彼ら付喪神と呼ばれる妖怪の一種である。

「まったくだ。仮の身で居続けるのも楽ではないな」

釜《かま》の怪《かい》は、太い針金のような手足を出して嘆息《たんそく》した。名の通り釜の付喪神で、弟分のしゃもじもじというしゃもじの付喪神も、隣でもたもたと変化《へんげ》している。付喪神には手足ばかりでなく、目や口もある。しゃもじもじは、童子のような顔つきで、ちっとも怖くない。

「あんたらは日中ほとんど寝ているんだから、仮の身のままでいいだろ。アタシはずっとこの身だから、迂闊《うかつ》に姿も見せられないよ」

呆《あき》れた声を出したのは、店と繋《つな》がる居間からやって来た撞木《しゅもく》だ。顔が撞木鮫《ざめ》によく似た妖怪である彼女は、艶《あで》やかな振り袖《そで》を纏っており、顔さえ隠せば絶世の美女に見える。

「お前は時折平気で客の前を横切っているじゃあないか。露見したら閻魔に殺されるぞ」

びくびくしながら言った臆病《おくびょう》者のしゃもじもじに、撞木は鼻を鳴らして答える。

「あんなの顔が恐ろしいだけで、ただの人間さ。アタシたち妖怪には敵わないよ」

「そうとも。それに、こちとら数が多い。束になって掛かれば、三つも数えぬうちに退治できる」

宙を舞っていた白布の妖怪いったんもめんが後に続いた。多聞がふきだしそうになったのは、その怪の身にあった「一反《いったん》以上ある木綿《もめん》」という落書きのせいだ。それは、妖怪たちから「閻魔」と恐れられている店主が、ある時腹いせに書いたものである。

「そ、そうだな……閻魔など取るに足らぬ。その気になればすぐにやっつけられるぞ！」

「じゃあ、何でそうしないの？」

「そりゃあ――……あ！」

背後から聞こえた少女の問いに答えかけたしゃもじもじは、円《つぶ》らな目を見開き固まった。

「何だ、その怯《おび》えた面《つら》は。せっかく閻魔がいないというのに――ぎゃあああ！」

続く小太鼓太郎の悲鳴で、戸の方に顔を向けた付喪神たちは、そこに立っている大小二つの影――多聞とできぼしを見て、青ざめた。

「う、うわあ出たあああ！　目だらけ妖怪と化け物娘……こ、殺される！」

一斉に叫び声を上げ、慌てふためく付喪神たちに、多聞とできぼしは顔を見合わせた。

「多聞、目だらけ妖怪だって」

「そういうできぼしは化け物娘だってさ」

否定しなかったのは、付喪神たちの言が正しかったからだ。多聞は百目鬼《どうめき》という数多《あまた》の目を持つ妖怪であり、できぼしは鬼の娘である。同じ妖怪だというのに、二人がこれほど皆から恐れられるのには、理由があった。

付喪神たちは、普段はただの道具だ。店に並べられた普通の品と同様の扱いを受けるのは、道理だと思っている。だから半年前、多聞が彼らを買った時、彼らも喜んで買われて行ったのだが——まさかそこで命が削《けず》り取られるとは、誰一妖として考えもしなかっただろう。また同じ目に遭うのではと付喪神たちが怯えるのも無理はなかったが——

（長い妖生からすれば微々《びび》たる時なのに）

多聞が首を捻《ひね》っていると、「ぎゃあ」と更なる悲鳴が轟《とどろ》いた。視線を向けると、集まった付喪神たちの前にできぼしが立ち、赤い唇をぺろりとなめていた。

「うわあ、こっちへ来るな！　喰《く》うな！　お、俺などただの木の塊《かたまり》だ！　まだ前差櫛姫《まえざしぐしひめ》の方が美味《うま》いはず！」

「小太鼓太郎、あんた、なんて卑劣《ひれつ》で妖怪らしいの！　確かに、あたしはすごく可愛《かわい》いわ。だからきっと美味《おい》しいはず……どうせ食べるんだったら、多聞が食べてちょうだい！」

「前差櫛姫……まだあの目だらけ妖怪のことを——おい、姫の代わりにこの堂々薬缶《どうどうやかん》を！

……いや、や、やはり、茶杓《ちゃしゃく》の怪はどうだ!?」

互いを押しのけ、揉《も》めている付喪神たちに顔を寄せて、できぼしはにやりとして言った。

「食べないよ——遊ぼう？」

付喪神たちが息を呑《の》んだのは、できぼしの身からまがまがしい妖気が発されたからだ。

できぼしと面識のない撞木も思わず後退《あとずさ》り、いったんもめんは泡を食って奥へ飛び去った。できぼしの妖気を真正面から受けた付喪神たちは皆、動けずにいる。荻の屋の中に異様な緊張感が満ちてまもなく、こほんと咳払《せきばら》いが響いた。

「——何をしている、お前たち。主人が帰ってきたというのに、出迎えもなしか」

眉間に皺《しわ》を寄せ、不機嫌《ふきげん》な声を出したのは多聞だった。できぼしが不思議そうに小首を傾《かし》げた時、付喪神たちがどっと笑い声を上げた。

「なんだ、喜蔵か。忘れ物でもしたのか？　随分《ずいぶん》と早いお帰りじゃあないか」

撞木が馬鹿にしたような声で述べた。身を寄せ合って震えていた付喪神たちも、「はて、何をしていたんだ？」と首を傾げると、目の前にいるできぼしを見て目を瞬《しばた》かせた。

「あれ、深雪《みゆき》もいる。今日は牛鍋《ぎゅうなべ》屋休みなのか？」

今の今まで死ぬほど怯えていたはずの妖怪たちが、できぼしを深雪と呼び、気安く声を掛けてきた。

深雪というのは喜蔵の妹で、牛鍋屋で働いている。可愛らしい見目に似合わず心が強いので、妖怪たちからは「鬼姫《おにひめ》」などとあだ名をつけられている。

店の奥に来た多聞は、いつも喜蔵が座っている作業台に上がった。後に続いたできぼしは、多聞にこそこそと話しかけた。

「多聞、力を使ったの？」

「そうだよ。皆にはね、俺が喜蔵さん、できぼしが深雪さんの姿に見えているのさ」

密やかに返した多聞の声は、いかにも面白がっている。つられて、できぼしも笑った。

「何だ何だ？　兄妹《きょうだい》で内緒話などして……仲が良くて気味が悪いじゃないか」

訝《いぶか》しげな視線を送ってきながら言った撞木に、多聞はちょっと考えて答えた。

「いや、俺は妹と仲良くしたいのだ。だが、いざとなると恥ずかしくてな」

「閻魔が素直だなんて……天地がひっくり返る前触れか!?」

妖怪たちがざわめいたのは、無理もない。普段の喜蔵を知っている者なら、皆同じ反応をするはずだ。

「あたしもお兄ちゃんともっと仲良くしたいわ」

「鬼姫まで……こ奴《やつ》も相当な意地っ張りなのに！」

更に仰天した様子の妖怪たちに、多聞とできぼしは笑いを堪《こら》えて芝居を続けた。

「深雪、ずっと俺のそばにいてくれ」

「ごめんなさい……お兄ちゃん。実は、あたしもうすぐお嫁に行くの」

「えー！」と驚嘆の声を出した妖怪たちを尻目に、多聞はできぼしの細い肩を摑《つか》んだ。

「……一体誰の許《もと》に嫁ぐというのだ!?」

「実は……彦次《ひこじ》さんの許に」

「えええー!!」と更に大きな声を上げた妖怪たちは、立ち上がって慌てだした。

「よ、よりにもよってあの阿呆《あほう》絵師とは！」

彦次は喜蔵の幼馴染《おさななじみ》で、なかなかの色男だ。しかし、過去にすれ違いがあって以来、喜蔵は彦次を無視しつづけてきた。最近ようやく口を利くようになったが、喜蔵が彦次を呼ぶ時は「阿呆」「色魔」などと罵詈《ばり》雑言《ぞうごん》が並ぶ。荻の屋の妖怪たちもそれを真似《まね》て、彦次をからかって遊んでいる。そんな彦次を哀れに思いつつ、多聞は低く呟いた。

「許すわけにはいかぬ……奴を殺そう」

「わー！　ついに閻魔が人殺しを……!?」

そんな悲鳴が上がったのも束《つか》の間、

「──ま、いいか。あの阿呆が殺されたとて、我らに害があるわけもなし」

「左様《さよう》左様。あれほどの女好きだ。閻魔に殺されなくとも、そのうち女に呪《のろ》い殺されるさ」

あっさり興味を失くした妖怪たちは、各々の持ち場へと戻っていった。

「……もう終わり？　つまんないの」

「喜蔵さんがいないと盛り上がらないね」

唇を尖《とが》らせたできぼしを見遣って、多聞は苦笑しつつ言った。

とんとん──。

表戸を叩く音がしたのは、その時だった。

「おや、誰か来たぞ。変化を解くか」

釜の怪が大儀そうに言ったと同時に、しわがれた声が響いた。

「もし──貴殿にお頼みしたき儀がある」

述べたのは、いつの間にか戸の前に立っていた、髪も髭《ひげ》も真っ白、顔中皺だらけの年老いた男だった。姿形は人間に見えるが、閉じた戸のわずかな隙間《すきま》を人間がすり抜けられるはずがない。よく見ると、頭には欠けた角《つの》のようなものが生えていた。不格好な形のそれは、鈍く光り輝いている。そこからうっすら漏《も》れでているのが、彼の妖気だろう。

「……多聞、帰るのは後にしようよ」

「奇遇だね。俺もそう言おうと思ってた」

囁き合ったできぼしと多聞は、悪戯《いたずら》な笑みを浮かべた。


「取り戻していただきたい物がある。今すぐ己《おのれ》について来ていただけるでしょうな」

訪ねてきた老妖は、早々に用件を切りだした。

「これまた随分と唐突だね……あんたのその頼み事というのは、妖怪沙汰《ざた》なのかい？」

「そうでなければ、こんな怖い顔の男をわざわざ訪ねてなど——うわわ、射殺される！」

撞木の問いに答えた茶杓の怪は、多聞と目が合った瞬間、小太鼓太郎の後ろに隠れた。

「誰に何を聞いたか知らぬが、俺は妖怪沙汰など解決できぬ。よって、依頼は断る」

喜蔵の口調を真似て多聞が答えると、荻の屋の妖怪たちは頷いた。これまでも、喜蔵の許には妖怪絡みの相談が持ちこまれることがあったが、喜蔵はいつもすげなく断っていた。

「お兄ちゃんがそう言うならば仕方がないわね。ごめんなさい、妖怪さん」

同じく深雪の口振りを真似たできぼしもそう言って、頭を下げた。常だったら「だったらあたしが聞きます」と言いだしそうな深雪があっさり引き下がったので、妖怪たちは感心したような声を上げた。

「深雪も少しは大人になったのね。もういくつ寝ると十七だから？　すっかり年増《としま》よね」

「それを言うなら、あんたは大大大年増さ」

前差櫛姫の言に撞木が呆れて返した時、それまで黙していたある付喪神が口を開いた。

「……二人とも妙じゃないか？」

ぽつりと述べたのは、硯《すずり》の付喪神である、硯の精《せい》だ。妖力はさほどないものの、妖生が一等長いことや、妖怪にあるまじき慈悲深さから、皆に慕われている。

「さっきから、どうもおかしい。喜蔵も深雪も、いつもと何か違っているような……」

訝しんだ声を上げた硯の精は、細い手足をひょこひょこ動かして、多聞たちの許へやって来た。硯の精は、朴訥《ぼくとつ》な性格に似合わず勘が鋭い。とある因縁でそのことを知っていた多聞は、すっと身を引いた。

「喜蔵、お主一体どこへ行くつもりだ？」

床に降りて表戸に向かって歩きだした多聞に、硯の精はますます怪訝《けげん》そうに声を掛けた。

「せっかくの休みだ。口煩《くちうるさ》い硯と過ごすよりは、探し物でもしている方がまだマシだろう」

ふんっと鼻を鳴らした多聞に、硯の精はちょっと間を空けて明るい声を出した。

「……素直に『依頼を受ける』と言わぬところは相変わらずだが、偉いぞ！」

己の小言が効いたのだと勘違いしたらしく、棚の上に登って、柏手《かしわで》を打っている。

「硯などに褒《ほ》められても、嬉《うれ》しくはない。深雪、お前はついて来なくてよいぞ」

「あたしは、行きたいから行くんです」

不器用な兄妹が言いそうな台詞《せりふ》を交わしながら、多聞とできぼしは並んで外に出た。依頼してきた妖怪も続く。完全に戸が閉まった瞬間、多聞はその老妖の顔を覗《のぞ》きこんで言った。

「さあ、案内してくれ。楽しませてくれるんだろう？」

つまらなかったらただではおかないけれど――心中の声は、無論口には出さなかった。


荻の屋を出た多聞とできぼしは老妖に導かれるまま、浅草の町を歩きだした。商家通りを過ぎて、浅草寺《せんそうじ》方面へ向かったが、横道に入った途端引き返すような足取りになった。ずっとそんな調子で、四半刻《しはんとき》（約三十分）経っても大して距離が進まず、近所をうろうろしている。

「多聞……つまんない」

「無為に時を過ごす羽目になったら嫌だものね。あと少ししたら、帰ろうか」

ぐいぐいと袂《たもと》を引っ張ってくるできぼしに、多聞は優しく答えた。

（不老不死のお前に時の大事さなど分かるものか――とあの小鬼に言われそうだけれど）

あの小鬼とは喜蔵の友で、百鬼夜行《ひやつきやこう》の行列から外れて、この世に落ちてしまった妖怪だ。情が深すぎるその鬼を見るたび、（俺よりもよほど人間らしい）と多聞は思った。

多聞も、昔はただの人間だった。だが、百目鬼という凄《すさ》まじい力を持つ妖怪と同化してからというもの、身も心も妖怪となった。外見こそ昔のままだが、四百年以上も生きつづけている。そんな多聞でも、時の大事さは分かっているつもりだ。だらだら過ぎゆくことを許容したら、妖生はつまらなくなる。多聞は、退屈がこの世で一等嫌いだった。

「ねえ、一体何が目的なんだい？」

にっこりと笑って問いかけるが、老妖は黙したままだ。喜蔵の顔だから怖がっているのかもしれぬ——はたと気づいた多聞が一度だけ瞬きをした時、件《くだん》の妖怪がにわかに姿を消した。

「おや、消えた。できぼし、彼がどっちに行ったか見ていたかい？　おっと——」

多聞が苦笑したのは、訊《たず》ねている途中に、できぼしが走りだしてしまったからだ。できぼしはとてつもなく足が速い。案の定、あっという間に姿を消してしまったできぼしの後を追うべく、多聞は己の額《ひたい》を指で撫《な》でた。

「できぼしを見つけておくれ」

多聞の言の後、ぎろり——と光ったのは、額に浮き上がった目だった。


やがてたどり着いたのは、見覚えがありすぎる場所——荻の屋だった。

「ここにできぼしがいるのかい？」

返事はなかったが、額の目が消えたので、「そうだ」ということなのだろう。多聞の中には数多の目が存在する。それは、百目鬼という元の妖怪のものと、多聞が身体《からだ》の中に取りこんできた人間たちの目だ。身体のあちこちに存在し、多聞の呼びかけに応じて現れる。他人になりすませるのは、これらの目の力だ。額に出てくる目は、失せ物を見つけることができるという便利な力を持っている。

（……おや、心なしか綺麗《きれい》になっているような）

荻の屋と書かれた看板を見上げた多聞は、微妙な違和感に首を傾げつつ、戸に手を掛けた。

「だから、喜蔵はどこに行ったんだよ！」

「知らないよ。最初からいなかったもん！」

「嘘《うそ》だ！　この時間、あいつはいつもじいちゃんと店番しているんだぞ！」

入って早々聞こえてきたのは、できぼしと見知らぬ少年の言い争う声だった。

「二人揃って留守だなんて、これまで一度だってなかった……だ、誰だ!?」

多聞に気づき、振り返った少年は、声を裏返した。多聞が思わず笑んでしまったのは、少年の顔が知己《ちき》に似ていたからだ。

涼しげな目許に、すっと通った鼻梁《びりょう》。整った顔立ちに似合わぬ、情けない表情——喜蔵の幼馴染の絵師・彦次と瓜二つだった。だが、十《とお》は歳が若そうだ。

「ば、ば、ば、化け物……！」

多聞を指差して少年は言った。勘《かん》の鋭いところまでそっくりのようだ。しかし、この少年とよく似ている彦次でも、多聞が妖怪だと確信できなかった。多聞は普段、妖怪にすら察知できぬほどに、妖気を抑えている。

「化け物なんだろ!?　だ、だって、その顔！　鬼か閻魔としか思えない……怖すぎる！」

言うなり後退った少年に、多聞はふきだした。己の正体を察知したからではなく、単に喜蔵の顔が恐ろしかったらしい。

「俺は多聞、その娘はできぼしと言うんだ。あんたは？」

多聞と離れたことで幻術が解けてしまい、誰の目にも元の姿にしか見えぬできぼしを指し示しながら、多聞は優しい口調で言った。二人を見比べた少年は、やがて観念したように「彦次」と呟いた。

「彦次？　絵師のお兄ちゃんと一緒だ！　何で同じ顔と名前なの？　変なの！」

できぼしの上げた声に、多聞はぴくりと眉を動かした。

「はあ？　お前たちこそ何なんだよ。喜蔵とじいちゃん……この店の主《あるじ》はどこ行った⁉」

彦次と名乗った少年は、怪訝な顔で言った。

「荻の屋の店主は喜蔵って人だよ。その人のおじいさんは、何年も前に死んだもの」

「……何言ってんだ？　じいちゃんはまだまだ元気だし、喜蔵はああ見えて俺と同じ十だぞ。店主なんてつとまるわけねえじゃねえか」

（同じ顔に同じ名か。もしや、これは――）

できぼしと彦次の嚙《か》み合わぬやり取りを聞いていた多聞は、思い至ったある考えを確かめるべく外に出た。近所を訊ね回って店に戻ってきたのは、四半刻くらい後だ。

「――わああ、殺される！」

戸口を潜《くぐ》った途端、情けない声が聞こえてきた。頭を抱えこんで蹲《うずくま》る彦次の横で、できぼしが笑っている。周りに式神や古道具が散らばっている様子からして、彦次をからかって遊んでいたのだろう。

「できぼし、駄目だよ。あんまり怖がらせたら、死んでしまうかもしれない。そうしたら、十年後に遊んでもらえなくなってしまうよ」

笑いを堪えながら近づいてきた多聞の言に、できぼしは小首を傾げた。

「往来の人に聞いたんだけれど、巷《ちまた》では『天誅《てんちゅう》』という名の人斬《ひとき》りが流行《はや》ってるんだってさ。金物屋は、半年前に将軍上洛《じょうらく》の行列を見にいったらしい。『行商をはじめてどのくらい？』と魚売りに訊ねたら、『文久《ぶんきゅう》元年にはじめて二年半経つ』と教えてくれたよ」

今得たばかりの話を、多聞は語った。常より新しく見える荻の屋の看板、彦次の幼すぎる外見、存命であるという喜蔵の祖父——それらの点を結んで得た多聞の考えは、町の人々の証言によって確信に至った。

「今は御一新《ごいっしん》前の文久三年だってさ。長らく生きてきたけれど、流石《さすが》にはじめてだね」

まさか時を遡《さかのぼ》るなんて——続けようとした言葉を、多聞は呑みこんだ。できぼしでさえ、口をぽっかり開けて驚いている。彦次が事実を聞いたら、泡を吹きそうだと思った。

「……どうして？」

「俺にも分からないけれど、あの老妖がかかわっているのは間違いないだろうね」

息を呑んだできぼしは、居間の方へ駆けていった。居間ばかりでなく、土間や流し辺りまで探っているのを、多聞は愛用の煙管《キセル》を咥《くわ》えつつ、のんびりと眺めていた。

「……今度は本当に消えちゃった」

多聞の傍に戻ってきたできぼしが、しょんぼりと言った。

多聞と違い、できぼしは老妖から一瞬も目を離さなかった。だが、老妖は突如《とつじょ》視界から消えると、数間《すうけん》先に現れた。それから老妖は、急に姿を現しては、できぼしが追いつきそうになったら消える——というのを繰り返し、どんどん先へ進んでいった。最後に老妖が荻の屋の中に入ったのを見て、できぼしも続いたという。彦次が荻の屋に遊びにやって来たのは、その直後のことだった。

「……なあ、あんたら本当に何者なんだ？　喜蔵とじいちゃんはどこに行っちまったんだ？」

おそるおそるといった様子でやっと顔を上げた彦次に、多聞は声を潜めて述べた。

「——俺たちは妖怪さ。喜蔵と爺《じじい》は隠した」

「や、やっぱり……!!」

後退りながら、彦次は悲鳴を上げた。蒼白になった顔を見下ろして、多聞は笑いを堪えた。

（本当に期待通りの反応をしてくれるなあ）

多聞の浮かべた薄笑いを見たできぼしは、赤い唇の端《はし》を吊《つ》り上げた。彦次をからかって遊ぶのが楽しいことは、できぼしも知っている。できぼしは、彦次の許に一歩、また一歩と近づいていき、壁際《ぎわ》まで追い詰めたところで、ぐっと顔を寄せて囁いた。

「ねえ、二人を返してほしい？」

多聞たちには、十年前の喜蔵たちの所在など知る由《よし》もない。彦次の目の表面に涙の膜ができたのを見た多聞は、そろそろ「冗談だよ」と教えてやろうとしたが、

「……どうしたら、返してくれるんだ？」

思わぬ問いを返されてしまい、目を瞬かせた。震えているくせに、真摯《しんし》な色を帯びた目を逸《そ》らそうとしない。どうやら彦次は、この頃の方がずっと根性があったようだ。

（そろそろ十年後に戻る方法を考えようと思っていたけれど、もう少し後でもいいか）

多聞は、しばし遊びに興じることにした。

「じゃあ、勝負しようか。あんたが勝ったら、二人を返してあげよう」

勝ったところで返せぬが、そんなことを知らぬ彦次は、一瞬喜んだ顔をしたが、

「で、でも……負けたらどうなるんだ？」

すぐさま心配げな顔つきになって訊ねてきたので、存外冷静なところもあるらしい。

「そうだねえ、その時は――」

とんとん――

多聞の言葉を遮《さえぎ》ったのは、誰かが表戸を叩く音だった。

「今、ここに入ってくる人の悩みを解決した方が勝ち――というのはどうだろう？」

それは単なる思いつきだったのだが、

「――乗った！」

開いた戸の向こうに立つ相手の姿を見た瞬間、彦次は立ち上がって即答した。

「彦次兄ちゃん、昔から女好きなのね……」

呆れたように述べたできぼしに、多聞は失笑した。伏《ふ》した目と、小さな唇の脇《わき》にある黒子《ほくろ》が何とも色っぽい。血の気が引いた青白い細面《ほそおもて》も、妖艶《ようえん》さに拍車を掛けている――戸の前に立っていたのは、箱膳《はこぜん》ほどの大きさの箱を抱えた、年の頃十八くらいの佳人《かじん》だった。

「朔《さく》さん、何か悩み事はありませんか!?」

朔――と名乗った客を招き入れて早々、彦次は切りだした。突然の問いかけを訝しく思うところのはずが、

「この箱にかけられた呪《のろ》いを解いていただきたいのです」

朔はすんなり答えた。流石の多聞も目を見張ったが、多聞以上に驚いたのは、こちらを振り返った彦次だった。

「呪いって……あ、あんたらの仕業か!?」

「嫌だなあ、何でもかんでも俺たちのせいにしないでおくれよ」

多聞の答えにまるで得心がいかぬといった顔をした彦次の脇を通り抜けて、朔は張りつめた表情で箱を差しだした。受け取った多聞は、作業台に腰かけながら、それを見分する。

装飾の類《たぐい》はなく、簡素な作りをしている。側面に細かい傷が幾つもついている以外、さしたる特徴はなかった。だが、蓋《ふた》を開けた瞬間、多聞はにやりと笑んだ。

「……すごい！　立派な箱庭だ」

箱の中を覗きこんだ彦次が、感嘆の声を上げた。

箱庭は、手で持ち運べる程度の大きさの箱を庭に見立てて、屋敷などの模型を作って入れる娯楽の一種だ。文久三年といえば、徳川《とくがわ》の時代だが、この頃にはすでに流行していた。材料さえあれば、手軽にできる趣味だ。隠居した者には勿論《もちろん》、若者にも人気だった。

彦次の言う通り、その箱庭はよくできていた。青々とした芝生に咲き乱れるのは、杜若《かきつばた》。池の中に見える赤は鯉《こい》だろう。三日月《みかづき》形の橋がかかり、その上には池を覗きこむようにして、人形が置かれている。整えられた庭を一望するように建っている屋敷はこぢんまりとしているが、屋根の瓦《かわら》一つ一つが磨《みが》かれたように輝き、鬼瓦まで細かい意匠《いしょう》が施されていた。白壁に取りつけられた大きな窓は完璧な円を描いており、まるで満月のようだ。

「随分と精巧だなあ……あの人形なんて、まるで生きているみたいだ」

彦次の言葉に、朔の頬《ほお》がぴくりと引きつった。

「迂闊に触ると、呪いが移るかもしれないよ」

多聞がそう忠告すると、彦次は伸ばしかけた手を慌てて引いた。

「ねえ、何の呪いがかかっているの？」

いつの間にか、多聞の横で足を抱えこんで座っていたできぼしが、朔を見上げて問うた。

朔は少しだけ迷ったような顔をしたが、三者からのまっすぐな視線を受け、口を開いた。

「……これは、ただの箱庭ではないのです。よく見てください」

「こんなによくできていますもんね。そりゃあ、ただの箱庭なんかじゃ――えええ!?」

箱の中を覗きこみ、調子よく相槌《あいづち》を打っていた彦次は、にわかに後ろに転んだ。同じく箱を注視していた多聞とできぼしも、顔を見合わせた。

「多聞、あたしもこの箱庭欲しい!」

「そうだねえ。これ、売ってくれますか」

できぼしのねだりを受けて、多聞は朔を見上げて言った。顔を強張らせた朔は、何度も首を横に振った。

「お売りすることはできません……だって、その箱庭は――生きているんですもの」

まさか――とは誰も口にしなかった。箱庭の中の池にかかった橋の上から人形が去っていき、杜若が段々と枯れて行く様を、皆その目で目撃したからだ。


朔が箱庭を手にしたのは、半年前のこと――

「父の形見で……生前作っていたそうです」

「おや、まるで又聞きしたような言い方だ」

微笑《ほほえ》みながら言った多聞に、朔は俯《うつむ》いて頷いた。

朔の父又兵衛《またべえ》は、浅草で質屋を営んでいた。商いは順調で、何不自由なく過ごしていたが、五年半前、生活が一変する。「屋敷から出ていけ」と突如言いだした又兵衛に従い、母と朔は浅草の地を離れることとなった。

「本当に突然のことでした。なぜそんなことを言われたのか、当時は分かりませんでした……ただ、母が泣いていたのは覚えています。『出ていけ』と言ったのは父なのに、母の方が申し訳なさそうにしていました」

まさか不義でもしたのか――子どもながら心配したが、朔の母は生まれつき身体が弱く、屋敷からほとんど出ることはなかった。それに、又兵衛のことを一途《いちず》に想っており、健気に尽くしていた。屋敷を追いだされてからは、親戚がいる田舎《いなか》で療養の日々を送った。

「こんな非力な母に何もできるはずがない――だから私は、父に原因があったのだと思いました。屋敷を追いだされる前、父は何やら外へ出かけることが多かったので……」

離縁の原因を母に訊ねることはできなかった。屋敷を出てからというもの、母の体調は悪くなる一方だった。これ以上負担になるようなことをするわけにはいかぬと朔は考えた。母の容体が悪くなればなるほど、又兵衛への憎しみが募った。

「父とは二度と会わぬと決めていました。だから、母が危篤になった時も知らせませんでした。……でも、母の最期《さいご》の言葉を聞いて、私は父に会いに行かねばと思ったのです」

――父さんを許してあげて……。騙《だま》されて、財産を取られてしまったの。残ったわずかばかりのお金では、到底私たちを養えないし、取り立てにくる人からの嫌がらせも続いていたのよ。だから、あの人は私たちを追いだしたの。……朔、ごめんなさい。私は、気づいていたの。でも、言えなかった。あの人の想いを裏切ることが、どうしてもできなかったの……。

死に際の母の言葉は、朔が五年もの間積み重ねてきた恨みを、いとも簡単に崩した。

「母が亡くなってから間もなく、私は父を訪ねました。母の死を伝えるために……それに、謝りたかったんです。何より、父に会いたかった」

五年ぶりに生家の前に立った朔は、愕然《がくぜん》とした。そこには、見覚えのない真新しい屋敷が建っている。ちょうど中から出てきた小者に主人のことを訊ねると、まるで聞き覚えのない名を告げられてしまった。

「土地も取られてしまったのだと、その時はじめて気づきました。……馬鹿ですよね。変わらずに屋敷はあって、父が私たちを待っていてくれると思っていたんです。ずっと、恨んでいたはずなのに……」

元生家の前に立って哀しみに震えていた時、朔は隣に住むご隠居から声を掛けられた。博識なこのご隠居は皆から頼りにされていたが、近所付き合いは好まぬ性質だったようで、親しくしていたのは又兵衛一家くらいだった。髪も髭も白い彼の姿は、五年前とまるで変わらぬように見え、朔は懐かしさに胸がいっぱいになった。

——朔さんかい？　大きくなったね。驚いただろう？　あんたたちが出ていってから、この土地は売りに出されたんだ。又兵衛さんは、近くの長屋に移って暮らしていたよ。……又兵衛さんはもうこの世にはいないんだ。実は、あの人から託された物があってね。

ご隠居が差しだしたのが、この箱庭だった。父が死んだという事実を知って泣きだした朔だったが、箱の中を見た瞬間、涙が止まった。そこに広がっていたのは、己が暮らしていた、生家そのものだった。

　――又兵衛さんはね、働きに出ている時以外、ずっとその箱庭を作っていたよ。私が訪ねていっても、上《うわ》の空で作りつづけてね……体調を崩してからもそうだった。すっかり痩《や》せてしまってね……。ちょうど一年ほど前のことだ。見舞いに行った時、又兵衛さんからその箱庭を渡されたんだ。「娘が来たら、渡してください」と言っていたよ。

　その時の又兵衛は、一目見て死期が近いのが分かるほど、衰弱していた。そんな姿を見てしまったら、断ることはできなかった――とご隠居は語ったという。

「ご隠居の許でも箱庭は生きていたのかな」

「普通の箱庭だったのではないでしょうか。何もおっしゃっていませんでしたから――そうなったのは、私の許に来てからだと思います」

　多聞の問いに、朔は眉を寄せて答えた。視線は、様変わりした箱庭の中に注がれている。最初覗いた時は初夏だったが、次に見た時には秋めいており、今では紅葉《こうよう》の時季が訪れている。先ほど橋に立っていた人形は、縁側に腰かけていた。外の世とは比べ物にならぬほどの速さで、箱庭の中の日々は過ぎているらしい。

「……どうして、そんなところにいるの」

　縁側の人形を見つめ泣きだした朔の顔をじっと見上げた多聞は、慰めるように温かな声を出した。

「箱庭の中にいるのは、又兵衛さん――あんたのお父さんなんだね？」

両手で顔を覆った朔は、嗚咽《おえつ》を堪えながら頷いた。

生きた箱庭の中に父がいる——そのことに朔が気づいたのは、箱庭を受け取った数日後だった。

「最初に目にした時は、梅の花がこぼれる春でした。数日後に箱を覗いた時には、すっかり新緑の季節になっていて……中で何かが動いていることに気づいたんです。虫が入ってしまったのかと思いましたが、すぐに違うと分かりました。私の何分の一にも満たぬ大きさでしたが、それは紛《まご》うかたなき人間——父の又兵衛でした」

雑草を刈《か》り取り、余計な枝を切り……黙々と作業する姿は、見覚えがありすぎるものだった。又兵衛は庭いじりが趣味で、職人も呼ばず自分で何でもできるほどの腕前だったのだ。彦次に渡された手拭《てぬぐ》いで目許を押さえながら、朔は続きを語った。

——父さん……？　父さんなのね!?　どうしてそんなところにいるの!?

変わりゆく季節と、そこで生活する父の姿を認めた朔は、箱庭に向かって声を掛けた。しかし、又兵衛は一切反応しなかった。幾日経ってもそれは同じで、朔が泣き叫んでも、黙々と箱庭の中の営みを続けている。外からの声音は、又兵衛にはまるで届かぬようだった。

途方に暮れながらも、朔は半年もの間、父の姿を見つめつづけた。分かったのは、昼夜にかかわらず、父が行灯《あんどん》に灯《ひ》を入れて必ず持ち歩いていることと、目まぐるしく季節が変わっても、父は一向に歳を取らぬということくらいだった。

「最初は、箱庭の中といえど、生きていてくれるだけでいいと考えて見守っていました。でも……父はずっと一人なんです。私の声も届かず、母もいない。どこにも逃げ場のない世でたった一人きり、老いもせず日々を繰り返していくだけ……父がそれを望んでいたとしても、私は段々と耐えられなくなりました」

「それで、箱庭を壊そうとしたんだ？」

多聞の言に、朔はびくりと肩を震わせた。

「そんなことするもんか！　ねえ、朔さん――」

気遣うように言った彦次は、朔の顔を見上げて口を噤《つぐ》んだ。朔の顔は更に蒼白になり、唇が戦慄《わなな》いていた。「ごめんなさい」と微《かす》かな声音を出した朔に、箱の表面を撫でながら、多聞は優しく言った。

「見るに忍びなかったんでしょう？　でも、壊せなかった……これ以上触れないものねえ」

箱を己の膝《ひざ》の上に置いた多聞は、中に手を入れようとしたが、できなかった。まるで硝子《ガラス》でもはめ込まれているようだ。中身は丸見えでも手が届かない。朔も試したのだろう。多聞の進まぬ手を見て、沈痛な面持ちで頷いた。

「本当だ、入らない……な、何でだ!?」

おそるおそる箱庭に手を伸ばした彦次は、多聞と同じように手が進まぬ様を見て、驚きの声を上げた。出会ってからまだ半刻も経っていないが、彦次は百面相を見せてくれる。くすりと笑い声を漏らした多聞を、彦次は睨《にら》みつけた。

「あんたも真面目《まじめ》に考えろ！」

「考えているさ。勝負だからね。あんたが負けた時だけれど、命をもらおうかな」

先ほど中断した会話を思いだした多聞は、何でもないように告げた。

「命!?　嫌だ！　そんなの無理だ……！」

「大丈夫だよ、勝てばいいんだから」

「よ、妖怪相手に勝てるわけが――うわっ」

彦次の泣き声が突如悲鳴に変わった。いつの間にか、できぼしが、皆が触れられなかった箱庭の中に右手を突っこんでいた。

「吸いこまれちゃう！」

放った台詞の通り、できぼしの身は箱庭の中にどんどん吸いこまれていく。できぼしの左手に腕を摑まれた彦次も、彼女と同じ目に遭っていた。

「何だこれ!?　おい、手を放してくれ！」

彦次の懇願《こんがん》は届かぬまま、できぼしの姿は箱庭の中に消えてしまった。道連れになるまいともがく彦次も、ずるずると引きずりこまれる。

「駄目……！」

叫んで彦次の足首を両手で摑んだのは、朔だった。何とか彦次を外に引っ張りだそうと踏ん張るが、彼女の身体もあっという間に箱庭の中へ入っていってしまう。

「これは俺も行かなきゃ駄目だよねえ」

独り言《ご》ちた多聞は、姿が消えるほんの少し前に朔の着物の裾を掴み、箱庭の中へ身を投じた。

＊

（荻の屋の天井《てんじょう》は見えない――か。やはり、ここは違う世なんだ）

多聞は、様変わりした周囲の景色を見遣って、白い息を吐いた。四人が立っているのは、先ほどまで覗きこんでいたはずの箱庭の中だった。赤く染まった葉はすでに枯れ落ち、寒々しい風が吹いている。池の水は凍りかけ、雲に覆われた薄暗い空からは、粉雪が舞う――箱庭の中の季節は、また先へ進んでいた。

「へっくしょん！　うう……さ、寒い……」

両腕を抱えこんだ彦次は、鼻を赤くして震えながら言った。多聞が見かねて羽織を貸してやると、彦次は怯えつつ受け取って、礼を述べた。

「彦次さんは、昔から素直でいい子だねえ」

「昔からって……さっきもそんなこと言っていたけれど、一体何なんだ？」

距離を取りつつ、目を瞬かせて問う彦次には答えず、

「ああ、食べちゃ駄目だよ。身体に悪い」

多聞は仰《あお》のいて口を開けているできぼしを笑ってたしなめた。

「これ、本当の雪だよ。同じ味がするもの」

舌を見せて言ったできぼしは、池の方へ駆けだした。多聞がその後をゆったりと追うと、彦次も慌ててついてくる。朔はと見ると、できぼしよりも先に、父がいる橋の方へと向かっていた。

「父さん……」

三日月橋の真ん中で、背を丸めて立つ男に近づきながら、朔は掠《かす》れた声を掛けた。追いついた多聞たちは、橋の下から親子の様子を見守ることにした。

池から視線を上げた又兵衛は、手にしていた行灯を掲げ、朔に顔を向けた。こけた頬が緩《ゆる》み、嬉しげな表情が浮かぶ。

「朔――来てくれたのか」

「父さん……！」

朔は感極まった声を上げて、又兵衛の胸に飛びこんだ。

「大きくなったなあ……立派になって……」

咽《むせ》び泣く朔の背を優しく撫でながら、又兵衛も目許に涙を浮かべて応えた。

「どうしてこんなところにいるの……こんな寂しい場所で、たった一人きりでずっと過ごしているなんて……こんなひどい仕打ち、誰がしたの？　私、許せないわ……」

たった半刻で、夏から冬に変わってしまったくらいだ。朔が見つめてきた半年の間、箱庭の中では想像もつかぬほどの月日が流れていたのだろう。彦次が「ひどい」と呟き、洟《はな》を啜《すす》った。できぼしは赤い唇をきつく結び、じっと親子を見ている。多聞は橋に寄りかかり、火のついていない煙管から煙を吹いた。

「朔、これは父さんが望んだことなんだよ」

朔の肩を摑んだ又兵衛は、娘の顔を覗きこみながら言った。

「父さんは、ここで暮らしたかったんだ。お前と母さんと」

「私と、母さんと……？」

父の思わぬ言に、朔は困惑気味に呟いた。

「これで、また一緒に暮らせるなあ」

「そんな……駄目よ。ここで一緒には暮らせないわ……」

「やはりまだ許してはもらえないか……」

肩を落として述べた又兵衛に、朔は首を横に振って言った。

「許すだなんて……父さんは、私たちのことを想って別れたんでしょう？　信じてあげられなくてごめんなさい。母さんも私と同じ気持ちよ……もう、この世にいないけれど、きっと今もそう思っているはずだわ」

「この世にいない……死んだのか？」

小さく頷いた朔を見て、又兵衛は力が抜けたようによろけた。

「そうか……死んでしまったのか……」

親子は静かに涙を流しつづけた。嗚咽が近くから聞こえてくることを不審に思った多聞が横を見ると、彦次が大泣きしていた。

「人がいいなあ……でもね、泣いてやる必要はないよ」

「うう……な、なんで……っ」

しゃくり上げながら言った彦次の頭を撫でながら、多聞は橋の上の二人に視線をやった。

「ならば、そろそろここへ来る頃か……」

父の呟きに、朔は顔を上げた。涙に暮れる娘の肩を抱きながら、又兵衛は微笑んだ。

「お前も来てくれたことだし、もうすぐ母さんもやって来てくれるだろう。これからは、親子水入らず、ここでずっと生きて行こう。しかし、お前はもっと後に来るものだと思っていたよ……こんなに若くして死んでしまうなど、可哀想《かわいそう》にな……辛かっただろう」

青ざめた朔は、父の胸から身を離した。

「怖がらなくていい。ここには辛いことも哀しいこともないんだ。今は凍えるような寒さだが、すぐ過ぎ去る。それまで、屋敷の中で春を待とう。母さんもそのうちやって来る」

（嫌よ――とあの娘は泣き叫ぶかな？）

朔の強張った顔を眺めながら、多聞はくすりと笑った。箱庭を開けた時から、死の匂いが漂っていたのを多聞は知っていた。生前、祈りを込めて箱庭を作っていた又兵衛の想いが、呪いとなって箱庭に移ってしまったのだろう。いくら娘といえど、死の概念をも狂わす父の妄執は、受け入れられるはずがない。

「父さん――……一人にしてごめんなさい。これからはずっと一緒よ」

　予想外の朔の言葉に、多聞が思わず口から煙管を外した時、傍らから「駄目だ！」と声が上がった。彦次が弾かれたように、橋を駆け上がっていく。

「親父さんと会えて嬉しいのは分かるけど……その人、もう死んでいるんだよ!?　朔さんは生きているんだから、駄目だよ！」

　又兵衛の手を取って、屋敷の方へ歩きだした朔に追いすがりながら、彦次は叫んだ。

「でも、きっともうすぐ母さんも来る……」

「本当に来るかどうか分からないじゃないか！　俺たちだって、あの子がいなかったら、ここに来られはしなかった。ここは親父さんだけの世なんだよ、きっと！」

　追いついた彦次は、朔の腕を摑んで言った。

「私、ずっと父さんのことを信じてあげられなかった。だから、今度こそ信じるの……」

「『子どもが幸せに生きてくれるのが一等嬉しい』って俺の母ちゃんよく言うんだ。朔さんの親父さんだって、本当はそう思っているはずだよ……だから、一緒に帰ろう！」

「……もう放っておいて！」

　押し問答の末、朔は必死に追いすがる彦次を強く押し退《の》けた。よろめいた彦次は橋から真っ逆さまに池に落ちてしまった。大きな水しぶきが上がる。

「彦次兄ちゃん！」

できぼしの叫び声で我に返った朔は、真っ青な顔をして言った。

「ど、どうしよう……父さん、手を放して！　早く、あの子を助けなきゃ……！」

泡を吹きそうなほど慌てる娘を見据えて、又兵衛は首を振った。

「放っておきなさい。ここは俺とお前と母さんだけの世だ」

「……父さん……？」

「早く屋敷に行こう。きっと、中で母さんが待っている。そうだ……俺たち以外には、誰もいないはずなのに――」

呟いた又兵衛は、はじめて橋の下に立つ多聞に鋭い視線を向けた。

「やあ。不気味な気配に満ちた、いい箱庭だねえ」

片手を上げ、のんびりと言った多聞に、又兵衛は目を剝《む》いた。又兵衛が右手に掲げていた行灯がひと際《きわ》明るくなったのは、その時だった。それは光の矢となって、行灯を突き抜け天にまで届いた。

「……誰にも邪魔はさせぬ……！」

ごおおお――。

又兵衛の声に呼応するように、轟音《ごうおん》が響いた。多聞が見上げた先にあったのは、集まった雲が渦《うず》を巻き、黒く染まりゆく空だった。雪は一瞬のうちに止《や》んだ。天を裂《さ》くように雷光が走り、あまりの眩《まぶ》しさに多聞は片目を瞑《つむ》った。

「わあっ……多聞！」

名を呼ばれた多聞はとっさに手を伸ばし、できぼしを胸に抱えこんだ。二人の身は、瞬く間に宙に浮いた。橋よりも高い位置まで一気に上がると、そこで停止した。橋の際に立った又兵衛が行灯を頭よりも高く掲げ、地を這《は》うような低い声で叫んだ。

「邪魔する者どもに天罰を……！」

またしても、行灯から空に光が発されたと同時に、多聞とできぼしは真っ逆さまに落ちた。

(又兵衛さんはただの人間なのに、箱庭の中では強大な力を持っているんだなあ)

落下しながらも呑気《のんき》に考えていた多聞は、何かに袖を引かれた。朔が橋から身を乗りだして、多聞の身を摑んだのだ。

「何をする……朔、放しなさい！　お前まで落ちてしまうぞ……！」

又兵衛が慌てたように叫んだ。苦しげな表情を浮かべながらも、朔は多聞と、多聞の腕に抱かれたできぼしを必死に引っ張り上げようとした。しかし、朔は華奢《きゃしゃ》で、力もない。ずるずると橋から落ちそうになった朔の身を、今度は又兵衛がひしと摑んだ。その拍子に、又兵衛の手から行灯が落ちて、足許に転がった。

「その者たちを放せ！　ここにはお前と俺と母さんだけいればいいんだ……！」

「そんなの……生きているとは言えないわ！」

言い合う親子を見上げながら、多聞はぽつりと言った。

「――又兵衛さん、落ちるよ」

「馬鹿め……それはお前と小娘だけだ！」

又兵衛が引きつった笑い声を上げた瞬間、辺りは真っ白な光に包まれた。一等強い光を放っていたのは、倒れて傾いた行灯だった。そこから三度《みたび》発された光は、空に向かっていき、雷となって落ちてきた。橋を直撃したそれは、朔と又兵衛の間を切り裂いた。

「……朔!!」

多聞とできぼしもろとも池に落ちた朔に、手を伸ばした又兵衛だったが、

「う——わあああああ……！」

再び落ちてきた雷に打たれて、叫び声を上げた。宙に舞った行灯から、三角錐《さんかくすい》の光のかたまりがこぼれ落ちて、池の中に沈んでいくのを多聞は見た。水中でも眩《まばゆ》く光るそれを、多聞は腕を伸ばして何とか摑み取った。水は冷たかったが、その光のかたまりは火のように熱かった。それが何なのか考える前に、多聞は池の奥底へと引き寄せられていった。

「——父、さん……！」

朔の泣き声が、底なしの池の中に響いた気がした。

＊

「——溺《おぼ》れて死ぬのは嫌だああ……！」

飛び起きながら叫んだ彦次に、多聞は「おはよう」とのんびり返した。

「おはよ……じゃねえ！　何でここに!?」

嚙みつくように言って、彦次は辺りを見た。古道具が並べられた棚に、多聞とできぼしが座っている作業場――彦次が寝かされていたのは荻の屋の居間だった。

「一体どうやって戻ってきたんだ……？」

信じられぬといった様子で、おそるおそる問うた彦次に、多聞は含み笑いをして答えた。

「池に落ちたおかげさ。池や橋、鳥居なんかはあちらの世とこちらの世を結ぶ境界なんだよ」

「落ちてよかったねえ、多聞。吹《ふ》き消《け》し婆《ばばあ》に着物を乾かしてもらえたし」

両手を合わせて笑った多聞とできぼしを見て、彦次はハッとした様子で言った。

「朔さんは……!?　ま、まさかあの箱庭の中に閉じこめられたまま……！」

「先に目を覚まして、『お世話になりました』と出ていったよ。あんな目に遭ったのに、箱庭を持ち帰るなんて、酔狂《すいきょう》な人だ」

くすくすと笑う多聞に、彦次は複雑そうな面持ちでぽつりと言った。

「……親父さんはどうなったんだろう？」

「朔さんが蓋を閉める前にこっそり覗いたけれど、ひどい有様だったよ」

多聞たちが池に落ちて、箱庭の外へと抜けだした後、あちらでは更に天候が荒れたらしい。多聞が見た箱庭の中は、嵐の後の様相を呈《てい》していた。屋根瓦は落ち、窓には折れた木の枝が突き刺さり、橋は真っ二つに割れていた。雪が雨に変わったのだろう。水浸しで、地と池の境がなくなっていた。

「彼の姿は見えなかったよ。こちらには来ていないから、池には落ちていないはずだ。壊れかけた屋敷の中に逃げたのかもしれない。とりあえず、死体は転がっていなかったよ」

「うう、死体とか言うなよ……でも、よかった」

息を吐いた彦次は、床にしゃがみこんだ。

「ちっともよくないよ。勝負、忘れたの？」

「何だよ、勝負って――あ！」

ぱっと顔を上げた彦次の目の前に降り立ったできぼしは、赤い唇を吊り上げて笑った。

――今、ここに入ってくる人の悩みを解決した方が勝ち――というのはどうだろう？

「多聞の勝ちだよね？　だってあの人、多聞にだけお礼を言ったもの」

「そ、そんな……でもさ！　俺も頑張ったし……池に落ちたけれど……でも、その……！」

尻餅《しりもち》をついてしまった彦次は、言い訳しながら後退りしだした。

「そうだねえ。頑張ったから、命を取るのは可哀想かも。ねえ、多聞？」

振り返って問うたできぼしに、多聞が頷いたのを見て、彦次は少し顔を明るくした。

「代わりに目の玉ちょうだい」

「へ……う、うわあああ!!」

彦次が割れんばかりの悲鳴を上げたのは、前髪を上げたできぼしの、露《あら》わになった顔を見たからだ。そこには、両の目玉がなかった。

「あ、あんたの連れ、目が抉《えぐ》り取られ……」

勢いあまって棚にぶつかった彦次は、

「う、うわああ、目が……身体中に目が……！」

と多聞を見上げてまた悲鳴を上げた。彦次の許にゆっくり近づいていった多聞は、抑えていた妖気を解放し、身体中に目を浮き上がらせた。

「――さあ、お前の目玉を喰らってやろう」

「ひっ……い、嫌だああー！」

抜けた腰を無理やり立たせた彦次が、一目散に表戸に駆けていった時――

「……なぜ、ここにいる」

がらりと開いた戸の向こうから響いたのは、彦次と同じ歳頃の少年の、不機嫌《ふきげん》な声だった。眉尻を下げ、鼻水を垂らし、情けない表情をしている彦次とは対照的に、きりりとした表情で戸口の前に立つその顔は――ただの少年とは思えぬほど、恐ろしかった。

「き、喜蔵……!?　お前、何で……！」

「それはこちらの台詞だ。いくら幼馴染とはいえ、留守宅に勝手に上がるとは……とうとう盗人《ぬすっと》にまで落ちぶれたのだな。おまけに何だ、その悪趣味な羽織は」

「ち、違う！　妖怪がお前とじいちゃんを隠したって言ったから、助けようと思って……！　ほら、あいつらだよ――あ、あれ!?」

振り返って固まった彦次を押しのけ、中に入ってきた喜蔵は、見回して眉《ひそ》を顰めた。

「誰もおらぬではないか。夢でも見ていたんだろう。腑《ふ》抜《ぬ》けには、灸《きゅう》を据えてもらおう」

戸の横に立てかけてあった箒《ほうき》を手にした喜蔵は、店に入ってきた老人にそれを渡した。老人は、喜蔵があと五、六十歳《いか》を重ねたら、こんな風になるのではないかという容貌をしている。つまり、恐ろしく厳めしい。目つきの鋭さは喜蔵の方が勝っているが、その分威圧感を纏っている。

「ち、違うんだって！　俺は喜蔵とじいちゃんのために……お前ら！　騙しやがったな！　出てこい……出てきて弁解してくれー！」

泣き声が近所中にこだました時、多聞とできぼしは路地裏からひょっこり顔を出して言った。

「ちょっとからかいすぎたかな？」

「彦次兄ちゃんは打たれ強いから大丈夫だよ」

前髪を元に戻したできぼしは、多聞の手を取って歩きだした。隣に並びながら、幻術を解いて元の姿になった多聞は、これからどうやって十年後に戻るか考えていた。

単にあちらの世――妖怪の世に行きたいだけならば、もののけ道を使えばいい。もののけ道は、あちらの世とこちらの世を結んでいる。普段ならば、この道があればどこへだって行けたが、今は何の役にも立たぬ。もののけ道には、時を越える力はないはずだ。

歩きだしてから少し経った頃、往来のど真ん中でできぼしは立ち止まった。

「……あっちで勘介《かんすけ》が一人になっちゃったら、どうしよう」

残してきたもう一人の仲間のことを、できぼしは忘れていなかった。それは多聞も同じだ。こちらでこのまま十年過ごしたとして、元いた十年後の世に戻ることができるのかさえ分からぬ。己たちが違う時を生きたとしたら、他の者たちにも累《るい》が及ぶかもしれぬ。八方塞《はっぽうふさ》がりだ——と多聞が思った時、数歩前に人影が差した。真っ白な髪と髭を揺らしつつ、ゆっくりと近づいてくる。皺だらけの顔には、安堵《あんど》したような笑みが浮かんでいた。現れたのは、あの老妖だった。

「……やはり、あんたが俺たちをここへ連れてきたのか。時を行き来できるなら、自ら箱庭の中に入ればいいのに。目的はそれだろう？」

多聞が呆れたように述べると、

「私は確かに時を行き来できるが、箱庭の中に立ち入ることは敵わない。過去や先の世に大きくかかわれぬ性質なのです。その決まりを破ろうとしても、妖力の大半が失われた今は無理だ——しかし、あなたが取り戻してくれた」

老妖は多聞の胸許を指差して言った。

「摑んだのは俺だけれど、箱庭の中に入れたのは、できぼしのおかげさ。どんな結界も易々と破れるこの娘《こ》の力がなかったら、俺はあそこに行けなかったはずだ」

できぼしの手を引きながら、彼に近づいていった多聞は、懐《ふところ》からある物を取りだした。きらりと輝く三角錐の形のそれは、多聞が水中で拾ったもの——箱庭の中で又兵衛が持っていた行灯の光の源だ。受け取った老妖は、それをぐっと頭に差しこんだ。

「……又兵衛殿を見舞った時に奪われ、早一年半——やっと我が身に戻った」

息を吐いた老妖は、頭を下げた。白髪に覆われた頭には、立派な角《つの》が光り輝いている。

「その角の力が暴走して、あの人は身を滅ぼしたんだね。白髪に白髭、五年前と変わらぬ姿……又兵衛家の隣に住んでいたご隠居は、ただの人間ではなかったというわけか」

「お察しの通り、私はあの一家の隣に住んでおりました。この角は、普段隠しているので、誰にも見えるはずはなかったのですが——」

妻子が去り、家財も失って一人きりになった又兵衛は、病《やまい》に冒され——そして、箱庭作りにとり憑《つ》かれた。

——よい庭でしょう？　当時のままだ。ここに家族三人で住むのです……だが、それにはあと少し何かが足りない……ここに住むための特別な力が……。

見舞いに行くたび、うわ言のように語りつづける又兵衛を見るのは、忍びなかった。老妖が人間として長年親しくしてきた相手だ。つい、仏心が出た。老妖は変化して元の姿に戻ると、光り輝く角を指差しながら、「この力を少し分けよう」と約束した。

「少しだけ削って渡そうと思ったのですが……一体どこからそんな力が出たのか、又兵衛は私の角をもぎ取り、その手を箱庭の中に突っこみました」

又兵衛の手によって箱庭は潰れるところだったが、そこは角の力と又兵衛の執念が勝った。又兵衛は角を持ったまま、箱庭の中へと吸いこまれてしまったのだ。老妖が後を追おうとしても、箱の中に手を入れることすら敵わなかった。そして、老妖の力を得た箱庭は、「生」を持った。角を返してくれ――老妖がいくら頼んでも、又兵衛は返事をしなかった。箱庭の中には、外の世の音など聞こえなかったのだ。

「どうするべきか悩んでいた時、あの人の娘と再会しました。娘の声ならば届くかと期待したが……駄目だった。半年経った今日、私は朔さんを訪ねていきました」

――浅草の荻の屋という古道具屋を訪ねなさい。鬼のような顔をした店主が助けてくれる。知己なので、お代の心配はいりません。

朔をそう唆《そその》かしたものの、喜蔵とは面識もなかった。ただ、時を行き来できる老妖は、十年後の世で妖怪沙汰を解決する強面《こわもて》の古道具屋の話を幾度となく耳に挟んでいた。その人間ならば、この事態を打開してくれるのではと思い、時を越えて喜蔵を連れてくることにしたのだ。だがそれは、喜蔵に変じていた多聞だった。

「さっき会った朔さんは十八くらいだったから、今は俺より歳上かな」

「あなたの真の歳とは、比べるべくもない」

老妖の言に、多聞はにやりと笑みを返した。

「俺が百目鬼だといつ気づいたんだい？」

「はじめから、いささか妙に思っていました。あちこち歩き回ったのは、ぼろを出さぬかと試したのです。確信したのは、横の可愛らしい子が、あなたと離れて姿を変じた時……なるほど、幻術だったのかと。これほど見事な術をかけられるのは、あなたしかいない」

多聞の腕にすがるできぼしを見遣って、老妖は続けた。

「……あれから朔は、数年かけて箱庭を作り直しました」

──なぜわざわざそんなことを……あまり気を籠《こ》めすぎると、あなたの父上のようになってしまうよ。

老妖の忠告に、朔は微笑んでこう答えた。

──父の大事な形見ですから……これは紛い物ですが、父には真でした。だから、また動きだすことがあるかもしれません。そうしたら、私の魂も引っ張られてしまうかも……いいえ、私は自らここに入ったりはしません。生きている私には、この世しかありませんから。

箱庭の中には、又兵衛の姿は見えなかった。だが、微かに人の気配がしたという。

「入るつもりがないのに、箱庭を直したんだ？　矛盾しているねえ」

「それが人間というものでしょう」

老妖の言に、多聞が頷いた時、それまで黙っていたできぼしが口を開いた。

「……ねえ、十年後に帰して」

「もう帰っていますよ」

できぼしの言に答えた老妖は、多聞たちの後方を指差した。振り返った多聞とできぼしは、「あ」という顔をして、頷き合った。

「お礼の方はいかがいたしましょう？」

「礼ならもらったよ。退屈せずに済んだ」

来た道を進みはじめた多聞は、頭の後ろで軽く手を振った。

「おじいさん、もう角取られちゃ駄目よ」

できぼしも多聞の真似をして手を振った。老妖がまた頭を下げ、すぐさま消え去ったのを、多聞は頭の後ろにある目で認めた。

「多聞、今度こそあの人と遊べるね！」

「そうだね。ああ、できぼし、ついているよ。ほうら、彦次さんまでいる」

歩きだした多聞たちの目には、荻の屋の前で揉めている、二人の青年の姿が映っていた。店から飛びだしてきたのは、色男だった。昔の面影がある涼しげな目許は、涙で潤《うる》んでいる。一方、外からやって来て戸を開けた男は、妖怪など見慣れている多聞でも（怖い）と思ってしまうような、珍しいほどの強面だ。れっきとした人間であるが、今のように眉間に皺を寄せて凄《すご》んでいると、夜叉《やしゃ》か閻魔にしか見えぬ。大声で話している彼らの会話は、多聞たちに筒抜《つつぬ》けだった。

「貴様……何をしている」

「遊びに来たんだが、お前いないからさ。帰ろうと思ったんだけど、鍵が開いていたから中に入ったんだ、不用心だと思って……入らなきゃよかった。この店の妖怪はひどい。散々もてあそばれて死ぬかと思ったぞ!?　『鬼姫との祝言を考え直せ、殺されるぞ』などと意味の分からんこと言われるし、鍵を閉められて外に出られなくなるし、いよいよ駄目かと……」

よよよ、と縋《すが》ってくる彦次を睨み据え、喜蔵は冷たく言った。

「留守宅に勝手に上がるからだ、この盗人。そのまま退治されてしまえばよかったものを」

「ひ、ひでえ！　お前、親友が心配じゃないのか!?」

「誰が親友だ。お前のような色魔を心配するなど、これまでもこれからも一生ない」

十年前と同じようなやり取りをする二人を見遣って、多聞とできぼしは笑い合った。

山笑う

その山には、天狗《てんぐ》が棲《す》んでいる——昔から語り継がれてきた民話は、明治の世になってすっかり廃《すた》れてしまった。

「何でも、『ぶんめい』という奴《やつ》が『かいか』したせいなんだって。その『ぶんめい』ってのが何者なのか、俺は知らないけど、きっと大したことないよ。だって、そいつは江戸から出られないんだよ。つまり、俺たちのように空を翔《か》ける翼がないんだ。もののけ道だって通れないんだろうな……大体、『かいか』って何だろ？　花が咲くことかな？　凩《こがらし》は江戸から来たんだろう？　何の花か知ってる？」

目を輝かせて問うたのは、つむじ——今年、九つになったばかりの幼い少年だ。高い位置で括《くく》った、鶏の尾のような固い髪に、山暮らしとは思えぬほど白い肌。いささか短い眉に、いかにも好奇心旺盛《おうせい》そうな大きな瞳。つんつるてんな丈《たけ》の単衣《ひとえ》を纏《まと》ったつむじは、頭には逆さまにした盃《さかずき》を、背には烏《からす》よりも大きな羽根をそれぞれ紐で括りつけ、手には団扇《うちわ》を携えている。団扇に描かれているのは、おどろおどろしい化け物の手——ではなく、

「どこからどう見てもヤツデの葉だろ！」というのが、その絵を描いたつむじの談だった。

　上から下まで珍妙な形《なり》をしているが、つむじは至って真面目《まじめ》だ。少し前、山の頂上にある大木の天辺《てっぺん》から飛び降りたのも、真面目さゆえにしたことだった。今日こそ空を飛んでやる——つむじはそう意気ごんだのだ。

「ねえ、聞いてる？　俺はね、桜だと思う！　花といえば、桜だもん」

「……黙れ」

　呻《うめ》くような声で返したのは、長い白髪に、前にまっすぐ伸びた長い鼻、真っ赤な肌に、漆黒の翼——凩という名の鼻高《はなたか》天狗だ。大木から落下したつむじが地に叩《たた》きつけられる直前、凩は空を翔けて彼を助けた。周囲から、「よかった」「今日は一段と危なかった」「毎日のこととはいえ、肝を冷やす」というざわめきが聞こえてくる中、凩はつむじを抱えてゆっくり地に降り立った。

「こ、凩殿……どうか堪《こら》えてくだされ」

「後は我らが叱《しか》っておきますゆえ……！」

　鳥のような嘴《くちばし》を持つ烏天狗たちがおずおずと言ったのを、凩は片手で制した。

「下がれ——今日という今日は、我が厳しく灸《きゆう》を据える。……ついて来い、つむじ！」

　厳しい声を発した凩は、つむじの腕を乱暴に摑《つか》み、歩きだした。わっと声を上げながら、つむじは慌てて後に続いた。

「凩、何で怒ってんの？……あ！　分かった！　桜が見られなくて、拗《す》ねてるんだね？

凩たちが来た時には、もうすっかり散ってたもんなあ。もう数日早かったら、物凄《ものすご》く綺麗な景色が見られたのに……でも、落ちこむことないよ。来年も再来年も、桜は咲くからさ！　『ぶんめい』よりも、きっとずっと綺麗に咲くから、機嫌直してよ」

「我の機嫌を損ねたのは、お前だ！……この馬鹿者！」

怒鳴り声と同時に、つむじの頭に強い衝撃が走った。

「……いってー……！」

拳骨《げんこつ》を落とされた頭を両手で抱えたつむじは、その場に屈みこんだ。それを見下ろしながら、凩は苛立《いらだ》った声を出した。

「お前は心底大馬鹿者だ。大木から落ちていたら、これしきの痛みでは済まなかった」

「……落ちるつもりはなかったんだよ。今日こそ飛べるかなって……」

つむじが大木から飛び降りるようになったのは、桜が散って間もない頃だ。それ以来、彼の暴挙を止めるのは、もっぱら凩の役目になっている。

「翼もない奴が空を飛べるわけがない」

この馬鹿！　とまた怒鳴られたつむじは、唇を尖《とが》らせてぶすっとした。「何だその顔は」とますます怒られたが、つむじは不満を隠せなかった。

（……翼がなくたって、飛べる）

いつかきっと――物心ついた頃から、ずっとそう願っていた。

「『十《とお》になる頃には、つむじも飛べるようになるさ』ってじいちゃんは言ってたもん」

えた。


「老妖の戯言《ざれごと》を真に受けるものではない」

「じいちゃんは、嘘吐《うそつ》かないよ……？」

俯《うつむ》きながら、洟《はな》を啜《すす》って呟《つぶや》いたつむじを見て、凩は「な……！」とあからさまにうろたえた。

「な、泣くな！……羽根を一本やるから！」

ほら、と言って自らの翼から黒い羽根を引き抜いた凩は、それをつむじに押しつけるなり、さっと踵《きびす》を返した。

「……無理やり引っこ抜いて、痛くなかった？　大丈夫？」

「我はいずれ大天狗になる身。これしきのこと、屁でもないわ！」

つむじの問いに、凩はふんと鼻を鳴らして答えたが、羽根を引き抜いた瞬間、彼が眉を顰《ひそ》めて息を呑《の》んだのを、つむじはしっかり見ていた。去っていく凩の背中が見えなくなってから、つむじはその場にひっくり返るように寝転んだ。

「……ぷっくくくっ。すごい……皆、本当に甘いなあ！」

足をばたつかせつつ、つむじはふきだした。凩の前で洟を啜ったのは、そうすれば彼がつむじをあっさり許すと知っていたからだ。ふた月前からこの山に棲んでいる天狗たちは皆、つむじに甘い。それは、つむじが可愛《かわい》いからではなく、この山の真の所有者である天狗が、つむじの祖父だからだろう。

「天狗のくせに、人に遠慮するなんて変なの。でも、羽根までくれるとは思わなかったな……じいちゃんのより小さいや。ずっと毛艶《けづや》がいいけど」

もらった羽根を空にかざすようにして掲げながら、つむじはぽつりと言った。

「あーあ……どうして俺には生えてないんだろ」

答えを知りながらこうして口に出すのも、大木から飛び降りるのと同じくらい、最近の日課になっている。

つむじは人間だ。天狗に育てられ、天狗と共に生きているが、妖怪の血は一滴も流れていない。

——自分は天狗じゃない？　ハ……ハハハ！　ななな何を馬鹿《ばか》なことを……。お前は生まれつき天狗さ！　俺の自慢の孫天狗だとも……！

「俺は天狗じゃないんでしょ？」と訊《き》くたび、育ての親である祖父・青嵐《あおあらし》は、そう笑い飛ばした。浮かべた笑みは引きつり、冷汗まで掻《か》いているのにそう言いはる青嵐を、つむじはまことの祖父のように思っている。たとえ、青嵐がつむじをこの山に攫《さら》ってきた天狗だったとしても——。

つむじがこの山に来たのは、生まれて間もなくの頃だった。

——娘に子ができたら、俺が育てるという約束をしてな……当時、娘は西の方に棲んでいた。今は知らん。西の山にいたと思えば、翌月には北の山に居住を移し、その半月後には東の山にいるような自由奔放な奴だ。子ができたと聞いた時、「お前のような奴に、子育ては無理だ。俺が育てる」と言ったら、「頼む」と返された。だから、俺は約束通り、生まれたばかりの孫を迎えにいったんだが……その途中で、お前と会ったんだ。お前の父母は、京で商いをやってた。中々の大店《おおだな》だったぞ。店を開いたのは何代も前の先祖らしいが、江戸の終わりまで形を変えず守っていたのだから、大したものだ。そこに目をつけられ、金目当てで殺されようとはな……お前だけでも助かったのは、僥倖《ぎょうこう》だ。しかし、俺は今でも納得がいかぬことがあるんだ……「この子を育てることになったから、お前の子の面倒は見られん」と娘に言ったら、「そもそも、あれは冗談だ。自分の子の面倒は自分で見る。それよりも、その子を人の許《もと》に帰してこい」と怒られてな。両親も店の者も皆殺された赤ん坊を、どこに返せと言うんだろうな？　きっと、あいつは悔しかったんだ。お前があんまり可愛かったから……ふふ。こんなことを言うのは何だが、俺は血の繋《つな》がった孫よりも、お前の方がずっと可愛いんだ。これは誰にも言っちゃあ駄目だぞ……俺とお前の、秘み……すー……すー……。

「俺はどこから来たの？」という問いに答えた青嵐は、その時ひどく酔っていた。いつもは頑《かたく》なに「お前は正真正銘俺の孫だ」と認めぬ青嵐だが、その時はつむじが訊《たず》ねてもいないのに、語るだけ語って寝落ちしたのだ。

「あれは、半年前のことだっけ？　じいちゃんが酔ってるのを見たのは、あの時が最初で最後だったなあ……」

また酔って色々喋《しゃべ》ってくれたら楽しいのに、などと呑気《のんき》なことを考えていたつむじは、三月《みつき》前に青嵐からにわかに別れを告げられ、仰天した。

――……天狗の世は、十で元服が当たり前だ。お前は来年の今日、十になる。その時までに立派な天狗になれなければ、お前を山から下ろす。

いつになく真面目な顔で言った青嵐を見て、つむじは彼の言葉が嘘でないことを知った。

――酷なことを言うが、お前に天狗の才はない。決して実らぬが天狗になるために修行するか、諦《あきら》めて山を下りるか……よく考えろ。俺が一年後にこの山に戻ってくるまでにな。

脳裏に青嵐の言葉が蘇《よみがえ》った時、つむじは思わずその時返した問いと同じ台詞《せりふ》を口にした。

「……立派な天狗になったら、また一緒に暮らせる？」

「貴様には無理だ」

つむじの呟きに答えたのは、突如目の前に現れた大天狗だった。名を花信《かしん》と言う。つむじは寝転んだまま、花信をぎろりと睨《にら》んだ。

「出たな、山盗妖《ぬすっと》！」

「我は青嵐から正式にこの山を預かった。貴様もすぐそばで聞いていただろうに」

嘲笑《ちょうしょう》を浮かべて言った花信に、つむじは言葉を詰まらせた。

――俺は来年の春まで旅に出る。お前を一人にするわけにはいかぬので、こ奴をこの山に棲まわせることにした。追ってこ奴の配下の天狗たちもここに来るやもしれぬ。何しろ、こ奴は皆から崇拝されていたからな。きっと、地の果てまでも追ってくる――そう睨むな、花信……つむじをよろしく頼むぞ。この子はすぐに無茶をする。危ない真似《まね》をせぬように、見張っておいてくれ。

青嵐が出ていくと宣言した日、青嵐自らつれてきたのがこの花信だった。

「じいちゃんが語った理由は、きっと全部でたらめだ。こいつがじいちゃんに嘘を吐かせて、無理やり追いだしたんだ」

眉を顰めて独り言《ご》ちると、それが聞こえたらしい花信は、ますます嘲笑を深めて述べた。

「それなら、真っ先に貴様を追いだしている。青嵐が出ていった理由を教えてやろう。人間のくせに、天狗のごとく振る舞いつづける愚かな餓鬼《がき》に、いよいよ嫌気が差したのだ」

「お前、嫌い！」

つむじは地に顔を伏せて、わーと叫んだ。いくら嗚咽《おえつ》を漏らしても、花信が謝る気配はない。「血も涙もない天狗だ」と泣き声を出すと、「泣いた振りのくせによく言うものだ」と呆れ声が返ってきた。

（何でこいつには分かっちゃうんだろ）

つむじの特技は泣き真似だったが、他の皆が騙《だま》されても、花信には一切通用しなかった。露見しているなら振りを続けても仕方がないと思ったつむじは、むくりと半身を起こし、だらけた姿勢で胡座《あぐら》をかいた。

「……その手は何だ？」

己に向かって伸ばされた小さな両手を見て、花信は訝《いぶか》しげな声を出した。

「俺を立派な天狗にして」

「断る」

「この山に棲まわせてもらってるんだから、そのくらいしたっていいだろ。じいちゃんだって、『つむじをよろしく』って言ってたじゃないか！」

「見張っておけと言われただけだ。ここは青嵐の山であって、お前の山ではない。それに、今はもう俺の物だ」

「じいちゃんが帰ってきたら、またじいちゃんの物になる！」

「お前はまことに奴が帰ってくると思っているのか？」

花信の言に、つむじは涙をこぼした。それが本気の涙だと承知の上で、花信は駄目押しのように続けた。

「青嵐はお前を捨てた。ここには二度と帰ってこない」

背を向けて去っていく花信を睨みながら、つむじはぼろぼろと泣いた。祖父と入れ替わるようにしてこの山に来た花信のことが、つむじは大嫌いだった。

初秋を迎えてなお、鳴き止まぬ蟬《せみ》の声が、山中に響き渡っている。もっとも、夏の暑さを引きずっているのは、蟬だけではない。あと数日の命ではないが、そんな心地で懸命に修行に励んでいるのは、山中でたった一人の人間の少年だった。

「……ようやく木から飛び下りるのを止めたかと思えば、今度は剣術か。お前のその小さな身では、剣は振れまい」

やめておけ――凧にそう忠告されたつむじは、身に釣り合わぬ大刀《たち》を引きずりながら、

「嫌だー！」と喚《わめ》いた。

「大体その刀はどこから手に入れた？　まさか山から下りたわけではあるまいな？」

「烏天狗たちに頼んだら、持ってきてくれたんだ」

「あ奴ら……」

　ぐぬぬと喉《のど》を鳴らして言った凩は、つむじから大刀を取り上げ、腰に差した。

「ああ！　盗《と》った！　俺の刀なのに！」

「我が盗ったのではない。お前が烏天狗たちに頼み、盗ませてきたのだろう」

「烏天狗たちの前で『大きな刀があったらなあ』と言っただけだよ？」

「そうすれば、あ奴らがどうにかして手に入れてくると分かっていて言ったのだろう？

お前は力こそないが、悪知恵が働くからな」

「知恵者だって褒めてくれたの？　ありがとう」

　ニカッと笑って言うと、凩は呆《あき》れた顔をして、つむじの頭を拳《こぶし》で突《つつ》いた。つむじが思わず笑い声を立てたのは、凩がまるで力を入れずに己《おのれ》を小突《こづ》いたせいだった。当初から、天狗たちは皆つむじに甘かったが、日が経つにつれてそれはさらに増しているようだった。

「天狗って義理堅いんだねえ」

「何の話だ」と首を傾げた凩に、つむじは笑みを浮かべたまま、首を横に振った。

「危ない真似はするな――と言っても聞かぬだろうが、いい加減止めろ」

「うん！」

「まったく、返事だけはよいのだからな……」

ぶつぶつ言いながら歩きだした凩を見送り、つむじは近くの木に登りはじめた。物心つく前からしていたので、つむじは木登りが大の得意だ。あっという間に天辺《てっぺん》まで到達したつむじは、そこから山を見下ろした。鬱蒼《うっそう》と生《お》い茂る木々の間に、赤と黒の色を持つ天狗たちが蠢《うごめ》いている。皆、立派な天狗になるために、日々修行を重ねているのだ。

(俺だってしてるけど……)

青嵐が山を去って半年が経った。

「どうしてるんだよ、じいちゃん……お酒呑みすぎてないといいけど」

酔っぱらってべらべらと秘密を暴露してしまった青嵐の情けない姿を思いだして、つむじは小さく笑みを漏らした。青嵐は大酒呑みだが、普段は酔ってもただ陽気になるだけだった。醜態を晒《さら》したのは、あの一度きりだ。

(そういえば、あの頃のじいちゃん……様子が変だった。妙に考えこむような顔をしたり、俺を見て目を潤《うる》ませたり……)

それを指摘すると、青嵐は『歳をとるとお前もこうなるんだぞ』と笑っていたが、その笑みはどこか引きつっているようにも見えた。

「……じいちゃんは、俺に何か隠してたのかな?」

「『お前は人間だ』と言わずにいたことか。今さらだな」

突如返ってきた声に、つむじは「煩《うるさ》いな」と顔を顰めて言った。音も立てずにつむじの眼前で宙に浮いているのは、花信だった。大きな翼をゆるりと動かしつつ、じっとつむじを見つめる花信は、今日も無に近い表情をしている。

――あの怜悧《れいり》な表情も、あのお方の魅力の一つだ。

「あいつ、無表情すぎて変だよね？」と愚痴《ぐち》った時、凩がうっとりとした声で返してきたのを思いだして、つむじは剝《む》れた。凩も他の天狗たちも皆、花信を盲目的に慕っているのだ。

（わざわざこいつを追って、江戸からこんな南の地まで来るくらいだもの……俺にはちっとも良さが分からないけど）

花信の何がそんなにいいのだと天狗たちに訊ねたところ、

――あの方は、決して自分の意志を曲げず、道を違《たが》えぬ。あの方以上に信頼に足る天狗はおらぬ。

――とかくお強いからだ。身も心も、優れていらっしゃる。我ら天狗は――否、妖怪は皆、強い者に惹《ひ》かれるのさ。

――だって、物凄く格好いいだろう？　天狗界最強なのに、それをひけらかさぬところとか……正に俺の理想だ！

などと返ってきたが、つむじはやはり得心がいかなかった。

「ねえ、お前って生きてて何か楽しいことあるの？」

何もなさそうだと思ってつい訊ねると、花信は珍しくふっと笑い声を立てた。

「お前が愚かな考えを捨て、山を下りる日のことを考えると、愉快になる」

「お前、やっぱり嫌い！」

叫んだつむじは、両指で口の両端を引っ張った。しまった——そう思った時には、もう遅かった。不安定な足場で均衡《きんこう》を崩したつむじは、気づけば木から落下していた。


「……あれ？　どうしたんだっけ？」

目を覚ましたつむじは、木の下で仰向けに寝ていた。刀を取り上げられた後、木登りをしたところまでは覚えていたが、その後が思いだせない。

「ま、いっか」

くよくよと考えこまない性質のつむじは、ひょいっと身を起こすと、今度は鼻高天狗を捉《つか》まえて「俺、弓矢が欲しいんだあ」ときらきらとした目で言いだした。そうやって、つむじは天狗たちをいいように使いながら、自分なりに立派な天狗になるための修行をした。天狗たちは基本的につむじに甘かったが、どうしてか修行だけはつけてくれなかった。

「ねえ、何で駄目なの？　ちょっとくらい教えてくれたっていいのに」

訊くと、天狗たちは揃《そろ》って「ならぬ」と答えた。続く言葉は決まって、「宗主にそう命じられているので許せ」だった。

「宗主ってお前のことだろ？　何で俺の邪魔をするんだよ」

冷たい雪が降ったある日、つむじはついに堪《た》えかねて花信に文句を言った。心の中にあるわだかまりはすぐに口に出す性質だったが、花信には中々言えずにいた。花信が、滅多につむじの前に姿を現さぬからだ。この日出会ったのも、実にふた月振りだった。

「人は人、天狗は天狗――それぞれの者には、それぞれ生きるべき道がある。貴様はそれに外れている。俺はそうした奴を見ていると、心底嫌気が差す」

「そんなの知ったこっちゃない！」

ぷんぷんと怒りながら、つむじは花信に飛びかかった。振り回した拳は、いくつか花信に当たったが、相手は痛みどころか、衝撃の一つも受けていないようだった。一人で勝手に疲れたつむじは、その場にごろんと寝転んだ。雪が積もっているのをすっかり忘れていたため、にわかに味わったその冷たさに、ぶるりと身震いした。

「そうして無様に地に伏している方が、貴様には似合いだ」

ふんと鼻を鳴らしながら言った花信は、この日も振り返ることなく去っていった。

「……俺のこと嫌いなくせに、何で構ってくるんだろ？　見張ってくれとじいちゃんに頼まれたから？　その割には、俺のことなんて放っておいてるじゃないか」

いっそ、ずっと放っておいてくれればいいのに――ぶつぶつ言っていると、開いた口の中に空から降ってきた雪が入った。青嵐が去って、九か月が経った。まるで帰ってくる様子のない祖父を想い、つむじは少しだけ泣いた。


新年を迎えた日、葉が落ちた木々しかない寂しい山は、きらきらと輝いていた。毎年恒例の祭りが開催されていたのだが、今年は凩たち大勢の天狗が参加しているおかげで、例年とまるで違う規模で行われた。

「すごい、すごい！　俺、こんなに大きな祭り、はじめて！」

両手を広げたつむじは、くるくると回りながら、明るい声を上げた。山を彩るようにして並び立っているのは、数々の出店だった。そこには、天狗以外にも、鎌鼬《かまいたち》や、経立《ふったち》——妖怪に化けかけた獣——の狸《たぬき》や貉《むじな》など、山に棲まう妖《あやかし》たちもおり、皆楽しそうに店を切り盛りしていた。武器や食料など、様々なものが売られているが、つむじが一等心惹かれたのは、錫杖《しゃくじょう》や団扇や扇を売っている店だった。ずんぐりむっくりした天狗が番をするその店に近づいていったつむじは、そこに並んでいる大きなヤツデの団扇を手に取り、「これ、ちょうだい！」と元気よく言った。

「お前には売れぬ」

天狗は、つむじの顔をじっと見て言った。

「どうして!?　お金ならあるよ……ほら！」

懐《ふところ》から巾着《きんちゃく》袋を取りだしたつむじは、それを逆さに振って中から金子《きんす》を出した。それは、青嵐が去っていった日に、彼から渡されたものだった。山を下りて使えば、数年は優に暮らしていけるほどの大金だったが、天狗はその金子を目の前にしても、頷《うなず》かなかった。

「その金は、お前が山を下りてから必要になる」

「そんなもの、いらないよ。俺は山を下りないもん！」

「必ず山を下りることになると宗主は言っていた」

「またあいつか！」

頭をぐしゃぐしゃにかき混ぜて叫んだつむじは、金子を返してもらうのも忘れて、走りだした。

「花信！　出てこい！　また俺の邪魔をして……今度という今度は許さないぞ！」

昨年の春、毎日のように登っていた大木の前で仁王立ちして、つむじは怒鳴った。真夜中なので、木には登れない。天狗と違って夜目の利かぬつむじは、遠くの出店から漏れてくる灯《あか》りで、何とかここまで駆けてこられた。周りを見回したが、闇《やみ》が広がっているばかりだ。

（でも、絶対にいる）

つむじは、花信がこの山を離れないという確信があった。

「……妖力を失った腹いせに人間を虐《いじ》めて、楽しい？」

背後から、がさりと音がした。すぐそちらを確認したものの、そこには誰もいなかった。

（俺に意地悪を言われたことにさらに腹を立てて、去っていったのかな？）

それなら悪いことをしたと反省しかけたつむじだが、慌てて首を横に振った。

（あいつが可哀想《かわいそう》なわけがあるもんか）

花信が、好いた女のために死にかけ、妖力のすべてを失ったという話は、彼と袂《たもと》を分かった天狗から聞いた。

——最初の相手は、大天狗だった。そいつは天下一の天狗を決める戦いで優勝するほどの実力の持ち主だったが、そいつが選んだのは天狗の成りそこないのような奴だった。二度目の相手は、人間の小娘さ。見目が愛らしいというだけしか能がないような、ただの人間だ。だが、宗主はなぜか相手に入れこみ、すべてを捨てることも厭《いと》わず、その娘を助けた。以前から何を考えているのか分からぬ方だったが、よもやあそこまでとは……それでも、俺は宗主を追って、ここまで来た。いつかまた、俺が焦がれた、圧倒的に強く、非情な宗主に戻られるやも——そう期待したが、その兆《きざ》しはまるで見られぬ。俺はもう、あのような腑《ふ》抜《ぬ》けにはついていけぬ。

花信を見限った天狗は、山を下りる前につむじを捉まえて、そう語った。きっと、誰でもいいから話を聞いてほしかったのだろう。花信が先に信頼を裏切ったから悪いのだと、言い訳をしたかったのかもしれぬ。花信を腑抜け呼ばわりした天狗自身が、傷ついたような顔をしていた。

「……本当はそばにいたかったんだろうな。それならそうと、あいつに言えばよかったのに。俺に言ったって、しようがないよ。だって、俺はあいつが嫌いだもん」

つむじはそうこぼすと、立てた膝の上に顔を埋めた。祖父が言った期限まで、あとふた月あまり——つむじの背に翼は生えてこず、空も飛べぬままだった。変わった点といえば、背に紐で括ってつけた羽根の量だ。春よりもずっと豪華になっているのは、つむじが泣くたびに、凩たち天狗が背から毟《むし》って渡してくれたおかげだった。

（全部泣き真似なんだけどなあ……）

前だったらそれの何が悪いと思うところだが、今は罪悪感が芽生えた。この山に越してきた天狗たちは、皆つむじに甘く、優しかった。はじめは、青嵐に義理を立てているのだろうと思っていたが、

――危険な振る舞いはするな！　お前は人間だろ！……でも、天狗だ。この群れで一等若いお前を死なせては、後味が悪い。

――私らからすると、お前なんて生まれたての赤ん坊さ。面倒を見ずに捨ておくなど、天狗の名が廃る。

――つむ坊、羽根が欲しいならやるぞ。たくさん集まったら、これで一緒に翼を作ろう。背に負って羽ばたいたら、飛べるやもしれん。

何かにつけ、天狗たちはつむじに声を掛けてきてくれた。それらがすべてまことだとは思わないが、全部嘘とも思えなかった。偽りにしては、彼らがつむじを見る目は、ひどく優しかった。

「情が移ったのかなあ……じいちゃんみたいに」

「ならば、青嵐のように、皆もいつかお前を捨てるだろう」

「……やっぱりいるんじゃないか」

むっと顔を顰めて言ったつむじは、少し距離を空けて隣に立った花信をねめつけた。他の天狗たちのように、祭りに浮かれている様子もなく、いつも通りの無表情だ。

「本当に、お前って楽しいこと一つもないんだろ？」

「可哀想に、とでも哀れむのか？　実に人間らしい考えだ」

馬鹿にしきった声を出した花信に、つむじはあっかんべえと舌を出した。

「ざまあみろ！　って言おうとしたんだよばーか！」

そう叫ぶなり、つむじは走りだした。

(俺はやっぱりあいつが嫌いだ)

無表情で、慈悲など持ち合わせていないような言動をしながら、花信はいつもどこか寂しげで、哀しそうだった。それがつむじの勘違いでないことは、以前凩にこぼした時、彼の反応で分かった。

——……お前は馬鹿そうに見えて、案外鋭いのだな。確かに宗主は、哀しんでおられる。誰よりも強いが、誰よりも孤独な方だ。絶対的な強さもなくしてしまった今はもう——。

花信を想って呟いた凩は、今までつむじが見た天狗の中で一等辛そうな顔をしていた。だが、それよりも、つむじは花信が時折見せる表情の方が気になって仕方がなかった。

(……違う。気にしてなんかない！)

首を横に振ったつむじは、他のことを考えようとした。何か楽しいことを——そう思ったのに、浮かんできたのは、青嵐との別れの場面だった。

——嫌だよ、置いてかないで……立派な天狗になるから、俺を独りにしないで！

青嵐が山を下りる時、つむじは彼に泣いて縋《すが》った。いつもの青嵐なら、つむじが少しぐずっただけで、「ごめんな、俺の可愛いつむじよ」と言って、抱きしめてくれた。それなのに、その時の青嵐は、頭を撫《な》でることすらしてくれず、後ろに立っていた花信をちらりと見てこう述べた。

——お前は独りじゃない。……少なくとも一年は、この花信がずっとそばにいる。

「……じいちゃんの嘘吐き！」

大粒の涙を流しながら、つむじは叫んだ。あっと声を漏らした、次の瞬間——。

崖《がけ》から足を踏み外したつむじは、真っ逆さまに落ちていった。

（……やっぱり、人間が立派な天狗になんてなれなかったよ——じいちゃん）

青嵐と過ごした九年間が、走馬灯のように蘇り、つむじは苦笑をこぼした。

「……凩が助けてくれたの？」

目を覚まして間もなく、自分を心配そうに覗《のぞ》きこんでいる天狗に、つむじは問うた。首を横に振った凩は、「こたびも以前も」とぽつりと言った。助けてくれた相手の名は聞かなかったが、つむじには分かった。以前というのは、大木から落ちた時だろう。あの時つむじを助けてくれたのは、花信だった。当時はすぐに分からなかったが、後になってふと思いだしたのだ。その時の温もりを、つむじは確かに先ほども感じた。

花信はつむじの前に滅多に姿を現さない——しかし、いつも近くで見守ってくれている。そのことに薄々気づきながら、つむじはずっと知らぬ振りをしてきた。どうしても、信じられなかったのだ。

「だって……花信は、俺のことが嫌いなんでしょ？」

「嫌いだったら、いつも見守ってはいまい」

真率な顔をして答えた凩に、つむじは目を瞑《つむ》って頷いた。あちこちから聞こえてくるのは、お囃子《はやし》と狸の腹鼓《はらつづみ》だろう。今頃、中腹辺りで山車《だし》が出ているに違いない。常だったら、喜び勇んでそれを見にいくところだったが、今のつむじは全く動く気になれなかった。

「……俺、もうすぐ十になるけど、まだ空を飛べないや」

――十になる頃には、つむじも飛べるようになるさ。

青嵐の穏やかな声が、頭の中に響いた。

山のあちこちから、梅花の芳《かぐわ》しい香りが匂い立つ。厳しい冬を越え、いよいよやって来た春――つむじの一等好きな季節だ。しかし、今は憂鬱《ゆううつ》でしかなかった。青嵐が去って丸一年経った今日、彼は結局山に帰ってこなかった。

「山を下りろ。ふもとまで送っていってやる」

清々しい春の風と共に、つむじの前に現れてそう言ったのは、花信だった。

「……嫌だ！　俺、絶対にここから動かない！」

木にしがみつきながら、つむじはぎゃんぎゃんと喚いた。

「人と天狗は共には暮らせぬ」

「俺は天狗だ！　見目や力は人だけど……中身は立派な天狗だ！　だから、山は下りない！　ずっとここにいるんだ！」

大声で叫んでいたところ、いつの間にか周りに天狗たちが集っていた。

「……宗主、許してやってはどうだ。つむじは確かに人なれど、心から天狗になりたいと望んでいる……もはや、我らの仲間だ」

群れで一番の年長である鼻高天狗がそう言うと、

「私もそう思います。この子はひどい無茶をする。里でも同じような真似をしたら、すぐに追いだされてしまうでしょう」

今度は若い天狗が焦ったような声で言い募った。

「お、おいらもそう思います！　この子はひどい悪餓鬼だから、おいらたちが見てないと駄目ですよ！」

「そうそう……本当にひどい悪餓鬼でして、うっかり目を離せやしない。いつ木から飛び降りるか分からないし、木の棒を振り回して怪我《けが》をするかもしれないし、もう心配で心配で――いや、心配なのはつむじの身ではなく、被害を受けるかもしれぬ我らのこと！」

「おい、変なこと言うな！　あ、あの……ともかく俺たちは皆同じ心でございます」

慌てながらも必死に言った烏天狗たちは、花信の前で膝を折った。それに倣《なら》うように深々と頭を下げたのは、凩だった。

「宗主――我らは皆、あなたを捜し求めてこの地にたどり着きました。ようやく宗主を見つけた時、隣に人間の子どもがいたのを見て、正直我らは失望しました。また、人間に絆《ほだ》されたのかと――」

凩がそう述べた瞬間、つむじはぞくりと身を震わせた。

(何だろ、物凄い寒気が……)

もう春なのにと驚いたつむじは、花信が放った妖気に似た怒気に気づかなかった。ぴりぴりと鋭い緊張感が満ちる中で、凩は低い声音で続けた。

「……しかし、何のことはない。絆されたのはこちらの方でした。我らはその子が愛おしい――人間の子相手にそんな感情を抱くのは、天狗としてあるまじきこと。今、覚悟を決めて言った己でもそう思うほどだ……宗主はこんな想いを抱えて生きておられたのですね」

「戯言を申すな。我はお前たちとは違う」

冷たく切り捨てた花信は、木にしがみついたまま呆然《ぼうぜん》としているつむじに、手を伸ばした。頭を鷲掴《わしづか》みにされ木から引き離されたつむじは、非難の声を上げようとして、はっとした。花信の冷ややかな目に、射殺されるかと思ったのだ。鋭い視線に怯《おび》えたのも束の間、

「……うわっ⁉」

花信に空に向かって放り投げられたつむじは、驚きのあまり素《す》っ頓狂《とんきょう》な声を上げた。

「つむじ!」

天狗たちの悲鳴混じりの声が上がった時には、つむじは空を翔けていた。いつの間にか

翼を広げた花信の背に乗り、飛んでいたのだ。

「な、何してるの!?」

つむじの問いに、花信は答えなかった。凄まじい速さで翔けていく花信の背に、つむじは必死に縋りついた。ずっと飛びたいと思っていた空だが、夢が叶ったというのに、それを楽しむ余裕はなかった。

花信がようやくつむじを下ろしたのは、人気《ひとけ》のない小さな村だった。荒れた田畑の間を進んでいく花信の後を、つむじは小走りで追った。

「どこに行くの？　俺、人の世には行かないからね」

相変わらず答えはなかったが、つむじは話しつづけた。

「皆も言ってくれたけど、俺はもうすっかり天狗だもの。どうやっても、人としては生きられないよ。じいちゃんもきっとそう思って……うん、絶対！」

青嵐の笑顔を思いだして少し詰まりかけたものの、つむじは力強く言いきった。

「ならば、直接訊いてみるといい」

花信はそう言って、歩みを止めた。目の前には、納屋のような小屋があった。薄く開いた戸に手を掛けたつむじは、花信をちらりと見て「入っていいの？」と問うた。軽く目を伏せただけだったが、よいということなのだろう。そう解釈したつむじは、建てつけの悪い戸を横に引き、中に入った。

つぎはぎだらけの布団に誰かが寝ている——相手を認めたつむじは、目を見開いた。

「……じいちゃん！」

声を上げたつむじは、急ぎ枕許に駆け寄った。

「じいちゃん！……どうしたの？　具合が悪いの？」

心なしか青褪《あおざ》めて見える顔を撫でながら、つむじは震える声で問うた。

「うん……つむじか？」

目を閉じたまま呟いた青嵐は、自身の頰《ほお》に当てられた小さな手を、ぎゅっと握りしめた。

その手がひどく痩《や》せ細っていることに気づき、つむじは涙を流した。

「来てくれたのか……一年経ったら戻ると言いながら、約束を守れず、すまなんだ……」

「そんなことどうだっていいよ！　じいちゃんが元気で生きていてくれれば、俺は……」

嗚咽混じりに言ったつむじは、垂れてくる鼻水をずずっと啜り、咽《むせ》び泣いた。

「そんなに泣くな。お前は泣くと鼻が真っ赤になる……そうすると、俺とそっくりなんだ。

……人間の世に戻そうとしたのに、天狗の俺と似てるところを見つけて、こんなにも嬉《うれ》しいなんて、俺は勝手だな。勝手ついでに言っちまうか……つむじよ、お前は望む道を生きろ。人でも天狗でもいい、好きな道を――俺はお前が大好きだから、幸せでいてくれればそれでいいんだ……俺の孫になってくれて、ありがとう……俺の、可愛いつむじ……」

達者でな――そう言ったきり、青嵐は息絶えた。


青嵐が己の病《やまい》と余命を悟ったのは、一年と三月前のこと――醜態を晒すほど深酒した、あの冬だ。その時、青嵐の頭に浮かんだのは、天涯孤独になってしまう孫のことだった。

「……青嵐は、その時はじめてお前を攫ってきたことを悔いたそうだ。天狗は自身の力を分け与えれば、人間を天狗にすることができる。だが、年老いた青嵐には、その力がなかった。そうと気づいた時に人の世に戻せばよかったものを、奴はお前が手放せなくなっていた。その結果、青嵐は人のままお前を山で育てた」

「だから、じいちゃんは俺を人の世に帰そうとしたの……？」

ぽつりと問うたつむじに、花信は頷いた。

青嵐を埋葬した後、つむじはまた花信の背に乗せられて、空を翔けていた。行きと違って緩やかな速さだったが、景色を見る余裕はやはりなかった。目を開いていても、閉じていても、浮かぶのは青嵐と過ごした幸せな日々だった。

「一年前、棲処《すみか》を捨て、新天地を探していた我は、青嵐に声を掛けられた。お前に山を譲ってもいい。その代わり、一つ頼みがある――と」

――俺には可愛い孫がいる。その子を人間の世に戻してやってほしい……一年経っても俺が山に戻ってこなかったら、きっとそうしてくれ。もし、戻れたら、俺はあの子と共に生きられる場所を探す。あの子が人の道を選ぼうと、天狗の道を選ぼうと、どちらでもいい。あの子が生きやすい、生きたい道を共に歩むのだ。……ふふふ、うらやましいだろう？　とても可愛くていい子なんだ、俺の孫は。

「……背を濡らすな。気味が悪い」

嫌そうに注意してきた花信に、つむじは泣いているのを誤魔化《ごまか》すように明るく言った。

「俺のせいじゃないよ。こんな時に雨が降ってくるから悪いんだ。もっと急いで翔けてよ。早く帰ろう――皆の許へ」

「我が向かっているのは、山のふもとの里だ。これからは、そこで暮らせ」

「嫌だ！」

そう叫ぶや否や、つむじはがばっと身を起こし、花信の身から飛び降りた。

「――貴様はどこまで迷惑を掛ければ気が済むのだ！」

地面に叩きつけられる前につむじを救って着地した花信は、その身を胸に抱きこんだまま、地を這《は》うような低い声で吠《ほ》えた。はじめて感情を露わにした花信をじっと見上げたつむじは、表情を引き締めて言った。

「俺、皆と生きたい。俺は天狗じゃないけど、皆と……花信たちとずっと一緒にいたいんだ」

お願いだよ――そう呟きながら首に縋りつくいたつむじに、ややあって花信は言った。

「……この期《ご》に及んで泣いた振りをするとは、貴様は人ではないな」

人間はこれほどふてぶてしくないと吐き捨てた花信は、翼を広げ羽ばたいた。慌てて背に乗ったつむじは、空高く翔けてからも振り落とされぬことを認め、掠《かす》れ声で問うた。

「ねえ、花信……人じゃない俺を、どこに連れていくの？」

返事はなかったが、つむじには分かった。花信が向かっているのは、つむじが九年青嵐と過ごし、これからは花信たちともっと長い時を過ごすはずの、あの山だ。夕陽に照らされ、桃色に輝く艶やかな長髪に顔を埋めながら、つむじはくすりと笑い、また涙をこぼした。

緑の手

色鮮やかな魚が、群れをなすように泳ぐ海の中、ごつごつした岩に腰かける二妖がいた。

「俺はどこかの岬で生まれたんだ」

ぷかぷかと口から水泡を出しながら、岬《みさき》は言った。頭の上には皿があり、手足には水かきがついている。絵草紙に出てくる河童《かっぱ》そのものの見目をした彼の横には、蝦蟇王《がまおう》という大きな蛙《かえる》の形《なり》をした水の怪がいた。

「だから岬という名なのか。実に安易な名づけ方だ」

呆《あき》れたように述べた蝦蟇王に、岬は「それは名づけ親に言ってくれ」と肩をすくめた。

「おや、親が付けたんじゃないのか」

「俺は親を知らないんだ」

蝦蟇王はふうんと気のない返事をしつつ、近くを泳いでいる魚を目で追った。親を知らぬ妖怪など珍しくないので、こういう時は皆同じ反応をする。

（いや……あの怪《かい》だけは違ったか）

——親がいない?……へえ、すごいじゃないか。だって、あんたみたいな甘ちゃんがたった一妖で生きてきたってことだろ? 案外根性あるじゃないか……まあ、ご苦労さん。

くすりと笑った岬に、蝦蟇王は不思議そうに首を傾げた。

「知己《ちき》に妖怪らしくない妖怪がいてね。そんなこと当妖には言えないが、皆そう思ってるのさ」

「それは難儀な奴《やつ》だな」

蝦蟇王はそう言うと同時に舌を伸ばし、目の前を通過した魚を搦《から》めとった。岬の話にまるで興味がないのだろう。それでも返事をしてくれるだけ優しいと岬は思った。

(大抵の奴は無視するもんなあ……でも、それが妖怪だ。そいつの過去や、思ってることなんて知っても意味がない)

どうせ死ぬんだから——そう呟《つぶや》いた時、蝦蟇王は取った魚を咀嚼《そしゃく》しながら、「うん?」とまた首を傾げた。

「何だか間抜けな最期だなあ……あんたもついてないね」

まあ、俺ほどじゃないか——岬はぼやきながら、蝦蟇王の胸に手を当てた。次の瞬間、蝦蟇王は静かに頽《くずお》れた。自身の手の平をじっと見てから、岬はゆっくり腰を上げた。岩場の陰《かげ》にいた小さな鮫《さめ》の怪と目が合ったのは、その時だった。相手は震えながら、岬を指差して叫んだ。

「今の今まであれほど親しげに話していたのに……卑怯《ひきょう》さは妖怪にとっての美徳だが、あんまりではないか。こ、この妖怪殺し……！」

「うん、あんたの言う通りさ」

岬はにこりとして頷《うなず》いた。とても今妖怪を殺したばかりとは思えぬ穏やかな様子の岬を見て、小鮫の怪は自分が見た光景が幻《まぼろし》だとでも思ったのかもしれぬ。ぼうっと立ち泳ぎしていた彼の横を通り過ぎた岬は、ちらりと振り返って言った。

「あんたは俺の次についてない妖怪かもなあ」

すれ違いざま、小鮫の怪の胸に伸ばした手をすっと引く。前を向いて泳ぎながらまた手の平を確かめた岬は、眉を顰《ひそ》めて文句を垂れた。

「こっちも汚《きたね》え……もっといい生き方をしろよな」

そうすれば、岬が盗る魂《たましい》も、美しく光り輝くだろう。

河童には人間の尻から尻子《しりこ》玉《だま》を抜く力があるが、岬は別の能力を有していた。それが、他妖の魂を盗むというものだった。妖怪の世は広いが、同じ能力を持つ者に、岬は会ったことがない。命を取るという意味では、死神と同義と捉えられそうだが、岬と死神には明確に違う点があった。

（あいつらは予定通り寿命を終える奴らの魂をもらう。俺はそういうのにかかわりなく、だからなあ……盗妖《ぬすっと》と言われても仕方ないが、俺にそんなこと言う奴はいなかったな）

そう言われる前に、岬は相手の魂を奪った。これまで数えきれぬほど魂を盗んだが、それを良いとも悪いとも考えたことはない。魂を盗るのが、岬に課せられた使命だった。

（どうせ盗るなら、綺麗《きれい》な魂の方がいいとは思うがね）

醜《みにく》い魂で穢《けが》されるよりも、美しい魂で綺麗に彩られた方が心地よいに決まっている。しかし、相手は妖怪だ。

「そうそう綺麗な魂をしてる者などいないよなあ。あのアマビエくらい光ってたらいいのに……」

赤青赤青赤――点滅するように光り輝く人間の世の海を眺めて、岬は呟いた。今、あちらではアマビエを巡って、水の怪たちの間で争いが起きている。妖怪の世にいる岬にはかかわりのない話だったが、逐一《ちくいち》様子を気にしていた。

（だって、あの中にはあの怪がいるからね）

ふふと笑った岬は、泳ぐ勢いを速めて、人間と妖怪の世の境に向かった。人間の世に近づくにつれ、アマビエの発する光が鮮明になった。そこで戦う水の怪たちの中に目当ての妖怪を見つけた岬は、相手に届かぬと知りつつも、声を掛けた。

「待っててくれよな、弥々子《ややこ》姐《ねえ》さん！　もう少ししたら、あんたの魂をもらいに行くからさ!!」

＊

水の世に生まれた水の怪は、その後妖怪の世に行く――妖怪なら誰でも知っている話だが、なぜと問われて答えられる者はほとんどいない。岬がその数少ない中に入っているのは、水の世を司《つかさど》る者から直接話を聞いたからだ。

——水の怪が懐妊すると、その魂はまずこの水の世に姿を現し、じっと生まれおちる時を待つ。臨月を迎えた頃はじめて、その魂は水の怪の腹に戻る。子を産む時、水の怪は大抵妖怪の世にいるから、水の世に生まれし水の怪が妖怪の世に行く、と言われるのはそういう所以《ゆえん》だ。

妖怪の世で一生を終える者もいれば、人間の世に向かう者もいた。稀《まれ》に水の世に戻る変わり者もいるが、そこで長期間過ごす者はほとんどいない。

「零《ぜろ》ではないのは、お前がいるからだ——岬」

凛《りん》とした声音で言ったのは、水の世の支配者である須万《すま》だった。巨大な白い魚の姿をしているが、本性は全身真っ白な人間の形をした妖怪だ。

(いや……あれが仮の姿で、こちらが本性かもしれん。妖怪は嘘吐《うそつ》きだから分からんなあ)

須万の横に控えながら、岬はぼんやりと考えていた。

「お前も他妖のことは言えぬだろうに」

「おおっと……須万さまには何でもお見通しだあ」

岬は笑って答えた。須万に頭の中を読まれることは、日常茶飯事《さはんじ》だ。今さらそれを気にすることはなかった。

「水の怪のことならばな――もっとも、あの者以外だが」

　須万は笑い声を漏らしたが、目には昏《くら》い光が宿っている。

「まあ……あいつは謎《なぞ》の妖怪ですからねえ」

「未来を予言し、災厄を振りまき、永遠の命を与える――謎ではなく、迷惑の間違いだ。生きているのが罪なほどにな」

「……ごもっともです」

　岬は笑みを引き、須万の言に頷いた。

（この穏やかな方をこれほど怒らせるのは、奴《やつ》しかいねえな）

　奴ことアマビエは、岬が言った通り、謎の妖怪だった。人間の中にも、彼《か》の妖怪を知る者がいるのは、ひとえにアマビエの習性による。水の怪であるアマビエは、妖怪の世や人間の世を行き来し、方々で騒動を起こしている。当妖が何を思ってそんな真似《まね》をしているのかは不明だ。アマビエは、口が利けぬ妖怪だった。しかし、他妖や他人の言葉は分かるらしく、身振り手振りや砂浜に文字を書くことで意思を示すそうだ。岬はその場面に遭遇したことはない。

（この須万さまさえないくらいだものな）

　アマビエを生みだした張本妖だというのに――そう思った瞬間、射貫《いぬ》くような須万の視線を受けた岬はびくりと身を震わせ、固まったまま小声で詫《わ》びた。

「何を謝る必要がある。お前の言ったことは、ただの真実だ」

そう言いつつも、須万は立腹しているようだ。身体《からだ》から漏れだしている威圧感と妖気に、岬は気圧《けお》された。ここに他の妖怪がいたら、恐怖を共有できたが、彼らが水の世を訪れるのは、一生に一度か、多くて二度だ。例外である岬も、ずっと水の世にいるわけではない。つまり、水の世のすべては、須万のものと言えるだろう。

それほど強大な力を持ちながら、須万は自身の出生を知らなかった。気づけばこの世にいて、身体中に走る痛みに苦しみ悶《もだ》えていたという。やがて、パンッと何かが破裂《はれつ》したような音が響いた。それが自身の身が裂《さ》けた音だと気づいた須万は、海の底に臥《ふ》せながら、近くに浮いている者を見た。青と赤に染まったその怪は、須万の身を突き破って出てきたとは思えぬほど、間抜けな顔をしていた。

ワレ、アマビエ――声は発さず、心で伝えてきた相手に、須万はヒレを伸ばした。しかし、須万の身から生まれでたアマビエはひらりと躱《かわ》して、水の世を去ってしまった。

瀕死《ひんし》の重傷を負った須万は、やがて周囲にたくさんの水の怪の魂が漂っていることに気づいた。試しに一つ喰《く》らってみたところ、須万の傷は大分癒《い》えた。自身が、水の怪の魂を摂取して生きる怪だと気づいた須万は、他の魂を捕らえようとして、止めた。それらはまだ生まれる前の不完全な魂だ、母の腹に戻って生まれた後喰らうべきだ、と囁《ささや》く声がした。しかし、水の世には須万以外誰もいない。とりあえず、水の世から出てみようとした須万だったが、また声が響いた。

「ここで魂を育てよ、さもなければお前が食すべきものが消えてなくなるぞ――そう脅《おど》してきたのは、誰とも知らぬ相手……否、あれはアマビエに違いない。私の身から生まれた者だからこそ、声ではなく、心で意思を伝えてくる。もっとも、近くにいなければそれも叶《かな》わぬが……奴の考えを聞くまで、私は死ねぬ。我が身を死の淵《ふち》に誘《いざな》いながら、よその世を遊び歩いている奴には、きつい仕置きが必要だ――そうは思わぬか、岬」

じろりとねめつけながら述べた須万に、岬は慌てて膝を折り、手を差しだした。

「……すべて須万さまのおっしゃる通り――水の世を離れるわけにはいかぬ須万さまに代わり、この岬が必ずやアマビエを捕まえてしんぜましょう！」

岬の宣言に満足そうに頷いた須万は、岬の差し伸べた手に、自身のヒレを重ねた。触れ合った瞬間、須万は眩《まばゆ》い光を発した。岬が盗ってきた魂を、自分の体内に呑《の》みこんだのだ。

（あんな汚い魂でも、須万さまのものになったら、にわかに美しく光りだすんだものなあ）

須万は妖怪だが、能力は神に近い。その力を以《もっ》てすれば、アマビエは捕らえられただろうし、食料である水の怪の魂もたやすく手に入れられるはずだが、彼女はこの水の世から出ることができない。だから、須万の僕《しもべ》である岬が、須万の代わりによその世に行き、仕事をこなしていた。

従順な子よ、期待しておるぞ――須万の声が響いた時、辺りが白光に満ちた。瞬《まばた》きをしたほんのわずかな間に、岬はどこかの川を漂っていた。

（期待してるなら、もっといい場所に飛ばしてくれりゃあいいのに……こりゃあひどい！）

濁流《だくりゅう》と言ってもよいほど、その川の流れは速く、荒れていた。大雨で氾濫《はんらん》したのだろう。水位が高く、様々なものが流されている。周囲を見回しつつ泳いでいた岬は、少し先の岸にいた相手を認めて、ぴくりと顔の筋肉を緊張させた。

（中々強い力を持った女河童だな……神無川《かんながわ》の弥々子か！）

河童でなくとも一度は耳にしたことがあるというほど、女河童弥々子の名は、水の怪たちの間で知れ渡っていた。

（いい面と悪い面でだけどな）

岬はふっと笑って、近くを流れていた木片と布きれを摑《つか》みとり、弥々子の方へ泳ぎだした。

――弥々子は強い。全河童の中でも、一二を争う才を持つ……持っていたというべきか。昔は人間を見たら襲いかかり、嬲《なぶ》り殺してその身や尻子玉を喰らってたが、三十年ほど前に急に変わった。人間に惚《ほ》れたんだよ！　そいつに義理立てて、人間を喰らうのをやめた。あんな馬鹿《ばか》な真似しなけりゃあ、いつか水の怪の頂点に立てたかもしれないのに――

いつだったか、岬にそんなことを教えてくれたのは、弥々子の元配下の河童だった。

（名は何と言ったか……魂をいただく前に聞いたのに、忘れちまった。あいつこそ、弥々子河童に惚れてたんだろう。未練たらたらだったものなあ。馬鹿なのはどっちかねえ）

岬はぶくぶくと水泡を吹き、ばたばたと手足を動かした。そのうち、何かが川に飛びこむ音がした。こちらに近づいてくる妖怪の気配を感じながら、岬は笑いを漏らした。

（……より馬鹿なのはこっちだったか）

岬に手を伸ばしたのは弥々子だった。溺《おぼ》れている妖怪がいたらどうするかと試してみたのだが、想像以上にお人好しらしい。

（変わった河童だなあ。俺も他妖のことは言えないがね）

河童は本来、群れを作って生きる妖怪だ。岬が一目して変わり者と確信した弥々子でさえ、その中で生きている。しかし、岬は生まれてこの方一度も群れに入ったことがなかった。

水の世で生を受けた時、岬は周りにたくさんの魂がふよふよと浮いているのを目にした。眠って起きるたび、その数は減っていったため、いつかは自分もここから旅立つのだろうと思っていた。幾度目かに目を覚ました時、岬は己《おのれ》に身体があることに気づいた。驚いて飛び起きた瞬間、岬の前に現れたのは須万だった。

——お前の魂が水の世から妖怪の世にいる母の腹に戻り、生れ落ちんとした時、お前の母親は岬で津波に巻きこまれて死んだ。父親も兄弟も親類も、同じ群れの知己たちも皆同じ目に遭い、絶命した。半分生まれかけていたお前を救ったのは、私だ。私の魂を少し分けてやり、こちらに無理やり引き戻したのだ。しかし、成功するとは思わなんだ……この水の世には、時折水の怪が訪れるが、お前のような変わり種ははじめて——否、たった一妖だけいた。我が身が分裂し、この世に生まれし、アマビエ——珊瑚《さんご》と海に反射する日の光でその身を彩り、どこかに旅立ったまま帰ってこぬ放蕩者《ほうとうもの》。お前はその代わりなのかもしれぬ──みなしごの岬、お前は今日からこの須万に仕えよ。その無防備な身ではすぐに死んでしまうゆえ、魂と力を分けてやろう……これで、お前の身は守られた。

須万が授けたのは、他妖の魂を奪う力だった。

(あの方も大概だ。俺の力は誰かを殺すだけで、自分の身なんてちっとも守れやしないじゃないいか)

現に今、岬は溺れて死にそうになっている──ふりだったが、傍《はた》からすればそうとしか見えなかった。だから、弥々子が助けようとしてくれているのだ。力を与えるだけで救いの手など伸ばしてくれぬ須万ではなく、一度も話したことのない、見ず知らずの河童が

──岬は首を傾げた。

(何だ？　何で俺は泣きそうになってるんだ……？)

不思議に思った時、岬は強く腕を摑まれて、はっとした。

(……綺麗だな)

岬が思わず見惚《みと》れたのは、岬を見つめる弥々子の目だった。そこに宿っている光は、魂の輝きに他ならない。その眩《まぶ》しさに目を細めた岬は、思わず弥々子の目に手を伸ばしたが

──

「馬鹿！　岸に着くまで大人しくしてろ！」

溺れていると勘違いしたままの弥々子は、岬が苦しみのあまりもがいていると思ったら

しい。岬の身を拘束《こうそく》するように腕の中に抱きこむと、猛烈な勢いで岸に向かって泳ぎだした。濁流に逆らい、ひたすら上を向いて泳ぐ様は、水の怪たちの間に名を馳《は》せた妖怪らしかったが、岬は残念に思った。

（こっちを見てくれなきゃ、綺麗な魂が見えないじゃないか）

早く見たい。早く盗りたい――そう思いながら、岬は大人しく弥々子に従い、岸に運ばれた。

「あんた、何で溺れたんだい。泳ぎが不得手なら、こんな時に川に入るんじゃないよ」

岸に上がって岬を適当に転がした弥々子は、岬を見下ろしながら言った。岬は「猫が溺れてたんだ」と言って、布を木片に被《かぶ》せたものを見せた。

「……これのどこが猫なんだい」

弥々子は問うた。思いきり怪訝《けげん》な顔をしていたが、それでも一応理由を聞いてくれるらしい。岬はこみあげてくる笑いを必死に堪《こら》えながら、さっき考えた嘘を語りはじめた。

「流れてきた木片にこれが被さったものが、猫にそっくりだったんだ。川に飛びこんで、やっとのことで猫を掴んだと思ったら……いやあ、驚いたの何のって。あんまりびっくりしたせいか、なぜか足がつっちまってね……」

えへへと笑うと、弥々子は眉を顰めた。妖気が強まったのを感じ、岬はわくわくした。

さあ、どうする――ぐっと屈みこんだ弥々子は、強い力で岬の広い額を叩《たた》いた。目を瞬《しばたた》いている隙《すき》に、弥々子はくるりと踵《きびす》を返し、歩きだした。そのままもののけ道を開いて中に入った弥々子を、岬は慌てて追いかけた。声を掛けたが、弥々子は前を向いたまま振り向きもしない。

(俺が嘘吐いたから怒ったのか？　いや、嘘だと気づいちゃいないか……あまりに間抜けな言い訳だから、呆れたのか？)

そのどちらでもないと気づいたのは、もののけ道から出て神無川に着いた時だった。川の中に入った弥々子を、岬は岸からぼうっと眺めていた。やがて、弥々子は川から顔だけ出すと、鋭い目つきで言った。

「何をぼうっと突っ立ってるんだい。あんた河童だろ？　河童なら、そこに川があるならさっさと中に入るべきだ」

つい川に飛びこんだ岬だったが、水の中で首を傾げた。

(勝手についてきたよそ者を、自分の川にほいほい招き入れるなんて……本当に変な奴だなあ)

弥々子は岬に川へ入るように促したものの、その後は一切構おうとしない。困惑した岬にこそりと話しかけてきたのは、銛《もり》という弥々子の配下の河童だった。

「あんたも棟梁《とうりょう》に助けてもらった口かい？　俺もそうなんだ。元々は隅田《すみだ》川《がわ》にいたんだが、諍《いさか》いが起きてね。危うく殺されそうになって反撃したら、相手が死んじまったのさ。俺は身を守っただけだったんだが、他の奴らに『銛が先に手を出した！』と喚《わめ》きたてられて……制裁を受けた俺は虫の息で川を漂ってた。半ば死体のような有様だったから、皆に見て見ぬふりをされたよ。唯一声を掛けてくれたのが棟梁だったんだ」

──あんた……まだ生きてるね？　これからも生きる気があるなら、あたしの川まで連れてってやろう。手当ても世話もしないから、生きたいなら、自分で頑張りな。

　突き放すように言った弥々子を見て、銛は弥々子の下で生きることを誓ったという。

「……お人好しなんだか、冷たいんだか、よく分からんなあ」

「棟梁はお優しいが、優しいだけじゃ河童の棟梁は務まらんよ」

あははと笑った銛は、岬の胸を拳《こぶし》で小突《こづ》いて離れた。優しく叩かれた胸を手で触りながら、岬は水の中にたゆたう弥々子をじっと見つめた。

西日が差し、水の中が朱に染まった頃、岬は弥々子のそばに近づき、すっと手を伸ばした。弥々子の胸の前で動きを止めた自身の手に、岬は苦笑した。

（……はじめてだなあ、お前が言うことを聞かねえのは）

言うことを聞かぬのは、手なのか、心なのか──自分でもよく分からないまま、岬はさらに手を伸ばし、弥々子の手を摑んでぶんぶんと振った。

「命が助かった俺はなんと幸運なのだろう！　すべてあんたのおかげだ、弥々子姐さん！俺の心の師よ！」

「……はあ？」

怪訝な顔をした弥々子は、呆れきった声を出した。岬の言が、調子のいい台詞《せりふ》に聞こえたのだろう。だが岬は、心から今生きていることに感謝していた。

この妖怪の魂は俺のものだ——そう思った岬は、いつか弥々子の魂を盗ることを心に決めた。

弥々子と出会って以来、岬は神無川に毎日のように入り浸っていた。

「鬱陶《うっとう》しい。殺すよ」

猫に似た顔を顰《しか》めて言う弥々子に、岬は俯《うつむ》いて頷いた。震えていたのは怯《おび》えではなく、笑いを堪えていたせいだった。

(姐さんは可愛《かわい》いなあ、棟梁らしく振る舞ってるけど、内心は大甘だもんなあ)

それは岬が勝手に思ったことだが、強《あなが》ち外れてはいないようだった。弥々子の言に従い、月に一度しか顔を見せなくなると、訪ねていくたびに弥々子はほっとしたような顔をした。自分から突き放したくせに、岬のことを気にかけていたのだろう。

「一体どこをほっつき泳いでたのさ。行く先々で迷惑掛けてるんじゃないだろうね？　くれぐれもあたしや神無川の名を出すんじゃないよ。厄介事に巻きこまれるのはごめんだ」

弥々子はそんな風にいつも素っ気ない態度を取ったが、それが本心でないと岬には分かっていた。弥々子の優しさに触れるたび、岬は笑みを浮かべずにはいられなかった。

「あ～、早く欲しいなあ」

「あんたみたいにだらけた奴でも一丁前に欲なんてあるのか」

意外そうに言った弥々子に、岬は「勿論《もちろん》」と笑って答えた。

あんたの魂だよ——心の中で述べた本音を聞きつけたのは、この世でたった一妖だけだった。

「なぜ弥々子河童の魂を盗らぬのだ」

久方ぶりに水の世に戻った岬は、方々で集めた魂を須万に渡そうとした時、須万からそう声を掛けられた。

「……須万さまは何でもご存じだあ」

笑って誤魔化《ごまか》そうとしたが、氷のように冷たい視線からは逃れられなかった。ふうと息を吐きながら、岬は答えた。

「あの魂は、時が経ってからもらった方がいいと思ったんです。数か月——いや、数年先なら、きっともっと輝きが増してる」

「美しかろうが汚かろうが、魂など皆同じだ」

「須万さまはそうお思いでしょうが……」

「お前は違うというのか」

含み笑いをして言った須万は、ヒレで岬の手に触れた。岬が集めた魂が須万に渡ると、白い光が発される。その光に包みこまれた途端、どこかの海川に飛ばされるのが常だったが、今日は水の世に留まったままだった。

そのうち、すっと光が消えた。いつも通り、岬と須万以外は誰も存在しない空間が広がっている。岬がごくりと唾を呑みこんだ時、須万は高らかに述べた。

「今のままでは、弥々から魂は盗れぬ。修行をつけてやろう」

魂は欲しいが修行など御免《ごめん》だあ――口から出しかけた言葉を呑みこみ、岬は大声を張った。

「ご指導ご鞭撻《べんたつ》のほど、よろしくお願い申し上げます！」

須万は口の端をやや吊《つ》り上げ、頷いた。笑みを浮かべたつもりのようだが、その目はやはり氷のように冷めていた。

それから岬は水の世に留まり、修行に明け暮れた。須万に命じられるまま、飛んだり跳ねたり、ひたすら長い距離を泳いだり、何日も座禅《ざぜん》を組んだりと、過酷《かこく》な日々を過ごした。

「少しも強くならぬな」

修行をはじめて数年経った頃、須万は呟いた。岬は懸命に取り組んできたが、須万の想像ほど強くならなかったようだ。

「持って生まれた才が……なかったんでしょう……期待に応えられず、申し訳ありませんね……」

膝を折り、肩で息をしながら言うと、須万は不満げな声を漏らした。

「あと百年やれば、才も目覚めるやも――」

「須万さま、その頃には弥々子は死んでます。須万さまが俺を強くしようと思ったのは、あの河童の魂を盗らせるためでしょう？　奴が死んじまったら、本末転倒じゃありませんせんか」

須万の言葉を遮って述べた岬は、へらりと笑った。

「……それよりも、そろそろ魂の補充が尽きる頃では？」

修行中、岬は水の世から出なかった。その間、当然岬の魂盗りは中断されていた。須万は、他妖の魂を体内に取りこんで生きている。ここ数年間は、身体の中にある魂と、須万の許《もと》を時折訪れる水の怪たちの命で生き延びていた。

――須万さま、どうか私のこの先をお教えください。

――水の怪の中で一等の強さが欲しいんです。そうなるには一体どうすれば……。

水の世まで来た妖怪たちは、須万に頼みごとをした。須万が持つ水の世を見通す力にあやかりたいと願う者は大勢いたが、実際に訪れるのは少数だった。

「ここに来た奴らからもらった魂は、大した年数じゃない。どうせなら、全部取っちまえばいいのに」

岬は本音混じりに冗談を言った。頼みごとに応じて、須万は依頼者から寿命の一部を取った。同じ依頼でも、才や力によって負荷が異なるため、もらう寿命年数もそれぞれだった。

「願いは叶うが、寿命はあとひと月になる――それでもよいのかと問うたことはある」

「へえ、相手は何と答えたんです？」

「願いが叶えば死んでもいい――私は相手の望み通りにした」

岬は笑みを引き、黙りこんだ。自分の命を懸けてまで望みを叶えたい――その気持ちが岬にはまるで分からなかった。たとえ望みが叶っても、死んでしまえばそれまでだ。縮んだ寿命を生きるのは、どういう気分だろうか。想像よりも早く終焉《しゅうえん》を迎えた時、後悔しないのだろうか。あの時、須万さまに願わなければよかった、と――

「魂を盗りにいきたいか」

須万の問いに、岬は我に返った。

（別に魂を盗りたいわけじゃないが……）

何もないこの場所でひたすら過酷な修行に打ちこむよりは、外に出て誰かの命を奪っている方がマシだ――そう思いかけて岬は心中を読まれたかと血の気が引いたが、須万は何も言わなかった。その代わり、須万から発される妖気が、にわかに強まった。

「……あの愚か者め」

低い唸《うな》り声を上げた須万は、蒼褪《あおざ》めた岬を睨《にら》んで言った。

「我が子が暴れておる」

「わ、我が子?……えっと、アマビエが現れたんですか!?」

疑問を浮かべかけた岬は、はっと気づいて言った。

「いつもふらふらとしているだけゆえ、放っておいたが……水の怪たちに追い回され、暴れておる――神無川から続く海だ」

場所を聞いた途端、岬は泳ぎだした。制止の声が掛からなかったのをいいことに、急ぎ人間の世に向かった。これでやっと弥々子の魂を盗りにいける――そう思うと、心が弾《はず》んだ。


アマビエが暴れている海に着く少し前、岬はにわかに動きを止めた。

（……俺あ何やってんだ。今向かったってしようがないのに）

誰が相手でも、胸に手を当てれば、魂を抜きとれる。岬が持っているのは、一見無敵にも思える力だが、それを使える状況は限られている。一対一であること、相手が無防備であること――まずその二つを満たしていなければ、魂は盗れない。

（いや、抜きとるだけはできるか……問題はその後だ）

少し離れた場所では、アマビエを捕まえるために、大勢の水の怪たちが集っている。その混乱に乗じ、弥々子の魂を盗れたとしても、彼女の配下の河童が岬を逃しはしないだろう。よくも棟梁を――と嬲り殺される画が浮かび、岬は苦笑した。

「死ぬのはいいが、嬲られるのはどうもなあ……」

自分がするように、相手が気づかぬうちに一瞬で命を奪ってほしいものだと思いながら、岬は方向を変えて泳ぎだした。今はその機ではない。

背後に戦いの気配を感じつつ向かったのは、妖怪の世だった。大蛙の妖怪――蝦蟇王を見つけた岬は、わざと彼の目の前で転び、「痛い……痛いよお……」と情けない声を上げた。

「……間抜けな河童だな」

呆れた様子で呟いた蝦蟇王を見て、岬は内心笑った。

（こういう反応をする奴は、簡単に魂を盗らせてくれるのさ）

他妖に関心のない妖怪ならば、岬が転ぼうが瀕死だろうが、何の反応も示さず、その場から泳ぎ去るものだ。独り言だろうと、わざわざ声に出して岬のことを呟くような相手は、弥々子ほどではないにしろ、お人好しの素質がある者が多かった。

四半刻《しはんとき》（約三十分）も経たぬうちに、岬は蝦蟇王から魂を奪った。だが、久方ぶりで気が緩《ゆる》んでいたのだろう。近くで見られていることに気づかず、危うく一妖取り逃がすところだった。相手がわざわざ声を上げてくれたおかげで、その小鮫の怪からも魂を抜きとった。そうして得た二つの魂は、岬が厭《いと》う汚い色をしていた。今、人間の世で暴れているアマビエのように光り輝いていたら、この仕事ももっと楽しめたに違いない。

赤青赤青赤——アマビエが点滅するように光り輝く人間の世に再び近づいていった岬は、渦中にいる弥々子に声を掛けた。

「待っててくれよな、弥々子姐さん！　もう少ししたら、あんたの魂をもらいに行くからさ!!」

届くはずのない距離だったが、弥々子は一瞬岬の方を見た。岬は息を止めた。数年ぶりに見た弥々子の瞳に宿る魂の輝きが鈍っている——そのことに気づいたからだ。

（姐さん、何で……）

絶句した岬は、ふらふらと泳ぎだした。

（あんたの魂、あんなに光り輝いてたじゃないか……それなのに、何で今は――）

ぐるぐると考えこみながら、岬はひたすら泳ぎつづけた。

手足が動かなくなってようやく動きを止めた岬は、見知らぬ土地にいた。

そこは、真っ白な世だった。大きな湖に氷が張り、岸に雪が降り積もっている。

「どこだここは……氷の世なんてあったか……？」

「ここは妖怪の世だぞ」

にわかに耳許に響いた声に、「ひえっ」と情けない悲鳴を上げた岬は、その場に尻餅《しりもち》をついた。そんな岬を見下ろしながら口を開いたのは、白い熊の形《なり》をした妖怪だった。

「ちいとばかり田舎《いなか》でのう……だから、滅多におてんとうさまが来ぬのだ。その代わり、雪んこはよくやって来る。雲の奴らも大抵ここの空に群れておるぞ。ほれ、見てみろ」

白熊の妖怪はそう言って、ふかふかの毛で覆われた手を空に向けた。つられて見上げた岬は、口をぽかんと開けた。そこにはたくさん雲が浮いており、雪がちらついている。太陽の姿は見えない。しかし、辺りは日の光を反射しているように、きらきらと輝いている。

「おてんとうさまが来ないのに、何でこんなに明るいんだ？」

疑問に思ったことを問うと、白熊の妖怪は「そりゃあ、アマ坊のおかげさ」としたり顔で答えた。

「アマ坊？」

聞きなれぬ言葉に首を傾げると、白熊の妖怪は岬にずいっと迫って言った。

「アマ坊は、アマビエに決まってる。ふふふ……それほどアマ坊の話が聞きたいなら、この汐《うしお》が教えてしんぜよう!!」

何も答えないうちに、白熊の妖怪・汐は、一つ咳払《せきばら》いをして、アマ坊ことアマビエのことを語りはじめた。

「わしとアマ坊がはじめて出会ったのは、ちょうどこの辺りだった。あれは確かわしがまだ七つの頃だ。昼飯を取ってきてくれと親から頼まれ、湖の氷に穴を空けて、そこに釣り針をつけた糸を垂らしたのさ。すると、すぐに何か引っかかりを感じてな……おや、随分と大物じゃないか？　一体何が引っかかったんだ？　そう思ったら、バキッと大きな音が響いてな」

汐が気づいた時にはもう、湖の氷の広範囲に亀裂が走っていた。慌てて岸に戻ろうとしたものの、氷が割れる方が早かった。氷の下に落ちてしまった汐は、寒さではなく、恐怖で身を震わせた。冷えきった水の中には、大きな口を開いた巨大な鯨《くじら》の妖怪がいたのだ。鋭く尖《とが》った牙《きば》は、血に塗《まみ》れており、恐ろしい見目に似合いの、凄《すさ》まじい妖気を発していた。

「その鯨妖が口を開いて、わしに向かってきたんだ。喰い殺される――そう覚悟した時、現れたのが我が友さ」

青赤青赤――交互に色を変じつつ現れたのは、アマビエだった。丸っこい身体でくるくると舞いながら、アマビエは鯨の妖怪に近づいた。鈍そうな見目に似合わず俊敏な動きのアマビエは、鯨妖の頭上に立った瞬間、自身の身体から鱗《うろこ》をもぎ取り、それで彼の妖怪の頭を引っかいた。

次の瞬間、鯨妖の頭から光が漏れた。色とりどりのそれは、まるで花火のように派手に広がり、瞬《また》く間に消えた。

「大した傷もついてないように見えたが、鯨妖は特大の悲鳴を上げて、海の底に沈みこんだ」

まだ幼かった汐は、茫然《ぼうぜん》とその様子を見つめることしかできなかった。そして気づけば、アマビエに手を引かれて、岸に戻っていたという。

「アマ坊はそこでわしにこう言ったんだ。『アマビエだ。アマ坊と呼んでおくれ。それでアマ坊はな、お腹が空いたんだ。今沈んだ鯨を引き上げて、鍋《なべ》にして食べよう』と――」

う、嘘だあ……――岬は思わず本音を漏らした。しかし、汐は真面目な顔で「嘘ではない！」と答えた。

「だって、あいつは喋《しゃべ》らない妖怪だろ!?」

「アマ坊は言葉を口にせぬが、わしとは心で通じ合えるのだ」

「それは、あんたが都合のよいように解釈しているだけじゃないのかい!?」

アマビエの言葉が分かるのは、生みの親である須万くらいなものだ。その須万でさえ、本当に彼の妖怪の心を理解できているのかは謎だった。

「……絶対あんたの勘違いだよ！」

「失礼な！　わしは三度もアマ坊と会ってるが、毎度ちゃんと会話しているぞ！」

「三度も!?　それもまた嘘だあ……」

「嘘ではないと言っておろう！」と憤慨した汐は、岬を引っ張って雪でできた自宅に連れていった。そこで汐は、アマビエとの二度目と三度目の邂逅《かいこう》を語った。場所はすべてここだというが、それぞれの間には三十五年もの開きがあった。滞在期間はまちまちで、最初は翌朝には姿を消し、二度目は十日滞在し、三度目はその日のうちに帰ってしまったという。

「三度目の時、わしは出会えた嬉《うれ》しさに舞い上がり、こちらの話ばかりしてしまってのう……せっかくアマ坊が人間の舞踊《ぶよう》を真似てくれていたのにも気づかず……アマ坊はそれに怒って、去ってしまったのだ」

　肩を落として言った汐に、岬は頬《ほお》をかきながら慰《なぐさ》めた。

「まあ、時として友とは喧嘩《けんか》するもんだよ——俺に友はいないけど。……それより、三十五年周期でここに来てるってことは、来年四度目の邂逅があるってことじゃないか！」

　冗談のつもりで言うと、汐はふかふかの毛に覆われた顔を近づけて、「その通りじゃ！」と大きな声を出した。

「来年、アマ坊はここに来る！　アマビエを研究して百四年のわしは、四度目の出会いはこれまでと違うものにしようと決めとるんだ！」

「お、おう……どうするんだい？」

「末永くここにいてもらう！」

汐はそう言いながら、氷でできた卓を片手で叩いた。どれほど力を込めても壊れそうにない分厚さだったが、汐が少し叩いただけでぴしりとヒビが入り、粉々に砕け散った。

（会った時から薄々感じてたが、こいつまさか……でも、そんな奴がこんな辺鄙《へんぴ》な地で、アマビエ研究なんかに没頭するか!?）

「わけが分からん……」と呟きながら、岬は頭を抱えて唸った。

「案ずるでない。ことは単純明快だ！」

割れた卓を外に出し終えた汐は、自身の胸を叩いて叫んだ。

「ここにたまたま訪れた妖怪は、アマ坊以外にはお前しかおらん――これは運命だ！　岬――お前は、ここにアマ坊を連れてきてくれる使者だ！」

いや、違う――そう否定しかけた岬だが、汐が差しだした手の平の上にある欠片《かけら》を見て、固まった。

「これはアマビエの鱗だ。最初に会った時、アマ坊がくれた。この鱗のおかげで、それまでずっと暗かったこの地は、おてんとうさまがいないのに陽の恩恵を受けるようになったのだ」

汐は嬉しそうに言った。きらきらと光り輝くそれは、岬がずっと焦《こ》がれてきた弥々子の魂のようだった。

魂は見目通りとは限らぬものだ。美しい者でも、醜悪な魂であることは多いし、その反対もある。だが、アマビエが落としていったのは、彼の一部である鱗だ。

（奴の見目はあの通り間抜けだしな……だが、身体の一部がこれほど美しいのなら……）

身体の中に沸々《ふつふつ》と浮かんできた想いに、岬は戸惑いを覚えた。美しい魂が欲しい――岬はこれまで幾度もそう思った。しかし、積極的に求めはしなかった。美しい魂の持ち主に出会ったからだろう。その魂が最高に光り輝いた瞬間に、自分のものにする――それを楽しみにしていたからこそ、岬は厳しい修行にも耐えられたのだ。いつかあの美しい魂をこの手に――だが、弥々子の魂は、なぜか美しさを失っていた。他の皆のように薄汚れてはいないものの、魅力的には思えなくなった。

（俺が欲しいのは、もっと美しい魂だ。弥々子姐さんの濁《にご》った魂じゃなく、もっと綺麗でもっと光り輝いている――……）

固まった岬に、汐は「どうしたのだ？」と声を掛けた。

「ここに来てから、ずっとぼうっとしておるのう……どこか具合が悪いのか？　それなら、アマ坊の捜索はやめて――」

「やる」

きょとんとした顔の汐に、岬は再び「やる」と答えた。

「汐爺《じい》さん――俺が必ずアマビエを連れてきてやるよ！」

あんたに渡すのは魂の抜けた亡骸《なきがら》だけど許してくれ――そう心の中で付け加えて、岬は満面の笑みを浮かべた。

岬は、神無川に向かった。久方ぶりに顔を合わせた弥々子は、岬の姿を見て猫そっくりの目を丸くした。

（可愛いなあ、姐さん。……だが、やはり駄目だ）

近くで見ると、魂の輝きが失われているのがはっきり分かった。これならもう魂を盗る必要もない。だが――

（これまで待ったんだ。少しくらい利用しないと損だよなあ）

そう考えた岬は、アマビエ捜索に弥々子を巻きこむことにした。アマビエの件を話すと、弥々子は怪訝な顔をしたが、岬が口八丁に続けると、特段疑うことなく信じたようだった。

「ふうん……その時アマビエを捕まえてりゃあ、今頃天下無双の妖怪になれてたのにね」

夏の騒動の時、アマビエを妖怪の世から見かけたと言うと、弥々子はにやりとして言った。岬は首を横に振った。

「おや、あんたも『誰の力も借りずに強くなる！』と綺麗事を言う気かい？」

「何だいそれ？　俺はまずアマビエを捕まえる力がないから無理だよ。捕まえられるもんなら、捕まえてるさ。強くなれる機があるなら、その方法が卑怯だろうと、妖怪なら気にしないもんだろう。あんたが思い浮かべた誰かがおかしいのさ」

岬の言に頷いた弥々子だが、引きつった笑みを浮かべていた。少しも得心はいっていない――それを必死に隠すような表情に、岬はこっそり息を吐いた。弥々子の意地っ張りなところは、いじらしく、愛おしい。しかし、その不器用さに苛立《いらだ》ちも覚えた。

何かあったら海へ行く――水の怪たちの不文律に従い、二妖は海に向かった。そこで突《とつ》如《じょ》出現した大波の正体を探りに、弥々子は水の世に行ってしまった。慌てて後を追いかけながら、岬はげんなりしていた。

（……ご無沙汰《ぶさた》だからなあ。怒ってらっしゃらないといいが）

水の世のことならば何でも見通せる須万だ。岬の企みもきっと知っているのだろう。それでいて何も言ってこぬのは、岬を信頼しているからか、はたまた放っておいても害はないと考えているからか――おそらく後者だなと苦笑した時、岬は水の世にたどり着いた。

須万と弥々子は、すでに対面を果たしていた。

「早速ですが、お伺いしたきことがあります」

「何でもよいぞ。さて、いくつ」

命のやり取りをはじめた二妖を見て、岬は疲れきったような芝居を打ちながら、待ったを掛けた。

「俺が渡します！」

しかし、弥々子は「いらないよ」とにべもなかった。

（あんたは何も分かっちゃいない！）

弥々子もある程度の覚悟を持って自分の寿命の一部を差しだそうと思ったのだろう。しかし、須万は弥々子が思っているよりも非情な妖怪だ。そうでなければ、他妖の寿命を糧《かて》に自分の生を延ばすことなどしない。

「あんたの寿命は俺のもんでもあるんだよ!?」

そう訴えた途端、足蹴《あしげ》にされたが、本心だった。

（あれ……？　もう姐さんの魂には用はないのに、俺は何で――）

「五ずつ」

答えた須万に、岬ははっと我に返った。寿命を大分まけてくれたのは、岬も半分出すと掛け合ったからだろう。

「邪神となりし水旁《みずつくり》、アマの力を得、人間の世を統べんと企てん」

須万の言葉が響いた直後、常の通り白い光が水の世に満ちた。須万が佇《たたず》んでいた位置に現れたのは、真っ白な裸身の女だった。人間の姿へと変じた須万に、岬は心中で語りかけた。

（水旁というと、引水《ひきみず》の地を創りし神ですね？　ずっと昔に消えたと思ってましたが、生きてたんですか。あの巨大な波は随分と禍々《まがまが》しかったから、邪神になったというのは納得です。これで奴がアマビエを手に入れたら……いや、勿論そうはさせません。アマビエは、須万さまのもの。必ずここに連れ帰ってきますとも――弥々子を手伝うふりをして、横からかっさらってきます。だから、あと少しだけ俺の自由にさせてください。アマビエを須万さまにお渡しした後は、これまで以上に魂を持って帰りますから……どうか――）

分かった、という風に須万が頷いたのを見たのを最後に、岬の視界は真っ白に染まった。

アマビエと水旁神《みずつくりのかみ》の鬼ごっこは、想像以上に長引いた。弥々子をはじめ、水の怪たちは、緊張感を持って日々を過ごしていた。アマビエはある種権力の象徴だ。それを有した妖怪は、未《いま》だかつていないという。だから余計に望むのだろう。

（俺はそんなものより、綺麗な魂が欲しいなあ）

岬は、権力も地位も永遠の命も、興味がなかった。美しい魂を得る――それゆえ、弥々子に惹《ひ》かれた。しかし、魂の輝きが失われてしまった今、岬にとって弥々子は価値がない妖怪だった。それなのに、未だ共にいる。

（まあ、一緒に捜索してるのは、俺が姐さんを利用してるからだけどさ。弥々子姐さんはお人好しだから）

だが、それだけなのだろうか？

「あたしを誰だと思ってるのさ」

たまさか発された問いは、岬がちょうど考えていたことだった。虚を衝《つ》かれた岬は、素直に答えた。

「……あんたは俺の尊敬する河童の神さまさ」

弥々子は冗談だと思ったらしく、馬鹿にしたように笑った。岬は笑わなかった。否、笑えなかったのだ。

（そうか、俺は……）

水の世でたった一妖で生まれた時からずっと、岬は神などこの世に存在しないと思って生きてきた。神と同等の力を持つ須万に仕えていたが、彼女を神と思ったことは一度もない。須万が神であったら、わざわざ岬を使わなくとも、自分で魂を集めただろう。俺は一体何者なんだろう——岬にそう思わせることなく、もっと従順な僕を作っていたに違いない。

「……俺はまことにそう思ってるんだよ」

弥々子はただの妖怪だ。水の怪の中では秀でた存在だが、須万のような支配力で岬を囲いこむことはなかった。岬が何をしようとどうでもよさそうでありながら、こたびのように頼ってきたら、迷わず手を差し伸べてくれる——弥々子は、岬が岬であることを許してくれた。当妖にそんなつもりはないことは重々承知だったが、岬にとって弥々子は、心のどこかで焦がれていた神さまに他ならなかったのだ。

アマビエを捜しはじめて十月《とつき》——ついに、彼の妖怪と水の妖怪たち、そして水旁神が対峙する機会が訪れた。神無川の先に広がる海に集った水の怪たちは、今にも殺し合いをはじめそうなほどのぴりぴりとした緊張感を放っている。

（誰がアマビエをこの手に捕らえるか……自分こそはと思ってる奴らには悪いが、俺がいただくよ）

岬は、隣にいる弥々子を見遣った。須万で慣れているはずの岬がぞっとするほどの妖気を放っている。しかし、当妖は無自覚らしく、難しい顔をして唇を噛《か》んでいた。

「あたしはいつの間に、妖怪らしくなくなったんだろうね……」

呟いた弥々子に、岬は思わず問うた。

「妖怪らしくないと駄目なのかい？」

妖怪らしくない、その自由さが弥々子のいいところなのに、当妖はそれを気にしているらしい。無性に腹が立った岬は、それを押し隠しつつ続けた。

「らしくなくても、姐さんは妖怪だろ。妖怪として生まれたら、それで十分妖怪らしい――ああ、違うな……この言い方だと、生まれがすべてということになる」

それでは、自身も否定することになると岬はこっそり苦笑した。

「……たとえば、姐さんが元々人間や獣《けもの》で、途中から妖怪として生きてきたとしよう。それでも、俺は姐さんを妖怪の中の妖怪だと思うよ」

意味が分からないねと弥々子は眉を顰めて言った。

「そうかね？　生まれもまあ大事だろう。でも、それより大事なのは、どう生きてきたかさ。姐さんが自分が妖怪らしくないと思うのは何でか分からんが、らしいらしくないなんて些末《さまつ》な問題じゃないか？　だって、姐さんは立派な妖怪だ。たとえ誰かが姐さんを『あんたみたいな妖怪らしくない奴を妖怪とは認めん！』なんて言ってもさ、俺にとっては姐さんこそが誰よりも立派な妖怪だもの」

そう言って笑うと、弥々子はまた唇を噛みしめ、悔しそうな顔をした。

（俺は勝ち気な面《つら》で笑ってる姐さんが好きなんだけどなあ）

岬は息を吐いた。世の中の大半は、思い通りにいかぬものだ。だからせめて自分の神さまにだけは、思うままに生きてほしかったのかもしれぬ。

アマビエと水旁神が現れたのは、その直後だった。あちこちで悲鳴が轟《とどろ》き、複数の水の怪たちが瞬く間に海の藻屑《もくず》と化した。皆が圧される中、弥々子は配下の者たちに指示しつつ、態勢を整えようとした。

（……今だ！）

弥々子を含め、水の怪たちの大勢がそれぞれの群れに気を取られている。自由に動けたのは岬だけだった。岬はここぞとばかりに修行の成果を発揮し、物凄い勢いでアマビエの許へ泳いで行った。

光り輝く丸い物体を、その手に掴んだと思ったが――

「くそっ！」

アマビエは器用に身をよじり、離れていった。水面を跳ぶように逃げるアマビエを、岬も同じような動きをして追う。「この馬鹿！」という叫びが響いたのは、その時だった。いつの間にか弥々子が、岬たちの近くに迫っていた。

「そうやってるうちに、また水旁神が迫ってくるよ！　どうせ捕まえられないんなら、今はそいつを逃がすべきだ！」

弥々子の必死の声を聞き、岬は思わず笑いだした。

「いやだな、姐さん。せっかく会えたんだ……ここで逃がしてたまるかよ」

「他妖の話を聞け！　今はそいつを諦《あきら》めて――」

「諦めるもんか――こいつは俺の物だ!!」

岬は弥々子の声を遮り、叫んだ。声の大きさと比例するように高く跳躍した岬は、念願のアマビエをその手中に収めた。

「やった……これで俺は――」

一体どうなるのだろう――一瞬生じた疑問が岬の動きを鈍らせた。水旁神が作りだした高波の中に、岬は呑みこまれた。

赤い髪、赤い目をした巨大な女と、目があった。呪《のろ》わしい気を発しているその女――水旁神は、身体に見合う大きな手を岬に向けた。

（いや、違う――俺の腕の中にいるアマビエが狙いなんだ）

アマビエを放す暇《ひま》も、逃げる間もなかった。水旁神の手の中に握りこまれた岬は、アマビエもろとも水旁神の口の中に放りこまれたが――

「……あの者は少しも私の思う通りにできぬ。こたびも、お前だけしかこちらに呼びよせられなかった。だが、岬――従順なお前が私の命に背くとは、思いもしなかった」

冷え冷えとした声が響いた。びくりと身を震わせた岬は、いつの間にか閉じていた目を、おそるおそる開いた。真っ白な色をした巨大な魚――須万が、海の底に倒れている岬をじっと見下ろしている。

「……俺なら、死ぬまで自分の言いなりだと思ってました？」

茶化すように言ったが、須万は特段怒っている様子も見せなかった。ただじっと岬を見つめて、ふっと息を吐いた。

「美しい魂を得てどうする。私ならば体内に取りこむことができるが、お前には無理だ。魂に骨肉はないが、何もしなければ朽《く》ちていく。さすれば、お前の嫌いな醜く、汚い存在へと変わる。元の美しさとは正反対の、何の役にも立たぬがらくたへと化す――それを、知らなかったわけでもなかろう」

須万の言葉に、岬は頷いた。魂を得たものの、帰るのに遅れて腐らせたことが二度あった。腐った魂は、そのまま破棄された。須万は岬を責めなかったが、岬は自分を責めた。須万が魂を使わぬのなら、岬はただ相手を殺したことになってしまう――

（そもそも、俺は単なる妖怪殺しなのにな……）

大義名分があれば、殺してよいというものではない。だが、岬はそれでこれまでの日々を乗りきってきたのだ。見ず知らずの相手を殺すことに深い罪悪感を抱いたことはないが、やらなくてよいと言われたら、喜んでやめただろう。

「やめたところで、どうなる。身寄りも友も夢もないお前に、生きる意義を与えてやったのは、私だ」

まるで神のようなことを言うと岬は苦笑した。

（だが須万さまの言う通りだ。持たざる者だった俺に、生きる術《すべ》と力を授けてくれた。あんたがいなけりゃあ、俺は生まれてすぐ死んでただろう）

そうすれば、他妖の命を無闇《むやみ》に奪うこともなかった。アマビエを追うことも、水の怪たちを出し抜くこともなかった。

「……姐さんとも会うことはなかったな」

ぽつりとこぼした岬に、須万は舌打ちをして言った。

「やはり、弥々のせいか……お前が私に歯向かったのは――あれは確かに、水の怪たちの誰よりも美しい魂をしている」

岬は俯けていた顔を、ゆっくりと持ち上げた。

「昔の話でしょう？　須万さまも昨年近くで見たからお分かりになるはずだ。あの魂の輝きが失われちまったことに……」

「弥々の魂は昔のまま――否、さらに美しく輝いていた」

「そ、そんなはずは……！　弥々子河童の魂は、もう――」

「お前がそう思いこんだ理由を教えてやろう」

岬を遮って述べた須万は、すっと前を見据えた。視線を追った岬は、目を見開いた。そこには、つい先ほどまで岬がいたあの海の光景が広がっている。

「私はこうして水の世を眺めている。お前がどこで何をしていたか、弥々が配下の者をどう統率してきたか――すべて見てきた。そして今も……水旁はアマビエを体内に取りこんだ」

　淡々とした口調で述べた須万だったが、わずかに厳しい表情を浮かべたように見えた。アマビエを取りこんだ水旁神は、さらなる強さを得たようだ。あっという間に窮地《きゅうち》に追いこまれた弥々子は、強烈な攻撃を受け、水面に叩きつけられた。

「弥々子姐さん……!!」

　思わず大声を上げた岬は、急ぎ泳ぎだそうとしたが――

「弥々は死んだ。今から行っても、何の益もない」

　そう言ったのは、岬の腕を摑んだ、真っ白な手の持ち主――人間の姿に変化した須万だった。

「そんなことは分かってますよ！　でも、俺は……！」

　沈黙が満ちた。

　先に声を出したのは、須万だった。

「お前は弥々の魂を得るために、厳しい修行にも耐えた。しかし、その修行中、弥々のことばかり考えていたお前に、変化が起こった。お前は愛してしまったのだ、弥々を。愛する者を殺したくない――そう思ったお前は、弥々の魂を盗らなくてもいいように、頭の中で画を作りかえた」

　弥々の魂を醜くさせたのは、お前だ――須万の言葉に、岬はよろめき、後退《あとずさ》った。

「俺は……」

続く言葉を見つけられず、岬はぐっと拳を握りしめた。そんな岬にゆっくり近づいてきた須万は、岬の耳許で囁いた。

「水旁は負ける。あの者の体内からアマビエを取りだし、私の許へ連れてくるのだ」

「……そうすれば、俺の不届きをすべて不問にすると?」

問うと、須万はにやりと笑みを浮かべた。細めた瞳の中に映る岬は、ちょうど彼女に手を伸ばしたところだった。

「──岬、何を……!」

悲鳴を無視して、岬は須万の胸に手を置いた。

*

「おや、あんた……」

氷の割れた湖からひょっこり顔を出した相手を認めて、汐は声を上げた。

「アマ坊はどこだ!?」

岬を岸に引き上げながら、汐は辺りを見回して言った。

「汐爺さん、悪い……捕まえられなかったんだ!」

「な、なんと～……」

岬が手を合わせて詫びると、汐はがくりと肩を落としたが、すぐにはっと我に返った顔をした。

「だが匂う……アマ坊の匂いがする！」

「うん。俺は駄目だったが、俺の伴侶《はんりょ》が捕まえてね。じきにここにやって来て、あんたにアマビエ――アマ坊を預けるよ。それだけ報告しに来たんだ」

「伴侶？　お前は誰かを娶《めと》っていたのかい？」

「いや、まだだ。これから泣き落として、娶ってもらうつもりなのさ」

「なんと情けない」

汐は楽しそうに笑った。自宅への招きを断り、岬が再び水の中に入った時、汐はぽつりと言った。

「……随分と身軽になったのう――力も魂も」

岬は目を瞬かせ、「あんたあ……」と感嘆の声を漏らした。

「やはり、とんでもなく強い妖怪なんだね……！　俺の力がなくなったばかりか、寿命が縮んだことさえ分かるなんてさ」

「色々失った割に、楽しそうだのう」

呆れたように言って頬をかいた汐に、岬は笑いかけた。

「代わりに自由を手に入れたからね。これで心置きなく、弥々子姐さんに俺をよろしくと頼みこめるわけだ！」

「弥々子……聞いたことがあるぞ。確か、神無川の河童の棟梁――おい、岬坊！」

（俺も坊呼ばわりかい）

くすりと笑った岬は、冷たい氷水の中に深く潜りこみ、悠々と泳ぎだした。行き先は、神無川だ。今こちらに向かっている弥々子とは、ちょうどすれ違う形になるだろう。その間に、岬は神無川に行き、そこに来るであろう人間に弥々子とアマビエのことなどを教えてやらねばならぬらしい。

――……私の魂を返すなら……見えたことをすべて教えてやろう……私が見えるのは、今起きていることが大半だが……少しだけ先のことなら見えるのだ。

岬に魂のほとんどを奪われた須万は息も絶え絶えに言ったが、岬は大して興味がなかった。だが、黙って聞き入れた。そうすれば、須万に魂と力を返す理由ができるからだ。須万がその岬の企みに気づいたのは、岬から自分の魂を返され、さらに岬の力と寿命を差しだされた時だった。

――死にたかったのか、お前は……お前に魂と力を分け与え、生かしたことが間違いだったのか……!?

魚の姿に戻った須万は、大きな目から涙を流して言った。その姿を意外に思い、岬は呟いた。

――……俺はあんたにとって体《てい》のいい僕だと思ってたが、それだけではなかったんですかね。

――そんなことはない！　お前は我が子同然――

——それは嘘でしょう。あんたが我が子と思ってるのは、アマビエだけだ。仕置きをするためと言い、俺に捜させていたが、本当は違うでしょう？　自分の半身だから、会いたかったんだ。情があるかないかくらい、分かりますよ。俺に対してそれが全くなかったとは思いませんが……それこそ、アマビエの鱗くらいはあったようで。

そんなことはない、そんなことは——と繰り返した須万だったが、声や目には動揺が滲《にじ》んでいた。

——俺は今更あんたの薄情さを責めようなんて思ってません。自分の魂を使ってまで俺を生かしてくれたことは、心から感謝してるんです。……でも、俺は自由になりたかった。昔からずっと——だからあんたからもらったものは返します。すべてと言いたいところだが、それだと何もできずに死ぬことになるんで、魂は半分だけ。須万さまにとっちゃあ大したものじゃないと思うが、妖生の足しにしてください。

ではお達者で！——岬は明るく言って、水の世から去った。須万は岬の名を一度だけ呼んだが、それ以上引き留めはしなかった。

(もう二度と水の世に帰ることはないんだなあ)

それを少しだけでも寂しいと思えたことに、岬はふふと笑みを漏らした。魂が半分、力のすべてがなくなったせいか、身が軽かった。ひと掻きするだけで、ぐんと前に進む。澄んだ海水の中を泳ぐことが楽しいと感じたのは、生まれてはじめてだった。

(俺の妖生は多分あと少しだ——へへへ、楽しみだなあ)

望んでも、うまくいかぬことが大半だろう。願っても、叶わぬことの方が多いに違いない。それでも、岬は楽しみで仕方がなかった。

「これからが、俺のまことの妖生だ！」

まずは、愛おしい未来の伴侶のために、棟梁不在の神無川の平和を守るとしようか——

姫たちの城

ここに来る前、何してたかって？

あのねえ……何でそんなこと言わなくちゃならないの？　あんたと仲良しこよしになった覚えなんてないんだけど。そうなりたいって……本気で言ってるの？　あたしは妖怪よ？　単なる好奇心なら止めておきなさい。妖怪の真実を知りたいだなんて、よほどの覚悟がないと駄目よ。面白そうと首を突っこんだら最後——ばくっと喰《く》われて死んじゃうんだから……心配してるわけじゃないわよ！　まったく、おめでたい人間ねえ。何であたしがあんたの心配なんか……いいわ、話してあげる。勘違いしないでよね。あんたなんてどうなったっていいから、話してあげるのよ。ありがとうって、あんたねえ……。

……あたしは、南の暖かい国で生まれたの。勿論《もちろん》、最初はただの櫛《くし》として——いいえ、ただのじゃないわね。ほら、あたしってとっても美しいでしょう？　あまりにも素晴らしい出来だったから、ある藩のお姫さまに献上されたのよ。何よ、硯《すずり》の精《せい》……「我と似てる」ですって？　全然違うわよ！　悔しいけど、そっちは一子きりの世継ぎでしょ？

こっちは何人もいるうちの末子。それに、そのお姫さまを産んだのは側室で、元々はただの侍女だったの。つまり、正室の子たちとは、まるで価値が違ったのよ。人の価値は皆同じ？　生きてるだけで価値がある？……あんたもおめでたいわねえ。世間はね、優劣を競い合って、それぞれに価値をつけて成り立ってるの。妖怪の世も人の世も、そういうところは変わらないわよね。

あたしが付喪神《つくもがみ》として目覚めたのは、城に来てすぐのことよ。ほら、これも硯の精と違うでしょう？　あんたは城に行ってからも、長い間眠ってたんですものね。あたしはすぐ目が覚めたわ。櫛として作られてから五年と経《た》ってない時よ。付喪神になるには百年はかかるっていうのに、あたしったら本当に優秀よねえ。こんなに可愛《かわい》くて、優しくて、力もある妖怪なんて、あたししかいないんじゃないかしら？　「力がある以外は丸っと嘘《うそ》じゃないか」ね……しゃもじもじ、しかと聞こえたわよ。夜になって、人間が寝静まった頃にお仕置きしてあげるから、楽しみに待ってるのね。

泣いて詫《わ》びるくらいなら、最初から言わなきゃいいのよ。一度口から出た言葉は、元には戻らないって知らないの？　一度失った信頼も……ああ、あんたには元から抱いてなかったから、朝方に数回櫛で引っかいてやるだけで許してあげるわ。「この前寝ている時に引っかいたのは、お前か！」？　そういえば、ご飯をすくう部分に引っかき傷があるわねえ。寝ぼけて自分でやったんでしょ。他妖のせいにするなんて図々しい。……何よ、撞《しゅ》木《もく》。にやにやして気味が悪いわね。ここ数か月見かけなかったと思ったら、旅してたの？

あの記録本屋にたまたま会った？　随分と縁《えん》があるのねえ。いっそ祝言を挙げたらどう？　肥《こ》えた男は嫌って、向こうも鮫女《さめおんな》は嫌でしょうに。……あたしはちょっと小さいだけで、姿は愛らしいでしょ！　力だって強い――そりゃあ、あの小鬼に比べたら誰だって……もう、そのまま東に住んでいればよかったのに！　こんな面白い日に、戻ってこないわけがない？……どこが面白いのよ！　あたしにとっては、妖生最悪の日よ！

……ううん、二番目だわ。一番目？……あのお姫さまと出会った日よ！　これからどんな妖生を送ったって、あの日を上回ることなんてないわ。

あれは、あたしが「城」に来た日よ――

＊

「殿が、こちらのお櫛を姫さまにと……」

低く掠《かす》れた女の声を聞きながら、前差櫛《まえざしぐし》は内心ほくそ笑んだ。

（「お姫さま」に会う時に付喪神として目覚めるなんて、あたしったら流石《さすが》ねえ）

喜びのあまり変化《へんげ》しそうになって、前差櫛は慌てて留まった。城にはおそらく大勢の人間がいるのだろう。そんなところで正体が露見してしまったら、大変なことになるはずだ。

――あんたが付喪神になるかは分からんが、もしそうなったら、間違っても人前に姿を現さんことだ。それまでいかに大事にされてきたとしても、本性を現した途端、すべてなかったことになるのさ……あんたも付喪神になったら、分かるよ。人間という生き物がいかに身勝手で、冷酷《れいこく》で、情がないかってことがな。

二年前、前差櫛にそう語りかけてきたのは、簪《かんざし》の付喪神だった。彼は、目にした者がこぞって感嘆の息を漏らすほど、優美な簪だったそうだ。前差櫛が作られるずっと前に付喪神として目覚めた簪の付喪神は、さる公家《くげ》の姫君の許《もと》へ献上され、そこで大層重用されていた。しかし、ある時、うっかり本性を現してしまったという。

――……身重の姫さまが、石段で転びかけたのを、思わず助けた。そんなにひどい転び方でもなかったんだから、放っておけばよかったのさ。そうしたら、俺の本性を見て、姫さまが驚き、にわかに産気づくこともなかっただろう。姫さまと赤子がどうなったのか、俺には分からない。その前に、お付きの者たちに捕らえられて、この様さ。

簪の付喪神の身は、あちこちにヒビが入り、砕《くだ》ける寸前だった。

――殺されるのが恐ろしくて、つい逃げたが……どうせ散るなら、あの場で散った方がよかったのかもしれん。俺はもうあの方のものだった。そばで死ねたなら、本望……――

ぱきっという音が響き、真っ二つに折れた簪は、二度と言葉を発することはなかった。

(同じ職人に作られたという縁しかなかったけれど、あんたのことは忘れないわ)

それまで前差櫛は、いつか付喪神になるのを夢見ていた。ただの櫛で一生を終えるよりも、妖怪として動き回って生きる方が、価値がある気がしていたのだ。しかし、簪の付喪神の話を聞いた限り、変化したからといって、いいことはなさそうだった。ともすると、殺されてしまうという話は、前差櫛の夢を打ち砕くには、覿面《てきめん》だった。

簪の付喪神のおかげで、期待してはならぬことを知った前差櫛は、自身がどこぞの姫君に献上されると知った時も、心は冷めていた。

（ここの職人が作った飾りは化ける——簪の付喪神の時に流れた噂《うわさ》はすっかり消えたのね）

あれ以来減った客足は、いつの間にか元に戻っていた。怪しい噂に負けぬほど、職人の腕が確かだったためだろう。手入れをしてから渡す約束をした職人は、前差櫛を丹念に磨《みが》き、彼女を納める箱も作った。約束の日までの数日、職人は前差櫛にかかりっきりだった。それを面白く思わなかったのが、前差櫛と同じく、彼によってこの世に生みだされた他の櫛や簪だった。

——何であんな素朴《そぼく》で地味な櫛が選ばれたんだろうな。

——櫛を求めに来たのは、とても美しい女だった。あの女に見惚《みと》れたうちの主人が、気もそぞろになって、身近にあったものを薦めたのだろう。

——なるほど、それならば得心がいく。何しろ、あの櫛は駄作だものなあ。我らのような華やかさはなく、形も至って平凡だ。あれを作った時、ご主人は嬉《うれ》しそうに笑っていたが、本当はあまりの不出来ぶりを誤魔化《ごまか》しただけではないか？

彼らは、職人が寝静まった頃を見計らって、前差櫛の悪口を囁《ささや》き合った。稀代《きたい》の職人と名高い男に作られたおかげか、彼らは前差櫛と同様、変化しかけている者が多かった。心の声が聞こえたのは、そのためだろう。皆の嫉妬《しっと》を一身に受けた前差櫛は、ふんと鼻を鳴らし、心の中で言い返した。

（櫛や簪なのに、負け犬の遠吠《とおぼ》えなんて、みっともないわねえ。あの人は、これまで沢山《たくさん》華やかなものを作ってきたけど、満足はしてなかった。だから、あたしのように、余計なものを削《そ》ぎ落とした櫛を作ったの。よおく御覧なさい。研ぎ澄まされた、この美しさを。あんたたちも同じ職人に作られたんですもの。見目は悪くないはずなのに、誰にも選んでもらえないのは、心の醜《みにく》さが表に出てるからよ。あたしみたいに、比類なく美しい櫛に嫉妬を覚えるのなんて、百年早いわ。あたしは、ここの中では一番新しい櫛だけど、きっとあたしの方がずっと早く付喪神として目覚めるでしょうね。ここを出る前にそうなったら、面白いわよねえ……あたしはきっと妖力も強いはずよ。散々嫌なことを言われてきたんですもの。やられっぱなしは性に合わないわ。……どんな仕返しをしようかしら？）

それからというもの、前差櫛への悪口はぴたりと止まった。心の中でも悪態《あくたい》をつけぬほど彼らが怯《おび》えたのは、その時すでに前差櫛から妖気が発されていたからだ。

数日後、箱に納められた前差櫛は職人の家から持ちだされ、どこかに運ばれた。

（これから城に行くのね。……近いのかしら？　人を運ぶ駕籠《かご》とやらは、乗るとひどく揺れるって誰かが言ってた覚えがあるけど、あんまり揺れないわね……歩いて運ぶ気？）

不思議に思いながらも、前差櫛はいい気分だった。簪の付喪神に話を聞いた後、付喪神への憧《あこが》れは薄れたが、櫛としての本分は忘れていなかった。美しい櫛として生まれた以上、美しい姫をさらに美しく輝かせるために生きる——それが、前差櫛の夢の一つだった。

（お姫さまはどんな顔をしているのかしら？　あたしほど美人じゃないでしょうけど、まああ美しいといいわね。造作は綺麗《きれい》じゃなくても、仕草や声が可愛らしいなら許してあげる。醜女《しこめ》だったら……お姫さまだもの、そんなわけないわよね。でも、万が一醜女だったとしても、あたしがいるから大丈夫。あたしを髪に飾れば、どんな醜い女だって輝くんだから。どんな姿かたちのお姫さまでも、あたしが何とかしてあげる！）

城に到着し、姫の前に箱ごと差しだされた瞬間、前差櫛は付喪神として目覚めた。箱から取りだされ、誰かの手の平の上に載せられたのに気づいた前差櫛は、薄く目を開いた。

（このくらいの目の開きなら、分かりっこないわよね。さて、お姫さまのご尊顔は——）

前差櫛は驚愕《きょうがく》のあまり、目を見開いた。

（……この女のどこが姫なのよ!?）

自身を手にした姫を見て、前差櫛は心の中で叫んだ。醜女というほどひどくはなかったが、とにかく地味であか抜けなかった。肌の色は浅黒く、顔は四角い。目も鼻も唇も貧相なつくりのため、白粉《おしろい》を塗って紅を差しても、それほど印象は変わらぬだろう。

（ま、まあ、顔はとにかくとして……何でお姫さまのくせに、こんなにみすぼらしいの!?）

姫の髪はぼさぼさで、簪や櫛の一つもなく、簡単にまとめてあるだけだった。肌寒い季節だというのに、まだ単衣《ひとえ》を纏《まと》っており、それがまたつぎはぎだらけの襤褸《ぼろ》着《ぎ》で、ほつれた足袋《たび》からは足の親指が覗《のぞ》いている。臭っていないのが不思議というありさまに、前差櫛は唖然《あぜん》とした。

「……この櫛」

前差櫛が我に返ったのは、姫がぽつりと声を出したせいだった。

（あたし、目を見開いて……嫌だわ、手足も伸ばしかけてる！）

姫の怪訝《けげん》な視線に気づいた前差櫛は、慌てて元に戻ろうとしたが――

「なんて地味でみすぼらしいのかしら……こんなもの、いりません！」

冷たく吐き捨てた姫は、前差櫛を後ろに放った。

（……何すんのよ！）

たまさかそこにあった座布団の上に落下したため、何の痛みも感じなかったが、前差櫛は櫛の表面に浮かび上がった顔を真っ赤に染めて怒った。

「ぞんざいな扱いをされますな」

渋い声を発したのは、前差櫛を姫に渡した女のようだった。身なりからして、侍女だろう。もっとも、姫と比べたら、こちらの方がよほど上等な着物を纏っていた。そろりと身を起こした前差櫛は、姫の背に隠れながら、女の様子を窺《うかが》った。

均等な幅の二重瞼《ふたえまぶた》に、大きすぎない澄んだ瞳。こぢんまりとした鼻と桜色に染まった唇、珠《たま》のように艶《つや》やかで白い肌。姫よりも大分華奢《きゃしゃ》で、上背《うわぜい》も低い。歳の頃は、姫より二、三歳下に見えた。

(こっちの方がよほどお姫さまじゃない)

侍女らしき女は、表情も仕草も洗練されており、いかにも育ちがよさそうだった。前差櫛に見られていることなどまるで気づいていない彼女は、唇を尖《とが》らせて言った。

「それは、あなたの亡きお母上の形見——肌身離さずお持ちにとは申しませんが、もう少し丁重に扱ってもらわねば」

「私に寄こしたものならば、どう扱おうと私の自由です。用が済んだのなら、早くお帰りなさい」

「……ご機嫌伺いをしておりません」

「見て分かりませんか？　機嫌が悪い理由が分からないなら、教えてあげましょう」

あなたがいるからです——姫はそう述べると、顔の前まで上げた手をひらりと払った。

「さっさとお帰りなさい。皆も、あなたをこんなところに長居させたくはないでしょう」

「姫さま……」

ぐっと詰まった声で言った侍女を、姫はぎろりと睨《にら》んだ。

「私のことを未《いま》だに姫と呼ぶのは、お貞《さだ》——あなたくらいなものでしょうね……本当に憎らしい人——早くお帰り！」

そう叫び、後ろに手を伸ばした姫は、前差櫛を手に摑《つか》んだ。

(ちょっと！　あたしをあの人に投げつける気!?)

ただの櫛の時だったら、何の問題もなかったが、付喪神として目覚めたばかりだ。まだ身体《からだ》の扱いがうまくいかぬため、顔も手足も浮かべかけたままだった。今度こそ正体が露見する――そう思って目を瞑《つむ》ったものの、一向に衝撃は来なかった。不審に思い、薄目を開いた前差櫛は、いつの間にかまた座布団の上に載っていることに気づいた。前差櫛を摑んでいたはずの姫の手には、お手玉が握られており、それがちょうど貞に投げつけられたところだった。貞の頭上を掠めたお手玉は、小さな音を立てて古ぼけた畳の上に落ちた。

（……変ね）

お手玉を投げつけたところで、ぶつかってもさほどの衝撃はない。現に、貞は眉間の皺《しわ》をやや深めただけで、痛くもかゆくもなさそうだった。

（あたしを投げつけた方がよほどその人の顔に傷がつきそうだけれど）

不思議に思っているうちに、いつの間にか貞は部屋の外に下がり、叩頭《こうとう》していた。

「すぐに、また参ります」

「必要ありません。あちらに報告が必要なら、あなたが考えた話を聞かせて差しあげて」

すげなく返した姫に、貞はややあって同じ台詞《せりふ》を繰り返した。

襖《ふすま》が閉まり、廊下を歩く音が止んだ後、姫はごろりと横になった。

「……ああ、やっと帰ってくれた！」

突如《とつじょ》響いた大声にびくりとしつつ、前差櫛は座布団に深く身を沈めた。このまま大人しくしていれば、先ほどのは見間違いで、ただの櫛だと思うに違いない。正体が露見する前に逃げるべきと考え、きょろきょろと見回した前差櫛は、（何よ、ここ……）と絶句した。

　雨漏りを防ぐためか、天井には木板が打ちつけられ、建付けの悪い襖はつぎはぎだらけ。狭い部屋の中には、簡素な文机《ふづくえ》と行李《こうり》が置いてあるだけで、年頃の女子らしい調度品は一つもなかった。北側にある小さな庭には、苔《こけ》むした枯れ木が生えている。どこもかしこもみすぼらしいくせに、家の周囲を囲むように設《しつら》えられた格子だけは、大層立派だった。

（……まるで、牢屋《ろうや》じゃないの！）

　城に行くと思いこんでいた前差櫛は、心の中で喚《わめ》いた。

「この家に来て三月《みつき》――その間に、あの子は一体何度ここを訪れたかしら。お目付け役など不要なのに、律儀なのだから……いいえ、ただの馬鹿《ばか》ね。主《あるじ》の言うことなら、何でも聞くんですもの。嫌なら、嫌と言えばいいのに」

（そんなの無理に決まってるでしょう）

　姫の言に、前差櫛は心の中で反論した。嫌なことを嫌と言って、その通り聞き入れられることは、ほとんどない。ましてや、それが主従関係ならば、皆無といってもいいだろう。そんなことは、付喪神である前差櫛でも分かることだった。

「生真面目《きまじめ》で融通が利かないし、あんな幼い顔立ちをしているのに、私よりも歳上だなんて――未だに信じられないわ」

　姫の笑い混じりの言に、前差櫛は思わず「へ」と言いかけ、慌てて口を手で覆った。自身の笑い声で聞こえなかったのだろう。姫は、笑いながら続けた。

「私がお貞のような姿で生まれていたら、皆も惜しがって、捨てられることはなかったのでしょうね」

捨てられた――その言葉に、前差櫛はびくりと身を震わせた。

――……この櫛はいかがですか。これまでで、一等よくできた櫛と自負しております。

櫛が欲しいと訪ねてきた貞に、職人は前差櫛を差しだした。その時は、姫への献上品に選ばれた優越感や、職人に褒《ほ》められた嬉しさよりも、にわかに訪れた職人との別れの寂しさが勝った。だから、貞の稀《まれ》に見る美貌《びぼう》にも、気づかなかったのだろう。

別れはいつか来ると分かっていた。櫛である以上、誰かの髪を飾ることが一等大事だというのも、理解していた。高貴な身分の者に献上されるのは、名誉なことだろう。哀しむ理由など一つもない――だが、前差櫛は、哀しく、寂しかった。自分を作りだした人間と、彼の手から生まれた兄妹《きょうだい》たち――皆と離れ離れになるのが、嫌だった。

（あいつらには、その後散々嫌なことを言われたのにね）

それでも、すでに懐かしさを覚えていた。妖怪は情なしだというが、別れの時、他の櫛や簪たちは、「さらば」と呟《つぶや》いた。それをしっかり聞いていた前差櫛は、やはり自分たちには情があると思った。

「人も物も、見目がよくなくては選んでもらえない――分かりきったことだというのに、私は今頃気づいたようです」

あなたもその口でしょうか――問いかける声に、前差櫛ははたと我に返った。

「……！」

両手で口を塞《ふさ》いだので、声は出なかったが、櫛の表面に顔が浮かび、横から手足がひょっこり出た身では、意味がなかった。変化しかけの前差櫛をじっと見ていたのは、穏やかな笑みを浮かべた姫だった。いつの間にか振り返っていた姫は、前差櫛の腕を指で軽く突《つつ》きながら、含み笑いをして言った。

「こんなあばら家に捨てられた気分はいかがです？　私と同じく、地味で素朴な醜い子——そんな見目だから、私のような偽姫に下されたのですね」

ややあって、前差櫛は完全に変化した。親指ほどの大きさの人形《ひとがた》になった前差櫛は、姫の手を両手足で払いのけながら、顎《あご》を上げて言った。

「お生憎《あいにく》さま——あたしはあんたと違って美しいし、可愛いの。この華やかな姿の時も、一見地味な櫛の時もね。このあばら家をどう思うかって？　どうも思わないわ。あたしはどこにいたって、光り輝くように美しいもの」

そっぽを向いた前差櫛は、何の答えも聞こえないことを不思議に思い、ややあって顔を前に戻した。

「……ふ、ふふ」

俯《うつむ》いて笑っている姫に気づき、前差櫛は「何がおかしいのよ!?」と憤慨した。

「あたしを……この前差櫛姫を馬鹿にしたら、ただじゃおかないわよ！」

粗末な家の中に、怒鳴《どな》り声と楽しそうな笑い声が、しばしの間響き渡った。

＊

無口な職人が櫛に名を付けてたなんて笑える？　馬鹿ねえ、あの人がそんな可愛いことするわけないわ。こっそりしてたとしても、口になんて出すはずないわよ。喜蔵《きぞう》以上に何を考えてるか分からない顔してたんだから。だから、あたしよ。あの時、自分で名を付けたの、前差櫛姫ってね。別段、お正《まさ》が羨《うらや》ましかったわけじゃないわ。ああ……お正っていうのは、そのお姫さまの名前よ。思わず「地味な顔に合う地味な名ね」って言っちゃったんだけど、あの子ったら少しも怒らないの。にこにこして、「私も気に入っているのです」って。……ええ、変なお姫さまだったのよ。あんなあばら家に捨てられたっていうのに、ちっとも悲しんでいなかったしね。

捨てられた理由？　悪趣味ねえ、そんなの聞きたいの？

ええっと、そうね……何だったかしら——

＊

「十七年前、私は不義密通の末に生まれました。それが、ついこの前、露見したのです」

よくある話でしょう？　と笑った正に、前差櫛姫はたじろいだ。侍女であった正の母

——満《みつ》が殿のお手付きになった時、彼女には好いた男がいた。身ごもった時にはどちらの子か分からなかったが、生まれた子を見た時、満は娘が殿の子でないことに気づいた。

「好いていた男に、顔がそっくりだったそうです」

「でも……まだ赤子じゃない。大きくなったら、顔が変わるかもしれないわ」

「あの人もそう考えたようです——いいえ、そう思いこもうとしたんでしょう」

殿の子を産んだことで、満は側室となり、部屋を与えられた。だが、子のまことの父親は、里帰りをした時に再会し、以前からの恋心が燃え上がって結ばれた、城外の人間だった。

「その男は、母の幼馴染《おさななじみ》でした。こちらもよくある話でしょう?」

前差櫛姫はむっと唇を尖らせ、しばし黙した。

「でも……何で秘密が露見したの? 密通相手は、城の外にいたんでしょう? あんたたち親子が城の中にいる限り、誰にも気づかれることなどないと思うけど」

「その男が——私の本当の父が病《やまい》で倒れたと、誰かが母に知らせたのです。病状は非常に悪く、持って半月だと……。母がその男と通じ合ったのは、十八年近く前の話ですが、まだ好いていたのでしょうね」

彼が死ぬ前に、どうしてももう一度会いたい——そう願った満は、皆が寝静まった頃、城を出た。翌朝、満が抜けだしたことを知って、正は母を止められなかったことを悔いた。

「どうしてあんたが悔いるのよ。まさか、大昔の母親の不貞に気づいてたとでも言うの？」

「いいえ……でも、母が城を出たと聞いた時、きっと愛しい相手の許に行ったのだと思いました。母は明るい人でしたが、時折私を見て、切なげな顔をすることがありました。……私はそこはかとなく気づいていたのです。ああいう時はきっと、母は私を通して誰かを見ているのだと」

申し訳程度に設《しつら》えたこぢんまりとした庭を眺めながら、正は遠い目をして言った。

（……この子の母親が時折見せたのは、こんな顔だったのかしら？）

正は微笑《ほほえ》んでいたが、前差櫛姫には泣きだしそうに見えた。

「ねえ、おまさ――」

「馬鹿な人でしょう？　たかだか一度通じ合っただけの相手に、わざわざ会いに行くなんて……そんなことをしたらどうなるのか分からぬほど愚かな女ではない――そう思いたいところですが、今となっては分かりません」

死人には何も聞けませんから――前差櫛姫を遮って述べた正は、ふふと嘲《あざけ》りが籠《こも》った笑いを漏らした。

「不義密通した相手の家に駆けつけた母は、そこで長年の想い人に会いました。生きて会えただけで十分――私だったらそう思うところですが、母は違いました。想い人に愛する妻子がいたことに、激しい怒りを覚えたのです。なんて自分勝手なのでしょうね」

「……そうね。でも、分からなくはないわ」

「あら……どうして？」

「そんなの決まってるじゃない。自分が特別に想っていた相手には、同じように想っていてほしいものだからよ」

ここに前差櫛姫のことを知る者がいたら、「付喪神として目覚めたばかりのくせに、恋の機微など語るんじゃない」と笑ったかもしれぬ。だが、前差櫛姫は本心からそう思った。

正は寸の間考えこむような顔をして、首を横に振った。

「やはり、私には分かりません。とうに終わった過去をほじくり返して、相手を責めるなんて……自分の身勝手さを棚《たな》に上げて、どうして相手を責められるのでしょう」

「あんたの言うことも分かるわ。でも、あんたが母親の気持ちが分からないのは当然よ。あんたは何不自由なく育ったんですもの。不自由に過ごしていた人間の心など分かるわけないわ」

前差櫛姫が肩をすくめて言うと、正は開きかけた口を閉じ、きゅっと唇を嚙《か》みしめた。

満と、正の父に当たる幼馴染の男は、互いを思いやって、別れを選んだのだろう。男は満の将来を考えて、想いを告げることなく身を引いた。誘いを断れば、周りに累《るい》が及ぶと危惧《きぐ》し、満は城に上がった。納得ずくで別れた二人だったが、再び相まみえた時、燃え上がった恋心を止められず、駄目だと知りつつも手を取り合い、通じ合った。

「でも、あんたの血が繫《つな》がった方の父親は、あんたが自分の子と知らなかったんでしょう？　それなら、責められないわよねえ」

息を吐きながら言った前差櫛姫に、正は硬い表情で「いいえ」と答えた。

「知っていたのでしょう……そうでなければ、母があんな真似《まね》をするはずがありません」

「……あんな真似って、一体何よ」

前差櫛姫は、嫌な予感を覚えつつ、おそるおそる問うた。

「その男は死にました」

はっと息を呑《の》んだ前差櫛姫に、正は静かな声音で続けた。

「逆上した母に刺されて……殺されてしまったのです」

＊

流石のあたしも驚いて茫然《ぼうぜん》としたけど、それを見た正は笑ってたわ。それはもう、面白そうにね……あら、どうしたの？　そんなに青い顔して。たかだか人殺しじゃないの。妖怪の世じゃ日常茶飯事《さはんじ》——妖怪が人を殺すのとはわけが違う？　痴情《ちじょう》のもつれほどおっかないものはない？　何より姫さまがおっかない？　女は怖い怖いって煩《うるさ》いわね……堂々薬缶《どうどうやかん》、あんた女に何か嫌な思い出でもあるの？　釜《かま》の怪《かい》としゃもじもじは、どこに行く気？　厠《かわや》？　意気地がない連中ね。こんなんで怖がってたら、この先は聞けないわよ？

だから、言ったでしょう？　あたしにとって、妖生最悪の日だったって。何しろ、この後は——

はあ……茶杓《ちゃしゃく》の怪も厠ね。障子《しょうじ》に身を潜めてた目目連《もくもくれん》たちは、一体どこに消えたのかしら？　気配すらないじゃない。普段あんなに威張り腐《くさ》ってるいったんもめんは？　桂男《かつらおとこ》……あいつは、引水《ひきみず》の家にいるんだったわね。あいつが今ここにいたら、真っ先に逃げてたでしょうね。まったく、揃《そろ》いも揃って小心者なんだから。小梅《こうめ》、あんたはいいの？　ぶるぶる震えちゃって、地震が起きたかと思ったわ。そこで小便を漏らしたら、承知しないわよ。そう、素直でいいわね。どうせ皆、家の周りにいるだろうから、ついでに伝えて。呪《のろ》われたくない奴《やつ》は、前差櫛姫の語りが終わるまで、店の中に入ってくるな——ってね。……あんなに転がっていかなくてもいいのに。力があるくせに、本当に怖がりねえ。まあ、煩い連中がいなくなってよかったわ。あんたたちも気が済んだ？……続きが聞きたい？　虫も殺さないような顔して、怖い女ねえ。そうやって何でも首を突っこんでると、いつか大変な目に——とうに遭ってたわね。硯の精も、この女と同じ気持ちなの？

本当にどうしようもないわねえ……いいわ。ここまできたからには、最後まで話してあげる。

＊

「不義密通の果てに、人殺し——我が母ながら、信じられないことをする人です」

「わ、笑ってる場合じゃないでしょ……」

身体を折り曲げてくすくすと笑い声を漏らす正に、前差櫛姫はたじろぎながら言った。

（でも待って……確か、お貞はあたしを母の形見って――あたしが形見というのは真っ赤な嘘だけど――）

「満も……あんたの母親も死んだの？」

前差櫛姫の問いに、正はようやく笑いを止めて、こくりと頷《うなず》いた。男を刺した後、正は自身の喉《のど》を突き、息絶えたという。

「自身と相手を刺した短刀は、男の家にあったものだったそうです。逆上した時にたまさか目に入って、手に取ったのでしょう」

嘆息混じりに言った正は、庭に視線を向けた。藻《も》に埋もれた小さな池の中には、白い鯉《こい》が一匹泳いでいる。こんなところにいるのが不思議なほど、美しい姿だった。

満が男を刺した時、その部屋には彼の妻女がいた。満は、彼女にも短刀を向けたが、腕を切りつけただけで手を止めた。

――この人と共に逝《い》くのは、私だけだ……！

そう叫ぶなり、自身の喉を突いたという。妻女の傷は大したことはなかったが、夫と、かつての夫の愛人――二人の死ぬ様を目の当たりにした彼女は、心を病み、それからずっと床《とこ》に臥《ふ》せているという。

まるで作ったような正の話に、前差櫛姫は言葉を失った。付喪神に完全に変化する前から、気に食わないことは気に食わないと、心の中で言い返してきた。どうしても話が通じないのなら、力を行使することも厭《いと》わないというほどの気の強さを持っている。

（そんなあたしを黙らせるほどなんて、相当よ……）

正に対しては、どんな言葉を掛けても、駄目な気がした。

「母の罪は、子の罪——私がここに来たのは、そういう理由です。この三月の間、顔を合わせたのは、お貞と名も知らぬお婆《ばば》だけ……お婆は日に二度、朝餉《あさげ》と夕餉を届けてくれます。私の身を清めてくれるのも、お婆の役目——彼女には、感謝しています。未だ一声も聞いたことはありませんが……それが口が利けぬためではなく、私と話すのを禁じられているせいであることを願っています。単に、私のことが嫌いで黙っているなら、それでも構いません。嫌われることには、慣れていますから。もとより私は、母共々、姉兄《きょうだい》から遠ざけられていました。下賤《げせん》の血の母子だと——そんな中、降って湧《わ》いた醜聞《しゅうぶん》……どうなるかは目に見えていました。殿の恩情がなければ、蟄居《ちっきょ》では済まなかったでしょう」

ずっと父上と信じていた相手を「殿」と他人行儀に呼んだ正は、ふっと息を吐《つ》いた。あまりにも儚《はかな》い溜息《ためいき》に、前差櫛姫は前に出て、ぴょんっと跳んだ。思わずといった様子で、正は手を伸ばした。その上に着地した前差櫛姫は、目線が近くなった正を見つめて言った。

「……人のために働くなんて真っ平御免《ごめん》だけど、これも何かの縁と思って諦《あきら》めるわ。そいつらを呪い殺すなら、手伝ってあげる！」

正は目を丸くして、ぽっかりと口を開いた。

何よ、あんたたちまで正と同じ顔して……ひどい間抜け面《づら》ねえ。どういうつもりだったかなんて、覚えてないわ。単なる気まぐれよ。

そんなもの起こすんじゃなかったって、すぐに気づくんですけどね！

＊

＊

「さあ、誰からやる？　姉から？　兄から？　お婆とやらでもいいけど、一応は面倒見てくれてるわけだから、勘弁してあげる？……やっぱり、馬鹿殿からがいいわよね！　たとえあんたが不義の子であっても、長年自分の子として育ててきたんでしょ。一国の殿なんだから、最後まで面倒を見るべきよ。大体、本当のところは、どっちの子かなんて分からないんだから」

証《あかし》と言えば、顔が似ているという点だけだ。満のしたことは、確かに人として許されぬのかもしれぬ。だが、前差櫛姫は妖怪だ。人としての倫理をいくら説かれても、理解できるはずがない。

（ただ、あたしは気に食わないだけよ。何もしてないこの子が、何で一人で重い罰を受けなきゃならないの？　親の罪が子の罪になるなんて、馬鹿げてる！）

自分の責任は自分で取る。それが、妖怪の道理だ。自死が責任を取ったことになるのかは分からぬが、少なくとも正にはかかわりないことである。

「あんたのことなんて何とも思っちゃいないけど、あんたの周りにいた奴らのことは気に食わないわ。あたしはね、気に食わない奴はみーんなぶちのめすって決めてるの。それがあたしの妖怪としての理《ことわり》なのよ！」

だから、力を貸してあげる——小さな手を差しだしながら、前差櫛姫は言った。いつの間にか俯いていた正は、身を震わせていた。

やがて、ゆっくりと上げた面《おもて》には、涙を湛《たた》えた笑みが浮かんでいた。

「……かわいい子」

くすりと笑って言った正は、小首を傾げて続けた。

「あんな嘘を信じたの？」

「う、そ……？」

そう呟いた前差櫛姫は、何度も目を瞬《しばた》いた後、顔を真っ赤にして、唇を戦慄《わなな》かせた。

「あ、あんた……今話したこと、すべて嘘だったたって言うの!?」

「そんなことはありません。嘘を吐く時は、多少まことを混ぜないと——」

袂《たもと》で口許を押さえながら言った正に、前差櫛姫は二の句が継げなかった。固まった前差櫛姫を尻目に、正は「まことのこと」を語りだした。

「母が不義密通をし、私を産んだのはまことです。ですが、それが露見した時、殿も兄上、姉上たちも、それまでと変わらずよくしてくださいました。……結局、何のお咎《とが》めもなく、私たちは城に居つづけたのです。その後、母が病に罹《かか》り、数年の闘病の後、三月前に亡くなりました。その時も、皆は私を労《いたわ》り、優しくしてくださいました。外に出たいと言ったのは、私の方なのです。城にいる者全員が反対しましたが、私はそれを押しきりました。母の罪を少しでもつぐないたいと思ったからです」

「……おかしいわ！　それなら何でこんなあばら家にいるのよ!?」

「こんなところで暮らすなど耐えられぬはず。早々に音を上げて城に帰ってくるだろう──父上たちは、そうお考えになったのです。お婆もよくしてくれています。『姫さま、そろそろお城にお帰りなされ』といつも気遣ってくれる、優しい人です」

「……」

前差櫛姫は無言で正を睨みつけながら、自身の髪に挿していた櫛を抜きとり、彼女に向けて構えた。正は笑みを浮かべたまま、微動だにしなかった。

「命乞《ご》いをしなくていいの？　お姫さまの顔に穴が空いたら、城に戻った時、お殿さまたちが悲鳴を上げるんじゃなくて？」

「私は城には戻りません。顔に穴が空くくらい、どうということもありませんよ。嘘を吐いたお詫びに、どうぞ」

顔を突きだした正に、前差櫛姫はたじろいだ。正は本気の目をしている。

やがて、鼻を鳴らした前差櫛姫は、畳の上に降り立ち、庭と反対の方へ歩きだした。

「どちらに行かれるのです」

「別段当てはないわよ。ただ、嘘吐きお姫さまとは一緒にいたくないだけ！」

そう吐き捨てながら、前差櫛姫は襖の前に立った。

「……あんた、さっさと襖を開けなさいよ！」

振り向きながら怒鳴った前差櫛姫は、「へ」と声を上げた。浮遊感を覚えたと思ったら、いつの間にかそばにいた正が、前差櫛姫を持ち上げていたのだ。

「ちょっと、何よ！　あたしは襖を開けてと言ったの！　さっさと放しなさいよ！」

「外に行くのでしょう？　私も連れて行ってください」

「はあ!?」

「私は城の外に出たことがないのです。ここに来た日がはじめて……もっとも、駕籠に乗せられてきたので、まだ外を歩いたことはありません。自分の足で外を歩いてみたい」

「勝手に行けばいいでしょ！　何であたしが付き合ってやらなくちゃいけないのよ！　大体、ここからどうやって出る気!?　閉じこめられてるんでしょ!?」

「裏から出ましょう。今朝《けさ》、お婆が鍵《かぎ》を閉め忘れたのです。お婆は夕餉までここには来ません。ほんの数刻《すうこく》の散歩といえども、一人では不安で……どうかお願いいたします」

正はそう言って、頭を下げた。また近づいた顔を目にした前差櫛姫は、ぐっと詰まった。

（何よ、その顔……まるであたしが悪いことをしてるみたいじゃない）

今にも消えてしまいそうな儚げな表情を浮かべた正に、前差櫛姫はたじたじになった。

結局、折れたのは前差櫛姫だった。

「……仕方ないわね。今日一日だけよ！」

「ありがとうございます。一日あれば、十分です」

ぱっと明るい笑みを浮かべて言った正を見て、前差櫛姫は眉を顰《ひそ》めて困惑した。

（……あたし、また騙《だま》されたの？）

櫛に戻った前差櫛姫を髪に挿した正は、意気揚々と外の世へと踏みだした。

＊

その後？　お正が言った通り、外に連れていってやったわよ。「お正がお前を連れていったの間違いじゃないか」ですって？　硯の精ったら、馬鹿ねえ。確かに、足を使って歩いたのは、お正よ。でも、それは、いわば駕籠みたいなもの。あたしを運ぶための道具でしかなかったわ。だって、お正ときたら、丸っきり世間知らずなんですもの。あたしは違うわ。付喪神になったのはその日だったけど、ただの櫛だった頃から、世間のあれこれを見聞きしていたもの。お正とは比べ物にならないほど、世の中を知ってたわ。だから、「あっちへ行っては駄目」「そう、そっち――横の道よ！」と色々指示してあげたの。

ええ、楽しかった――わけないでしょ！　あたしはお姫さまの道楽に付き合ってあげただけですもの。道楽と言っても、大したことはやらなかったわ。だってね、お正ったら、一銭も持ってなかったのよ。お姫さまだから仕方ないなんて、あたしには思えなかったわ。蟄居の身だから、家から出るはずがないなんて、どこの馬鹿が信じるのよ。自ら出なくても、出ざるを得ないことだってあるでしょう？　そんな想像力さえない馬鹿殿なんか、城から引きずりだしてやればよかったのよ。

「女に騙されて可哀想《かわいそう》」なんて、あたしは思わないわ。お正の姉兄は十二人もいたんですって。皆息災だと言うんだから、世継ぎが欲しかったわけじゃないわ。欲しかったのは、自分の女。勿論、子に罪なんてないわ。妾《めかけ》にもね。大体世継ぎなんて、身近で一番能力が高い者を選べばいいのよ。そうすれば、皆に立身出世の機会が訪れるじゃない。あたしたち妖怪はそうでしょ？　力さえあれば、生まれなんてどうでもいい——それでも何だかんだケチ付ける奴はいるけど、そんな頭の悪い連中はそれこそどうでもいいわ。もっとも、それでこっちに何かしてくるなら、殺される前に殺すしかないけど。

呪い殺す？　あたしはそんなことしないわ。お正に言ったあれは、口からでまかせよ。でも、嘘を吐いたわけじゃないわ。あの時は本当に腹が立ったから、呪いの一つや二つくらい掛けられると思ったのよ。きっとできたと思うわ。お正が望まなかったから、仕方なく引き下がったけど、あんな馬鹿殿、生きてる意味などないでしょう？

……どうしてそこまでお殿さまを憎むのか分からないって顔ね。あんたたち、全部顔に書いてあるわよ。あの馬鹿鬼のこと、言えないいんじゃなくて？……あのね、揃って泣きそうな顔しないでくれる？　あいつがいなくなってから、ちょっとしか経ってないじゃない。最初にこの店に落ちてきた時なんて、ひと月でまたあちらの世に帰ったでしょ。それから次にここに来たのは、半年過ぎた頃よ。その時に比べたら、大したことないわ。なのに、何なのよその湿っぽさは。まるで、あいつが死んだみたい——言っておくけどね、あたしはそんなこと思ってないわよ。あいつは弱っちょろそうに見えて案外図太いから、今頃暢《のん》気《き》に牛鍋《ぎゅうなべ》でも食ってるんじゃない？　あちらの世に牛鍋屋があるのか知らないけど。

それでどうなったのか？　だから、あたしは小春《こはる》のことなんて知らない——ああ、お正のことね。別段どうもなってないわよ。日が暮れる前にはあばら家に戻って、そこで別れたから。……硯の精、あんたちゃんとあたしの話を聞いてた？　あたしはそれまでずっと店にいたの。お正の母親の形見なんかじゃないわよ。それは、お正も分かってたわ。形見になるくらい大事にしていたなら、一度くらい見たことがあるものでしょ。お貞が吐いた嘘よ。すぐ露見する嘘を吐くなんて、可愛いものよね。性質《たち》の悪いのは、嘘に真実をいくらか混ぜたもの……本当に、性質が悪いったらないわ。

話はここでおしまい！……お正のところを出た後？　そこまで知りたいの？　あんたたちって、本当にあたしのこと好きねえ。まあ、無理もないわ。だって、あたしって、こんなに可愛くて、美しくて、優しくて、賢くて、強くて、綺麗なんですもの！　そういえば、この前来た客も、随分と熱心にあたしを見てたわ。うっとりとした顔で、ひたむきに愛を伝えてきたのよ。でも、あたしには心に決めた人間がいるから、諦めてもらったの。可哀想なことをしたわ。恋を失うのは、辛《つら》いことですもの。その相手が、あたしみたいにこの世に二妖といない美貌の妖怪だったら、忘れることなんて――

……硯の精？　どこに行くの？　皆が来るか心配だから、外を見に行く？　はあ……そうだと思ったわ。あんたって本当に、いつもいつも、お人好しなんだから！　そんな気を回したって、妖怪も人間も見返りなんてくれないわよ。そんなものは求めておらぬ、ね。そう言うと思ったわ。本当に妖怪らしくない妖怪ねえ……。

それで、あんたは？　何で残ったのよ。その格好で、外に様子を見に行けなんて言うわけないでしょ。妖怪にも分別はあるわ。店じゃなくて、居間にいればいいじゃないの。あと半刻《はんとき》（約一時間）もしないうちに始まるのに、何でこっちであたしと喋《しゃべ》ってるのよ。話の続きが聞きたい？　お正の家を出てからは、わざわざ話すほど大したことはしてないけど――……だから、言ったでしょ？　お正とは日が暮れる前に別れたの。それまでは、ただ町を散策してただけだから、別段面白いことなんて――

そうよ、あの日は、妖生最悪の日だった。何でそんなこと覚えてるのよ……これだから、あんたって嫌なのよ。あんたたちのことは、さっき認めてあげたでしょ？　すぐに撤回されたいの？　そうやって自分のかかわりないところに首を突っこんで、余計な世話ばかり焼いてるから、痛い目に遭うのよ。これ以上そんな目に遭いたくなかったら、金輪際《こんりんざい》余計な世話を焼いたりしないと、今ここで誓いなさいよ！

……天井の雨漏りが、頬《ほお》に伝っただけよ。穴を塞がなくちゃって……ちょっと、棚の中身を出して何してるのよ。空っぽにしてどうするつもり——やめなさい！　こんな古い棚にのぼったら、危ないでしょ！　勿論、あんたがじゃないわよ!?　あんたごと棚が倒れたら、店中が壊れるからよ！　ほら、降りなさい！　降りなさいったら！

はあ、もう……あんたって、本当に変な女ね。喜蔵は、何であんたみたいなのがいいのかしら？　趣味が悪いわねえ。あたしの方が、どこもかしこも優れてるのに！

ふふ……ふふ……ふふふ！　もう、馬鹿馬鹿しいったらありゃしないわ！　あんたと話してると、色んなことがどうでもよくなるわねえ。——いいわ、話してあげる。お正と別れた後のことよ。妖生最悪の日のことを聞きたいんでしょ？……後悔したって知らないけど、いいのね？……そう、分かったわ。

お正と別れた後、あたしはもう一度あばら家に戻ったの。もう少しくらい一緒にいてあげてもいいかなと仏心を出しちゃったのよ。行く当てもなかったしね。でも、あの家にお正はいなかったの。いいえ、いたにはいたのだけど……あたしの知ってるお正はいなかった。その代わり、お貞がいたの。

血塗《まみ》れのお正を膝に抱えてね——

＊

「……何をしてるの」

何なのよ、これは——正の家に戻った前差櫛姫は、畳の上で端座《たんざ》していた貞に問うた。貞の膝の上には、胸に短刀が突き刺さり、血を流した正の姿があった。

「あんた……あんたが殺したの!?」

変化したことにも気づかず、前差櫛姫は貞の近くに跳びながら、怒鳴った。生気が抜けた表情の貞は、前差櫛姫を一瞥《いちべつ》し、すぐに正に視線を戻した。穴が空くほど、貞はひたすら正を見つめつづけた。精巧にできた人形のような様に、前差櫛姫はぞっとした。

やがて、貞は見目とは不釣り合いの、低く掠れた声音で言った。

「姫さまは、自ら死を選ばれた。私がここへ来た時には、すでに——」

(自ら死を……選んだ?)

つい四半刻前まで、正は生きていた。彼女の懐《ふところ》に入り、時には肩に乗った前差櫛姫は、目の前で起きた事実が受け入れられず、茫然とした。

「何でよ……その娘は自分で選んでここに来たんでしょ? 皆が引き留める中、我儘《わがまま》を言ってここに——」

前差櫛姫の呟きを、貞は鼻で笑った。

「自らここに来た? この方がそうおっしゃったのか? 偽りに決まっているだろうに」

「嘘なの?……どこからどこまでが嘘だって言うの!」

前差櫛姫は貞を見上げて、怒鳴った。返事をしない貞に、前差櫛姫は正が語ったすべてを伝えた。

「姫さまが嘘を吐いたとおっしゃったことこそが、偽りだ」

前差櫛姫の話が終わるなり、貞はぽつりと言った。

「……最初に語ったのが、まことだと言うの？　そんな……そんなのって――」

正の話は、あまりにも残酷だった。正に少しも非はないのに、責は彼女がすべて負うことになった。

「でも、それじゃあ何であたしに嘘を吐いたの？」

正がそんなことをする必要など、どこにもない。眉を顰め、首を傾げた前差櫛姫に、貞は苦笑混じりに答えた。

「姫さまはお優しい方だ。大方、真実を述べた時、お主の反応を見て、とっさに作り話をしたのだろう。幼子を傷つけるわけにはいかぬ、と」

「失礼ね……あたしは立派な付喪神よ！　幼くもないし、未熟でもない。あんたたち人間などより、よほど力があるんだから！……だから、真実を語っていたら、復讐《ふくしゅう》を手伝ってやったのに！　何で自ら命を絶つ必要があるのよ……！」

前差櫛姫は悲鳴混じりに叫んだ。ぐっと奥歯を噛みしめ、俯いた貞は、やがて口を開いた。

「……まことか？」

「え？」

「お前は神なのか？」

前差櫛姫は黙りこみ、微《かす》かに顎を引いた。付喪神は、妖怪の一種に分類されることが多いが、名には神と付く。「己は妖怪ではなく、神だ」と主張する付喪神も、いなくはない。

再び前差櫛姫に視線を向けた貞は、昏《くら》い目をして言った。

「私を殺してくれ」

貞の思わぬ言葉に、前差櫛姫は、はっと息を呑んだ。

「……馬鹿殿を殺してくれの間違いじゃないの？」

表情を引き締め、前差櫛姫は問うた。正が自死したのは、満のせいだ。その満は、すでにこの世にいない。しかし、母の罪を子に負わせた相手は、まだ生きている。憎悪の矛先《ほこさき》は、当然そちらに向くものと思ったが、貞はなぜか自分を罰してほしいらしい。

「それとも――あんた、お正に何かしたの？」

前差櫛姫は、鋭い声音で問うた。

「……数年前、私は母に勧められ、姫さまのお付きとなった」

貞は垂らしていた腕を持ち上げ、乱れた正の髪を優しく整えながら答えた。

「容姿の良さを買われたのね。それで、あんたは自分よりも見目がよくない女が姫さまだったので、腹が立って虐《いじ》めてたの？」

「愚かなことを……しかし、この見目であったからこそ、侍女になれたのはまことだ。私はどうしても侍女にならねばならなかった。姫さまのお近くに行かねば、本願が叶《かな》わぬ」

「本願？……一体何を企んでいたの？」

目を見張って言った前差櫛姫に、貞は正の髪を撫《な》でつけながら述べた。

「……父には、好いた女がいた。どうやら、女も父を好いていたらしい。だが、その女は城に上がった。想いを告げ合うことなく別れた二人は、数年後再会し、互いに捨てきれなかった恋心をぶつけあった」

「それって……」

前差櫛姫は、また息を呑んだ。貞の話は、数刻前に聞いた話によく似ていた。

「たった一夜の過ちで、その女は不義の子を身ごもった。女が殿の子を懐妊したという噂を聞きつけた父は、それが自分の子であると確信した。……その重みに耐えきれなくなった父は、あろうことか、母に打ち明けた。父と女が密通したのは、母と夫婦《めおと》になる前のことだ。黙っていれば、誰にも知られずに済んだ話だったというのに……父は、馬鹿正直に過去の過ちを告白した。苛《か》烈《れつ》な気性の母は、般若《はんにゃ》のごとく激怒し、父を詰《なじ》った。その様を見て、父はこんな台詞を吐き捨てたそうだ」

――お前は、顔は仏のように美しいが、心は鬼のようだ。夫婦にと勧められた時から、今日に至るまで、俺はお前を愛したことはない……お前のように心根の醜い女を、どうやって愛したらよいのだ！

「蒼褪《あおざ》めた母を見て、父はようやく我に返り、平身低頭詫びた。だが、一度口からこぼれ落ちた言葉は、取り返せぬ」

元から遠慮のあった夫婦仲は、それを契機に冷めきった。はじめの頃こそ、貞の父は妻を気遣っていたが、どうやっても反応が返ってこぬと悟ってからは、それもなくなった。

「私の家には、いつも寒風が吹いていた。母は父だけでなく、私へも愛情らしい愛情を見せなかった。そのくせ、寝る前には床の横に居座り、耳許にこう語りかけてきた」

――私たち母子を不幸に追いやった女とその娘に、仕返ししてやるのだ。お前は私に似て美しい。その美しさは、すべてを壊す力になる……壊しておくれ。あの女狐を……その忌《い》まわしい娘を！

母の真似をして叫んだ貞は、正の髪から手を離し、固く握りしめた。血が滲《にじ》んだ拳《こぶし》から目を逸《そ》らしながら、前差櫛姫はぽつりと言った。

「……お満を恨むのは分かるわ。けれど、お正は関係ないじゃない」

「母は、そうは思わなかった」

私も――と貞は小さく続けた。前差櫛姫は唇を噛み、溜息を呑みこんだ。

母が呪詛《じゅそ》のごとく語りつづけていたせいか、すっかりそれが真実と考えた貞は、一度親類の家に入り、そこから正の侍女として城に上がった。内密に事を進めていたため、貞の父がそのことを知ったのは、貞が家を出てからだった。

「父がどう思ったか、私には分からない。それ以来、家には帰っていないのでな……だが、大方びくびくしていたのだろう。いつ露見してしまうのか、気が気ではなかったはずだ」

「……そんな小心者のくせに、不貞を働くなんて馬鹿な男！」

「ああ、大馬鹿者さ」

前差櫛姫が吐き捨てると、貞は小さく笑い声を上げて同意した。皮肉たっぷりな表情を浮かべても、その顔ははっとするほど美しい。

「あんたはお満に気づかれないために、歳も偽ったのね。本当はお正より下なんでしょう？　顔立ちが幼いもの。……それで？　母の目論見《もくろみ》通り、城に上がった後は？　ずっと憎んできた相手と対峙《たいじ》して、どう思ったのよ」

貞は寸の間黙し、小声で答えた。

「……地味で大人しい女だった。美しくもなければ、艶っぽくもない。母親も子も、どこにでもいるような、目立ったところのない女たちだった」

父はどうしてこんな女に惚《ほ》れたのだろう。数多《あまた》の女たちの中から、殿はなぜ彼女を選んだのか。考えれば考えるほど分からなくなり、貞は深く思い悩んだ。そんな時、気遣わしげに声を掛けてきたのが、正だった。

——あなた、ここに来てからずっと顔色が悪いわ。……お家《うち》に帰りたいの？　帰してあげましょうか？　と首を傾げて問うた正を、貞はきつく睨み据えた。

——……帰る場所があるあなたとは違う。

固まった正を見て、自分が何を言ったか気づいた貞は、ますます顔色を悪くした。姫君に無礼な振る舞いをしたと露見すれば、貞は家に帰される。平身低頭詫びるしかないと膝を折ろうとした時、正は深々と頭を下げて言った。

——ごめんなさい。あなたにそんな顔をしてほしくて言ったわけではないの。

姫君が自分の非を認め、出自のよくない者に頭を垂れる——そんな嘘のような出来事が、目の前で起きた。貞はそれを中々受け入れられず、言葉が出てこなかった。

頭をお上げくださいと言ったのは、随分と経ってからだった。正はゆっくり面を上げた。

「あの時の、夕日のように真っ赤に染まった顔が、未だに忘れられぬ……本当は蒼褪めていたのだろう。私よりもずっと顔色は悪かった。だが、頭に血が上って、あんな色に……あまりにもみっともない様に、私は気が抜けた。それが伝わったのか、姫さまは安堵《あんど》したように笑みを浮かべた。美しい笑みだった……あれほど地味で不器量だというのに、私には一等の美人に思えた。だから、忘れられぬのだろう。もう何年も前のことなのにな……」

ぽつりと言った貞は、ようやく聞こえるような小声で、正と過ごした日々を語った。そばに控え、世話をするだけではなく、ままごとや鬼ごっこといった遊びに興じ、時には喧《けん》嘩《か》もした。朝から晩まで、いつも共にいた二人は、いつしか主従を超えた関係となった。

「姫さまはお見かけによらず、はっきりと物を言う娘だった。しとやかな性格ではなかったため、殿中の評判はあまりよくなかった。分別のある、聡明な女は、愚かな男から嫌われるものだ。しかし、殿は姫さまを好いておられた。あの方は決して頭のよい方ではなかったが、見る目はあったのだろう……あの女も、見目こそよくはなかったが、姫さまの産みの母だけあって、聡明だった。……我が母とは正反対だ」

自嘲《じちょう》の笑みを浮かべて吐き捨てた貞に、前差櫛姫は問うた。

「あなたがお満に、父親の死期が近いと伝えたの？」

いつの間にか正の髪を撫でることを再開させていた貞は、手の動きを止めて「……そうだ」と押し殺した声を発した。

「母からの文に、そのことが記してあった。……必ず伝えるようにと、何度も念押しされた。母の必死の想いを無視することはできなかった」

父の名を出した時、満は何の反応も示さなかった。よその家庭を壊しておきながら、すべて忘れたのか――腹が立った貞は、その場で洗いざらいぶちまけた。

――私がここに来たのは、お前たち母子を地獄《じごく》に落とすため……お正は私を信じきっている。お前のことよりも、よほどな！

正の名を出した途端、顔色を変えた満は、貞に摑みかかった。

――あの子は何も悪くありません。どうか……どうか、お正だけは許してください……！

摑んだ肩を揺らしながら言った満に、貞は冷ややかな声で命じた。

――病床の父の枕許で、我が母に詫びよ。

「それじゃあ、お満は、あんたの言うことを聞いて、城を抜けでたと言うの？……でも、話が違うじゃない。だって、お満は、あんたの父親を……」

額《ひたい》を手で押さえながら、前差櫛姫はおろおろと言った。唇を嚙みしめた貞は、優に百は数えた頃、正の頰をするりと撫でて答えた。

「……父を殺したのは、母だ。本当はお満を殺そうとしたが、父が庇《かば》いだてをした。母は父を憎んでいたはずなのに、それ以上に愛していたのかもしれぬ。自分がしでかしたことを受け入れられず、心が駄目になった」

はっと息を呑んだ前差櫛姫に、貞はゆっくりと美しい顔を向けながら続けた。

「お満は、母から短刀を奪い、自害した。母の罪を負って死ぬことで、自身の罪を贖《あがな》おうとしたのだろう」

「馬鹿ね……そんなことしたって、罪は消えないじゃない。それに、お正はどうなるのよ……母がそんなことをしでかしたせいで、こんなところに閉じこめられて……お正も馬鹿よ！　何であんたが死ななきゃならないの！」

立ちすくんでいた前差櫛姫は、叫びながら正の胸に飛び乗った。身じろぎ一つしない身にぴたりと耳を寄せても、鼓動は聞こえなかった。じわりと涙が滲み、前差櫛姫はよろめいた。いつの間にか貞の膝の上に座りこんでいた前差櫛姫は、ふっと笑い混じりに呟いた。

「あんたの膝、男みたいに硬いわね……こんな膝枕じゃ、この子も痛いでしょうに」

「……昔から、時折こうしてくれとせがまれた。そのたび、文句を言われたものだ」

そう言って、貞はくすりと笑みを漏らした。くぐもった笑い声は、次第に嗚咽《おえつ》へと変じ、前差櫛姫は顔を上げた。

「これだから、あばら家は嫌なのよ。雨漏りなんて……」

天井よりずっと近い場所から降る雨に打たれながら、前差櫛姫はしゃくり上げつつ言った。

＊

ほらね、やっぱり雨漏りしてるじゃない。あんたの頬にも、雨が伝ってるわよ。そんなに雨が降ってるってことは、後悔してるわね？　こんな話を聞いたら、誰だって……ふうん、あんたって本当に変な女ね。……あの子たちといい勝負よ。

……あのねえ、続きはもっと陰惨《いんさん》よ。それでも聞きたいの？　はいはい、分かったわよ。あとちょっとだけ教えてあげるわ。

そりゃあもう、陰惨だったわよ。だってね、蟄居させられてた女が自害したかと思ったら、あっさりその家を抜けだして、侍女と駆け落ちしたんですもの。

ふふ……そうよ。お正は生きてたの。あたしたちをあんなに泣かせておいて、死んでなかったのよ！　まあ、刺した場所が良かったのよ。うまいこと急所を外れていたおかげで、あんなに血を流したのに、無事だったの。そうね、心の臓は止まってたわ。でも、息を吹き返したの。あれを奇跡というんでしょうね……あんたたち人間の中では。

とはいえ、相当深い傷には変わりなかったから、お正はしばらく療養生活を送ったわ。お正が自害しかけたことで、馬鹿殿は慌てて医者を寄こして、手厚く看護させたの。お婆も改心して、優しい声を掛けながら世話を焼いてきたわ。お貞も蟄居先に来ることになって、お正は見る間に回復したの。でも、あまり元気な姿を見せると、お貞が城に戻されちゃうかもしれないから、医者やお婆がいる時には、死にかけみたいな演技をしてたわ。それが結構上手《うま》いのよ。「地味なあんたにも特技があるのねえ」って褒めたら、お正は笑ってたわ。怒ったのはお貞の方よ。「姫さまを悪く言うな」なんて言うから、あたし笑っちゃった。地味で不器量とか言ってたのは、誰だったかしらってね。それを指摘すると、顔を真っ赤にして「そんなことは申しておらぬ！」と喚いてたっけ。

傷がすっかり癒《い》えた頃、お正とお貞は蟄居先を逃げだしたの。あたしもついていったわ。本当は行きたくなんてなかったけど、お正が毎日あたしを髪に挿すから、逃げられなかったのよ。本当にいい迷惑……何笑ってるの？　変な女ね、あんたって。今日だけで何回言ったか、もう分かんないわ。何であんたみたいな変な女を、喜蔵は選んだのかしら……これも何回も言ったわね。だって、人生を共に歩む相手は、そりゃあもう重要でしょう？

……ええ、そうね。だから、お正は息を吹き返したのね。自分の片割れのような相手を、自分と同じ目に遭わせたくなかったんでしょう。ああ、片割れっていうのは、父親が同じだからという意味ではないわよ。血の繋がりなんて希薄な絆《きずな》じゃなくて、もっと深いものがあったの。それは多分、一生目に見えないものだけど……でも、あの子たちの目には、きっと見えたんじゃない？　あれだけ一緒にいたんですもの。きっと、最後の最後には……。

ええ、二人は死ぬまで共にいたみたいよ。あたしは途中で二人の許から離れたから、最期はよく知らないの。離れた理由まで知りたいの？　あんたって本当に……はあ、もういいわよ。ここまで来たら何でも教えてあげるわよ。

老いたのよ。あたしがじゃないわ。あの二人がね。年老いて髪が減って、髷《まげ》に櫛が上手いこと挿せなくなったの。面白いことに、二人揃ってだったのよ。お貞なんて、「いっそのこと剃髪《ていはつ》するか」とぼやいてたわ。出家したわけでもないのに、変な奴よね。お正も負けず劣《おと》らず変だったけど。正反対に見えて、よく似た二人だったのよ。別れの時なんて、二人とも同じことを言ってきたわ。

何て言ったかは……忘れちゃったわ。そんな昔の話。

さ、話はこれでおしまい。だって、ほら。往来から、元色惚《いろぼ》け絵師とお惚《とほ》け記録本屋の声が聞こえてきたわよ。昼行灯《ひるあんどん》な大家に話しかけられて、外で立ち話しているみたい。じきにこっちに来るわね。彦次《ひこじ》か高市《たかいち》のどっちかに、深雪《みゆき》を連れ帰ってきてもらわなきゃ。あんたの探してる相手なら、また庭に落ちてきたわよってね。

あら、素早い……鈍そうに見えるのに、意外と身のこなしがいいのよね。裏戸を開け放ったまま出ていくのは、感心しないけど。本当に抜けてるのよね、綾子《あやこ》って。危なっかしくて、見てらんないわ。だから喜蔵は、俺が守ってやらねばとでも思ったんでしょうね。実は、綾子に負けず劣らず、お人好しで世話焼きな男だもの。……喜蔵の馬鹿。あたしの方が可愛くて献身的なのに、見る目がないんだから。

でも……いいわ。許してあげる——だって、今日はハレの日だもの。おめでたい日に、哀しいことなんて駄目よ。

だから、嘘を吐いたのかって……撞木、あんたねえ。話の途中で出ていったふりをして、こっそり聞いてたわね？　妖聞きの悪いこと言わないでよ。嘘なんて吐いてないわ。本当よ……本当の本当。ハレの日に嘘なんて吐くわけないでしょ？　あんたなら簡単にしそうだけど、あたしは苦手なのよ。だから、全部本当よ。今日語ったことは、ぜーんぶ本当……。

本当の本当なんだから――

＊

「……勿体《もったい》ないわね。綺麗な髪だったのに」

つるりと光る頭部を見上げて、前差櫛姫はぽつりと言った。墓の前に屈みこみ、一心に祈っていた貞は、目を閉じたまま答えた。

「私たちには必要のないものだ」

お前も――そう言って、貞はちらりと前差櫛姫に視線をやった。前差櫛姫は腰に手を当てて、ふんと鼻を鳴らして答えた。

「馬鹿ねえ。髪さえあれば、あんたが死ぬまで一緒にいてやろうかと思ってたのに。あたしったら、物凄《ものすご》く優しいわよねえ。……本当にいいの？　このあたしが一緒にいてあげるって言ってるのに、後悔するわよ？　どうしてもって言うなら、もう一度だけ考えてあげるけど」

正の死から、四十九日が過ぎた。あの日、自身の胸に短刀を突き刺した正は、息を吹き返すことなくこの世を去った。「お婆」がいつも通り夕餉を運んでこなければ、貞はずっと正を膝の上に寝かせたままだっただろう。変わり果てた正の姿を見た婆は、畳の上に頭を擦《こす》りつけ、泣きながら詫び言を繰り返した。

――あなたさまがあまりにも不憫《ふびん》で……ひとたび口を利けば、ここから逃がして差しあげたくなると分かっていたから！　こんなことになるなら、そうして差しあげればよかった……あなたはいつも私に優しい声を掛けてくださったのに……私はなんてことを――

年老いた女の悔悟の叫びを、前差櫛姫は今でも忘れられずにいる。

――なぜ、お前は私と共にいるのだ。

貞が問うたのは、正の弔《とむら》いを終えた日だった。死に装束《しょうぞく》も棺《ひつぎ》も大層立派なものだったが、葬儀は密やかに行われた。参列者は、貞と婆、それに前差櫛姫の二人と一妖。棺が墓に納められて間もなく、婆は深々と頭を下げて去った。何の反応も返さぬ貞を、前差櫛姫はじっと見下ろしていた。正を見送る支度以外は、昏い瞳で虚空を眺めるだけだった貞は、げっそりと痩《や》せ細っていた。

――あたしがそばにいないと、あんたお正の許へ行こうとするでしょ？　あんたが生きようと死のうとどうでもいいけど、お正があんたのことよろしくって言ったから、仕方なく共にいるのよ。

前差櫛姫は平気な顔で嘘を吐いた。正の話を持ちだせば、貞が否と言えぬのは分かっていた。貞は頷かなかったが、思った通り、拒否はしなかった。それをいいことに、前差櫛姫は朝から晩まで、貞の髪に挿さっていた。

貞の表情がにわかに明るくなったのは、初七日を過ぎた頃だった。

——思ったよりも、傷が深くなくてよかった……これなら、すぐによくなりましょう。

貞は、まるで隣に誰かいるかのように話しだした。

——姫さまは、ここから出るおつもりですね。無論、私もついてまいります。私たちは、二人で一人——ええ、はじめて会った時から、そうと決まっていたのですよ。

貞が、自身の作りだした正の亡霊に話しかけていると知った前差櫛姫は、貞の頭上から何度も声を掛けた。

——お正はもう死んでるのよ！　現実を受け入れられないのは分かるけど……それじゃあ、お正も浮かばれないわ！

偶然出会っただけの女たちだ。返す恩義もなければ、寄せる同情もない。だが、前差櫛姫は、貞から離れられなかった。

貞が見ている光景と、現《うつつ》は時の流れが違うようだった。四十九日の間に、話の中の貞たちは六十過ぎの老婆になっていた。それに合わせたかのように、貞の髪は白くなり、その量も減った。染みや皺は出なかったが、背は曲がり、足腰も悪くなった。自身の妄想通り、急激に老けこんだ貞は、正と共に尼寺で晩年を過ごすと言いだした。

——明朝、剃髪し、寺に参りましょう。あの寺の庭には、それは見事な桃の花が咲くそうです。とてもよき香りがすると、寺の者が申しておりました。楽しみですね、姫さま。

ふふふと笑った貞は、隣に敷いた空っぽの布団に手を伸ばして、笑って言った。無人の布団を見つめて、前差櫛姫はぽつりと問うた。

——お貞……あんた、本当は分かってるんでしょう？

答えが返ってこぬまま、朝を迎えた。

尼寺に行く前、貞が向かったのは、うらぶれた寺の無縁塚だった。父上行ってまいります——貞がそう呟いたおかげで、前差櫛姫はここに彼女の父が眠っていることに気づいた。

「……ねえ、お正の墓には行かないの？」

前差櫛姫の問いに、貞は立ち上がりながら答えた。

「妙なことを言う櫛だ。姫さまは、私の隣にいらっしゃるというのに」

ねえ、姫さま——小首を傾げて横を見遣った貞は、頬を染めて嬉しそうに笑った。小さな手をそっと伸ばし、優しく空を摑むと、ゆっくり前に進みはじめた。

（……この子も彼岸に行ってしまったのね）

正と一緒に——それが、貞の幸せなのだろう。現世に引き戻せるとしたら、相手は死んだ正しかいない。前差櫛姫の横を通り過ぎていった貞は、優しい表情を浮かべていた。これ以上にないほど、美しく、幸せそうだった。

前差櫛姫が踵《きびす》を返そうとした時、貞はふと振り返って言った。

「銭なしと憐《あわ》れまれ、団子屋から恵んでもらった団子が、これまで食したものの中で一等美味《うま》かったそうだ。味はそうでもないのに、なぜと思っていたが、お前と半分こしたから美味かったのだと、今になってようやく気づかれたらしい。半日にも満たぬ旅だったが、お前のおかげで大成したと喜んでおられる」

「あんた、何でそれを――」

前差櫛姫と正しか知らぬ話を、なぜ貞が知っているのか。

（……まさか、本当に？）

息を呑んで固まった前差櫛姫を笑って、貞はまた前を向いて歩きだした。

「ありがとう」

そう告げて遠ざかっていく後ろ姿を、前差櫛姫はじっと見つめつづけた。そのうち、もう一人の姿が見えることを願って――

＊

見えたのかって？　さあ、どうだったかしら……忘れちゃったわ。煩いわね、あんたも妖怪なら分かるでしょ。長く生きてると、昔のことほど忘れちゃうってことをよ！　あたし、結構忘れっぽいの。だから、今日話したことも、ほとんどは作り話よ。可哀想なお姫さまも、憐れな侍女も、馬鹿な殿さまも、身勝手な女や男も、だーれもいなかったかもしれない。どれがまことで嘘なのか、あんたが好きなように考えればいいわ。それを、旦那《だんな》に話してもいいわよ？　旦那は旦那よ。ほら、記録本屋の——あら、怒ったの？　短気な鮫ねえ。血の気が多くて暑苦しいから、神無川《かんながわ》にでも行って、頭を冷やしてきたら？　もう水は結構？　一体東の方で何してきたのよ……？

ふふ……何よ。別段、楽しくなんてないわ。でも、何だか無性に笑いたくなったの。こうやって、あんたと喧嘩してるのも、何だかいいものだなと思ったのよ。……熱なんてないわ。失礼ね。神無川に行くのは、あんたの方でしょ！

……ああ、煩い。ほら、よく耳を澄ましてみてよ。外の騒ぎが、さっきよりも大きくなってる。歓声まで上がってるわよ。まだ始まってもないのに泣いてるのは、元色惚け絵師ね……あ、喜蔵が頭を殴ったみたい。すごいわね、ここまで空っぽの頭の音が聞こえてきたわよ。嫌ねえ、空から不気味な鳥の声がするじゃない。七夜《しちや》？　あら、あの烏《からす》もどき、そんな上等な名だったかしら？　また泣き声……今度は、爺《じい》さんね。百年ぶりに会ったみたいな様子だけど、一体何なの？

あっちもこっちも、本当に煩いわねえ。……でも、嫌いじゃないわ。あんたも？　ふうん……はじめてあんたと気が合ったわね、撞木。今日だけは休戦して、一緒に喜蔵たちを祝ってあげてもいいわよ？　どうしてって……ハレの日ですもの。それに、あたしの心の中にいるお姫さまたちが、そうしろって煩いのよ。ええ、あたしが作った話の、あの娘たちよ。もっとも、もう娘って歳じゃあないけれど。お婆もびっくりの老婆なのに、城の中で暴れまわってるわ。あの頃のまま、元気いっぱいにね。

そんなことより、いいわね？　喜蔵と綾子が店の中に入ってきたら、一緒に叫ぶのよ。

さあ、来たわ！

化々学校のいっとうぼし

文明開化の音が響いたのは、何も人間の世ばかりではない。

通行証を持っている妖怪しか通れぬもののけ道を経て、猫股鬼《ねこまたおに》の小春《こはる》が行きついた先にはごてごてとした飾りのついた両開きの扉があった。

意匠が妖怪という点を除けば、異国の文化に染まりつつある銀座《ぎんざ》では珍しくはないが、ここは深い地中だ。もぐらでもたどり着けぬようなこの場所に、とある施設があるのは、「妖怪にも人間にも邪魔をされぬため」と知己《ちき》が言っていた。その知己・このつきとっこうこそが、今日小春をここに呼びだした張本妖だった。

このつきとっこうから便りをもらったのは、数日前のこと。受け取ったのは、小春が妖怪の世で世話になっている、青鬼《あおおに》だった。青鬼から命じられ、人間の世で悪さをする妖怪がいないか見回りをし、見事事件を解決してきた小春は、帰ってきて早々、青鬼から手渡された書簡に首を傾げた。

——このつきとっこう？　変わった名だが、どっかで聞いた覚えが……あ！　あいつか!!　随分と久方ぶりだけど、一体俺に何の用だ?

　受け取るや否や、小春は書簡をばらっと開いて目を通した。字を追っていくうちに、眉間に皺《しわ》が寄ったのは仕方がない。「訪ねてきてほしい」ことと、「地中に念願のものを作った」ことは分かったが、肝心の小春を招く理由は書かれていなかった。

――第一、念願のものって何だよ……。

――行ってみれば分かることだ。早く行ってやれ。

「親しい間柄でもないし、無視すりゃいいか!」と書簡を放りかけていた小春は、青鬼の言葉にぐっと詰まった。青鬼には、修行をつけてもらっている恩義がある。

――俺……すっげー疲れてんだけど。

――見回り程度で疲れていては、大妖怪にはなれぬな。

――……行きゃあいいんだろ、行きゃあ!

　そうして、小春は妖怪の世に帰って早々、再び人間の世を訪れることになった。

「人間の世といっても、地中だけどさ……よし、さっさと顔を見せて帰る!」

　重たい扉を押し開けながら、小春は勢いよく中に入った。

(……本当にここ、地中なのか?)

　扉を開けた先は真っ暗闇《やみ》かと思いきや、冬の日が暮れる半刻《はんこく》(約一時間)前といった明るさだった。空がないので、日も出ていないが、あちこちから明かりが差している。

(鬼火《おにび》が照らしてるのか……あいつら、よく街灯がわりをしてるけど、それで結構小銭を

稼いでるんだよなあ）

その鬼火のおかげで、小春は扉の中の全景が確認できた。

走りやすそうにならされた土地が一面に広がり、奥には煉瓦《れんが》造りの大きな建物が一棟と、それの半分くらいの大きさの木造の建物が並び建っている。地の中にあるとは思えぬほどの広さだ。

小春は大きな目を見開き、きょろきょろと周囲を見回した。そこら中から、妖怪の気配がする。実際、広場には十数妖いた。その中で、強めの妖気を発しているのは「化」という腕章をつけた、僧侶姿の小雨坊《こさめぼう》だけで、他は小春が左手の人差し指一本で軽々と倒せてしまいそうな、弱い妖気の持ち主たちだった。小雨坊が何やら指示をすると、他の妖怪たちは一斉に走りだした。

「何で走り回ってんだ？　頭にはちまきなんざ巻いて……戦《いくさ》でもあるまいし」

広場を周回する妖怪たちを怪訝《けげん》な顔で眺めながら、小春は煉瓦造りの建物に向かった。そちらから、知己の妖気を感じとったのだ。

煉瓦造りの建物の扉も、先ほどの扉と似たような装飾が施《ほどこ》されていた。

「火車《かしゃ》に土蜘蛛《つちぐも》、こっちは肝虫《かんむし》か？　あいつにとり憑《つ》かれると、背がひっくり返っちまうんだよな……そんでもって、こっちはぬりぼとけに、ぬけくびか。あっちは……いかん、こんなもんいちいち数えていたら、日が暮れちまう！　ここには日なんて出てねえけどさ！」

小春は慌てて扉を開き、中に入った。このつきとっこうは、どうやら奥の部屋にいるらしい。彼に会うべく廊下を進みはじめた小春だったが、

「——よいか、皆の衆！　立派な妖怪になるためには、人間の世のことを知らねばならん。仲間になるためではなく、攻略するために……。あ奴《やつ》らは怖がりなくせに、案外図太い神経をしているのだ。時代が変わってからというもの、その傾向はさらに顕著になった。これまでのように、遊び半分で驚かせても、少しも驚きはしないだろう。妖怪は前時代の遺物——そんな中傷を受けぬためにも、皆学ばなくてはならん。新時代を生き抜くのは人間ではなく……」

「我らだー！」という十数もの叫び声に、小春は思わず身を引いた。通り過ぎようとした部屋をひょいっと覗いてみると、暑苦しい顔をした雪女と、彼女と似たような表情を浮かべた妖怪たちが、猛烈な勢いで筆を走らせていた。目のいい小春には、彼らの手許《てもと》の字がよく見えたため、小声で読み上げてみる。

「徳川《とくがわ》の時代を経て、明治《めいじ》という新時代を迎えた。天子《てんし》は残り、公方《くぼう》は消失し、数多《あまた》の人々は平民となり……う、頭が痛くなってきた」

早々にやめて、小春はまた廊下を歩きだした。「解《と》いてみよ！」とよく通る声が聞こえたのは、次の部屋に差しかかる時だった。好奇心に負けてまた部屋の中を覗いた小春は、五つも数えぬうちに辟易《へきえき》した。

「ぐ……これは無理です、先生」

「無理ではない！　大蛇《だいじゃ》に巻きつかれたくらい何だ！　手加減してやっているのだから、早く解け！」

「こんな、締め上げられたら、俺、窒息《ちっそく》して、しまう……」

大蛇に締め上げられている狸《たぬき》は息も絶え絶えに言うと、真っ白な顔をしてがくりと喪神《そうしん》した。

「情けない！　情けないぞ、たぬ吉《きち》！　それで立派な妖怪になれると思っているのか!?」

気を失った相手の胸倉を尾で摑《つか》み、ぶんぶんと揺すりながら、大蛇は言った。先ほどの雪女に負けぬほど暑苦しい様子である。頭をかいた小春は、見なかったことにして、また歩みを再開させた。

奥の部屋に着くまで、七つもの部屋を通り過ぎた。どこからも妙にはりきった声が聞こえてきたので、結局好奇心に負けてしまい、小春はどの部屋もちらりと覗《のぞ》いた。

「四つ目の部屋が、一等謎だったな。皆揃《そろ》って謎の髪長妖怪の絵を描いていたけど、鬼なんだか、猫なんだか、人間なんだか、よく分からん化け物だった」

皆が描いていたその妖怪が実は当妖であったことに、小春は気づいていなかった。七つの部屋の中を見て分かったのは、その部屋の中で一等強い妖気を持つ者が、他の妖怪たちの統率をしているということだった。

「まるで、先生みてえだったな」

妖怪に先生などいない。小春は青鬼に修行をつけてもらっているが、先生と仰《あお》いだことなど一度もなかった。

「人間は『先生』が好きみてえだけど、妖怪はそうじゃねえ。自分より偉い奴なんて、面白くねえもん」

そう言った瞬間、奥の部屋の扉が勢いよく開いた。

「そんなことはないさ！　ここの生徒たちは、皆我々を好いていてくれるぞ！」

潑溂《はつらつ》とした声を出したのは、奥の部屋から出てきたこのつきとっこうだった。ふさふさの羽根で覆われているため丸々と肥えて見えるが、その身は案外ほっそりしているという。真ん丸な目や、細い足でよちよちと歩く様は可愛《かわい》らしいものの、爪や嘴《くちばし》は鋭く尖《とが》っている。巨大なミミズクといった形《なり》をしたこのつきとっこうは、小春が口を開く前に、小春の両手を翼でひしっと摑んで、にっこりとして言った。

「ようこそ、化々《ばけばけ》学校へ！」

「はあ……」

やや身を引きながら答えた小春に、このつきとっこうは大きな目を眇《すが》めた。

「もう少し喜んでほしいものだ。せっかくの再会だぞ。それに、教授方《かた》になるのだから」

「再会についてはその通りだが、教授方になる？……誰が？」

「お前しかおるまい」

小春の問いに深く頷《うなず》いたこのつきとっこうは、「何言ってんだ!?」と喚きだした小春の腕を引き、嘴に翼の先を当てた。

「今は講義中だ。静かに」

「知るか！」と怒鳴った小春だったが、その声は小さなものだった。またにこりと笑ったこのつきとっこうは、小春を誘《いざな》い、廊下を歩きだした。

「……江戸《えど》の頃より、どんどん妖怪の数が減っていっているのは、お前も承知のことだろう。皆、新しい世や、そこに生きる人間が怖くて、驚かすのを躊躇《ちゅうちょ》しているのだ。妖怪の本分をまっとうせずとも、ちゃんと食って寝ていれば死ぬわけではない。だが、心は死んでいく——新時代を生き抜くためには、知恵と力が必要だ。私は以前からずっとそう思っていた。だから、この化々学校を開いたのさ」

「そりゃあ殊勝なこって……俺にはまったくかかわりがないけどな！」

「私とお前の仲ではないか」

「俺、お前と一度しか会ったことないぞ!?」

その一度も、数十年は昔だ。まだ三毛《みけ》の龍《りゅう》と呼ばれていたその頃、小春はいつも通り見知らぬ妖怪たちに因縁をつけられ、返り討ちにした。全員が地に伏《ふ》せた瞬間、小春は近くの草原に隠れていた相手に鋭い爪を突きつけた。

——俺たちの戦いの間、ずっと筆を走らせていたが、一体何をしている。呪《じゅ》でもかけていたのなら、容赦《ようしゃ》はしないぞ。

冷え冷えとした小春の声に、このつきとっこうが返したのは、意外な答えだった。

――いや、そちらの戦い方があまりにも見事だったので、半紙に書き写しておこうと思ったのだ。どうだ、上手《うま》く書けているだろう？

このつきとっこうが見せてきたのは、謎の化け物と、その横にびっしりと書きこまれた字だった。本当に呪《のろ》いではないのかと訝《いぶか》しんだ小春は、それを最後まで読みきった。

――こんな無駄なもんを読むのに、ふた刻もかけちまった……。

このつきとっこうの言う通りの内容だった半紙を、小春はこのつきとっこうに放って返した。

――……よいのか？　他妖に自分の戦い方を覚えさせてしまって。

――お前、馬っ鹿だな！　それは、確かに俺の動きや癖《くせ》を的確に記してある。でも、それだけだ。そんなもん読んだって、誰も俺にはかなわない。だって、俺は今日より明日、明日より明後日《あさって》の方がずっと強いんだからな！

大きな口を開けて笑った小春は、このつきとっこうをその場に残して去ろうとしたが――

――お前の言う通り、こんなものがあっても、三毛の龍にはかなわぬだろう。だが、他の相手ならどうだ？　この戦い方を応用して戦えば、勝利を得られるかもしれぬ。たとえば、相手が蝦蟇《がま》の時ならば――

このつきとっこうは、小春の袂《たもと》を摑んで熱く語りだした。その話は中々止まず、どうやったら相手に勝てるのかという戦法から、立派な妖怪になるにはという哲学まで、話題は多岐《たき》にわたった。小春がこのつきとっこうを突き放せなかったのは、話が進むにつれ、彼《か》の妖怪の妖気がじわじわと増していったせいだった。そうは見えぬが、存外強いのかもしれぬ。

――もういい……お前の情熱は分かった。せいぜい頑張れよ……。

散々話を聞かされた小春は、「いつか学校を開きたいのだ。その際はお前も力を借して――」と言ったこのつきとっこうにそう返し、這《ほ》う這《ほ》うの体《てい》で逃げた。

「……あ！　ここが、あの時言ってた学校か！」

「ようやく思いだしたか。随分と時がかかったな。三毛の龍、猫股鬼の小春と呼び名がつくほど力をつけても、寄る年波には勝てぬのだなあ」

「こんな若くてぴちぴちの俺に向かって、よくそんなこと言えるな！」

昔話に花を咲かせているうちに、二妖は木造の建物に着いた。戸を引いて中に入ると、そこでは道着を身につけた妖怪たちが、柔術や剣術を行っていた。どうやら、ここは道場らしい。小春たちに気づいて手を止めかけた一同に、このつきとっこうは「そのまま続けよ」と言った。素直な返事があったものの、皆は小春が気になっているようで、ちらちらとこちらに視線を向けてくる。

「どうだ？　我が校は」

「せっかく作ったのに、残念だな。ここには、これから強くなりそうな奴なんてほとんどいない」

小春の率直な感想に、このつきとっこうは苦笑しながら首を横に振った。

「分かっている。そう上手《うま》くはいかぬと……だが、いいのだ。この学校は、まだ始まったばかりだ。私も生徒たちも皆、生まれたての雛《ひな》のようなものだ。化々学校という大きな巣の中で、長い時をかけて育っていけばいい。……いつか巣立ちをするその日まで、私は皆の成長を助けていきたいのさ」

このつきとっこうは目を細めて、生徒たちを眺めた。妖怪とは思えぬ慈愛に満ちた眼差《まなざ》しに、小春は鼻に皺を寄せて言った。

「お前も妖怪らしくねえ妖怪だな……まあ、むやみやたらと人を殺すよりも、平和でいいけどさ」

頷くと思われたこのつきとっこうは、驚いた表情を浮かべて大きな頭を傾げた。

「妖怪らしくないのはどちらだろう。大勢の生徒を預かっているが、平和がいいという妖怪など、はじめて見たぞ……まるで人間のようだ。まあ、お前は人間贔屓《びいき》と評判だものなあ」

「贔屓なんかしてねえよ。人間の世がどうなろうと知ったこっちゃねえし。青鬼に鎮撫《ちんぶ》を頼まれたから、こうして人間の世で働いているだけだ」

小春はむっとして反論した。

「だが、親しい人間がいるというではないか。噂《うわさ》になっているぞ、確かそいつの名は……喜蔵《きぞう》。荻野喜蔵《おぎのきぞう》――だったか。閻魔《えんま》と人の間に生まれし者だと」

「え、閻魔さんと人との子……！」

ぎゃはは！　と腹を抱えて笑いだした小春に、このつきとっこうは怪訝な顔をした。

「そんなありえねえ噂が流れるなんて、あいつすげえなあ……妖怪も思わず信じちまうほど、顔がおそろしすぎたんだな！」

先日会ったばかりの男の顔が脳裏に浮かび、小春はますます笑った。美しい桜と、妖怪顔負けの凶悪な面構えの対比は、思いだすだけで珍妙だった。花見など興味がないという態度だったが、時折目を細めて桜を眺めていたのを、小春はしかと見ていた。

（あいつは素直じゃねえからなあ……そのせいで、実の妹とも腹を割って話し合えてなかった）

喜蔵の異父妹・深雪《みゆき》は、外見も中身も喜蔵と正反対で、素直で可愛らしい娘だ。喜蔵は彼女にどう接したらよいのか分からず、深雪もぎこちない兄妹《きょうだい》仲に戸惑っていたのだろう。先日の花見の折、喧嘩《けんか》を経《へ》てようやく少し心打ち解けた様子だったが、かといってすぐに何でも話し合える仲になれるとは思えなかった。

（頑固なところだけはそっくりなんだよなあ。あと意外と目が鋭いところもか……）

思いだし笑いをつづけていた小春は、このつきとっこうが言った次の言葉で我に返った。

「やはり、噂は当てにならんな。まことなのは、例の噂くらいなものか」

「例の噂って何だ？　あいつが実は閻魔の子じゃなく、青鬼の子だったとか？」

くふふと含み笑いをしながら訊くと、このつきとっこうはにわかに真面目《まじめ》な顔をして言った。

「知らぬのか？　品川《しながわ》はずれの港にいる得体の知れぬ者の噂を」

「……得体の知れぬ者？　妖怪か？　人間か？」

「それが分からぬから、得体が知れぬのだ」

首を横に振って答えたこのつきとっこうは、ややあってその噂について語りだした。

「我が校に通う数妖が、その得体の知れぬ者を見かけたのだが、『あれは妖怪だ』と『いや、人間だった』に意見が分かれた。学校帰りに共に見たので、同じものを目にしたはずなのだがな」

妙な言葉を操り、頭が異様に長く、尻尾《しっぽ》が生えていて、空を飛ぶ化け物――皆の意見をまとめたところ、どうやらそんな見目をしているらしかった。

「人間に見えた奴がいるってことは、俺みたいな見た目の奴かと思ったが……頭が異様に長くて、尻尾が生えてるんじゃあ違うよな」

「その点、お前はよいな。お前のように、馬鹿みたいに妖気を垂れ流していたら、どんな見目であろうとお前だと一目で分かる」

「しようがねえだろ、俺ってば物凄《ものすご》ーく強い妖怪なんだから！……その化け物だか何だかも、百目鬼《どうめき》の野郎みたいに、妖気をその身に封じこめていたんじゃねえか？　つまり、強すぎるあまり隠してるってことで……本っ当、腹立つ！」

穏やかに笑う男の姿が頭をよぎり、小春は話しながら腹を立てた。多聞《たもん》という名を持つ妖怪・百目鬼は、小春と同じように人間の姿をしている。小春が述べた通り、彼は凄《すさ》まじい妖力をその身に封じこめているため、同じ妖怪でも多聞が妖怪だと分からぬ者もいた。小春の師である青鬼も、多聞同様、妖気を抑えて生きているので、妖怪の世に名を残すくらいの強者《つわもの》は、そうするのが当たり前なのかもしれぬ。

「俺はそんなことしねえけどな！　正々堂々が俺の主義だから！……まあでも、時と場合によっては、しなくもないかも……いやいや、そんな卑怯《ひきょう》な真似《まね》できるか！……でもなあ」

ぶつぶつ言っていた小春だが、がしっと両肩を摑まれ、顔を上げた。小春の顔を見下ろすこのつきとっこうの顔には、見たこともないほど真剣な表情が浮かんでいた。いつかのように――その時以上に、このつきとっこうの妖気が増していく。

「頼みがある」

小春はぐっと詰まりつつ「嫌だ」と即答したが、このつきとっこうはそれを無視してこう続けた。

「その得体の知れぬ者の正体を突き止めてくれ！　生徒たちの間に動揺が広がっているのだ」

「だから、嫌だって」

「嫌とは言わせない。この化々学校の校長は私だ」

「だから何だよ。俺はここの生徒じゃない」

「副校長を知っても、かかわりがないと言えるかな」

にやりとして言ったこのつきとっこうに、小春は唇の端《はし》をひくりと動かした。どうにも嫌な予感がする。このつきとっこうは懐《ふところ》からさっと巻物を取りだすと、それを小春の眼前に突きつけた。

化々学校
校長　このつきとっこう
副校長　青鬼

それが偽文書ではない証《あかし》に、しっかりと青鬼の印が押されていた。

「青鬼とは竹馬の友なのだ。弟子を貸してくれと頼んだら、二つ返事で頷いてくれた」

「おっまえら……汚いぞ！」

小春は顔を真っ赤にして叫んだ。周囲がざわついたのが分かったが、構っていられなかった。

「そんな脅《おど》しに俺は屈しないからな！」

「引き受けてくれぬのか？」

「断固拒否する！」

即答した小春は、腕組みをしてそっぽを向いた。すると、このつきとっこうは巻物をまた懐の中にしまいこみ、今度は文を取りだした。ちらりと視線を向けた小春は、このつきとっこうの冷え冷えとした目を見て、びくりと身を震わせた。

「……これは青鬼からの文だ。二つの依頼のいずれも小春が断った時、ここに記してある罰をお前に施すと――」

「やるよ！　やればいいんだろ!?」

小春はやけくそになって言った。

「教授方になるか？」

「そっちは絶対やらん！　得体の知れない奴の調査だ！　そっちをやってやる！　この猫股鬼の小春さまが、すべて丸っと解決してやる！」

そう啖呵《たんか》を切った小春は、いつの間にか周りが静まり返っていることに気づいた。生徒たちが手を止めて、きらきらとした目で小春を見つめていた。

「話は聞こえていたな？　皆、こっちへ来て、見聞きしたことを教えてあげなさい」

唖然《あぜん》としている小春を無視して、このつきとっこうは生徒たちに声を掛けた。

＊

半刻後、小春は品川はずれの港にいた。桃色と紫が混ざったような美しい空と、夕日に染まった海。舟が何艘《なんそう》か繋《つな》がれているばかりの、さびれた場所だった。

「……あいつらが言ってたのは、この辺だよな？」

辺りをきょろきょろ見回しつつ、小春は呟《つぶや》いた。

──あんたが猫股鬼の小春か？　ふうん……随分とちっこいんだな。俺か？　俺は春日《かすが》だ！　学校帰りに、寄り道をしようと言ったのもこの春日だ！──いてて！　先生、耳を引っ張らんでくれ！

生徒の中で真っ先に話しだしたのは、熊の経立《ふったち》である春日だった。見目は熊そのものだが、シャツとズボンを身につけている。経立とは、化けかけの獣《けもの》のことだ。このつきとっこうの仕置きに涙目になりながらも、春日は話を続けた。

──……あの港に着いたのは、日が暮れる頃だった。妖怪のくせに、昼に学び舎《や》にいるのかって？　夜は、人間を化かすという仕事があるし、学校で学んだことを発揮する場でもある。そんなことも分からぬとは、猫股鬼は愚かだな！

春日の頭を叩《たた》いたのは、小春だけではなかった。皆を引き連れて小春の許に来た涼花《りょうか》という人形《ひとがた》をした妖怪は、春日を叱《しか》りつつ、小春に「申し訳ありません」と丁寧に詫《わ》びた。

──春日は未熟者ゆえ、あなたがどれほど素晴らしい妖怪かというのが分からぬのです。どうかご寛恕《かんじょ》ください。

深々と頭を下げた涼花に、小春は目を白黒させた。妖怪とは思えぬ礼儀の正しさである。そして、小春が今日見た生徒たちの中で、一等強い妖気を纏《まと》っていた。「私が先を続けてよろしいでしょうか？」と問われ、小春は「お、おう」と少々どぎまぎしつつ頷いた。

──春日が申しあげた通り、私たちが品川の港に着いたのは、日没に近い頃……到着してすぐ夜が訪れました。親しき夜の来訪に歓声を上げた瞬間、私たちは固まりました。あれは、何と言えばよいのでしょう……妖気のような、そうでないような、何やら不気味な気配を感じました。皆は固まったまま、目を動かして周りを確かめました。何かいる。だが、一体何だ？——ここにいる皆は、同時に同じことを考えました。しかし、答え合わせをしようにも、身体《からだ》を動かすことはかないませんでした。それ以上近づいてはならぬと思ってしまったのです。

——そりゃあ、恐怖からか？　それとも、幻術をかけられたからか？

小春の問いに、涼花は眉尻を下げて申し訳なさそうに答えた。

——申し訳ありません……それもよく分からないのです。なんといっても、妖怪か人間かも判別できぬほどでしたので……。

「俺は人間に見えた」「わいも。足をひきずった人間や」「あれは大蛇の一種よ。何かずるずるひきずってたじゃないの」「人も蛇も空は飛ばんだろ。あれはきっと……分からん！」「あたいは鯨《くじら》の化け物」「妖怪……いや、人間かなあ」と口々に発言した妖怪たちを横目で見つつ、涼花は続けた。

——私には、黒いかたまりに見えました。ようやく身体を動かせるようになった時、目の前にそれが現れたのです。かたまりといっても、ちっとも硬そうには見えず、まるで空を自由に移動する雲のようでした。ふわふわとして、丸みを帯びていて、身の丈《たけ》は……小春殿より、頭三つ分は大きかったでしょうか。

突如《とつじょ》現れた黒いかたまりに、涼花は驚き、また固まりかけたが、悲鳴じみた叫び声が響いて我に返った。

——声を発していたのは、目の前の黒いかたまりでした。ぞっとするような恐ろしい声で……私は皆に「逃げるぞ！」と声を掛け、一目散に駆けだしました。背後からは、まだ恐ろしい叫び声が聞こえてきましたが、不思議と追いかけてくる様子はありませんでした。すっかり相手の姿が見えなくなった頃、私たちはようやく足を止めて、先ほど見た恐ろしいものについて話しはじめたのです。

話しだしてすぐ、涼花たちは同じ場所にいたにもかかわらず、あたかも違うものと対峙していたような食い違いに気づいた。

——人間だったり、大蛇だったり、鯨の化け物だったり、黒いかたまりだったり……本当にバラバラじゃねえか。頭が長く、尻尾が生えてて、空を飛ぶのは共通するんだったよな？　あとは、謎の言葉か。

ぶつぶつ述べた小春に、生徒たちは顔を見合わせ、暗い表情を浮かべた。

——そんなにおっかなかったのか？

——……相手が上げた叫びは、呪でも唱えていたのか、ひどく不気味な様子で……声ははっきり聞こえていたのに、内容はまるで分かりませんでした。

小春の問いに答えた涼花は、きゅっと唇を嚙《か》みしめた。一見して、生徒たちの統率者と分かる涼花だ。何も分からぬこの事態に、悔しさを覚えているのだろう。美しい顔に苛立《いらだ》ちが滲《にじ》んでいた。

――あれが何だか、私たちにはよく分かりません。ですが、あのまま放っておいたらいけないことだけは、分かるのです……。

他よりも強い妖気を持つ涼花の言だからこそ、このつきとっこうは事態を重く見て、小春を呼びだしたのだろう。

「全く言葉の意味が分からん呪なんて、それこそ聞いたことがねえなあ……」

港を歩きながら、小春は独り言《ご》ちた。「お役に立てず申し訳ありません」と頭を下げた涼花の殊勝な様子に、小春は思わず「あとはこっちでやるから任せておけ」と胸を叩いて請《う》け合ったのだが――

「ちっとも分からん！」

小春は叫んだ。現場に来てみたものの、変わった様子は見受けられない。誰かに聞きこみをしようにも、妖怪どころか、人っ子一人見当たらなかった。

港中を歩き回っている間に、すっかり辺りは暗くなった。舟が繋いである前で立ち止まった小春は、星が輝きだした空を仰いで「くそー！」と喚《わめ》いた。

「何で誰もいないんだよ！……いや、いねえかこんなところ……」

町はずれの寂しい場所だ。ここに港があったことさえ、小春は知らなかった。涼花たちがここに寄り道したのも、実は遊ぶためではなかったらしい。

――あそこはめったに人間が来ないと聞いたので、教えていただいたばかりの妖術を皆で練習しようと思ったのです。

恥ずかしそうに述べた涼花に、このつきとっこうは「お前たちは化々学校の生徒の鑑《かがみ》だ！」と感涙していたが、それを横目で見ていた小春は半眼をして呆《あき》れるばかりだった。

「妖怪ってのは、自由に生きてなんぼじゃねえのか？……それも妖怪によるか。皆が皆同じことを思って行動してちゃあ、つまらねえもんな。そういうのは、人間さまがお得意のやつだもの。俺たちにはてんで不要な代物《しろもの》だ」

わっはっはっと笑った小春は、そこでやっと顔を正面に戻し、ふんと鼻を鳴らした。背筋にぞくりと悪寒《おかん》がした。何の気配もしなかった港に、今は何者かの禍々《まがまが》しい気が満ちている。

「どこに隠れてたんだか。そこに泊まってる舟の中にいたのか？　それとも、まるで違う場所に潜んでいたのか……おい、どうなんだ？」

数間《すうけん》先にある大木を見つめながら、小春は低い声音を出した。

「……答える気がねえか。なら、力ずくで聞くしかねえな！」

小春は叫んだ。びゅんと風の音を立て、目的の場所に一足飛びで駆けたと同時に、鋭い爪をそこにいた相手に突きつけた。

「○、○×▲……!?」

「……は!?」

聞き覚えのない声が響き渡ったのは、その時だった。

「※＊□……▽△◎；¥＋――――!!」

「お、おい……！」

謎の言葉を発する得体の知れぬ者——このつきとっこうたちの言葉をはっと思いだした小春は、慌てて相手の口を手で塞《ふさ》いだ。もごもごと口を動かし、手足をばたつかせて抵抗する相手を、小春はようやくじっくりと眺めた。

「頭が長い……って、何だよ。これのせいじゃねえか」

小春が拘束《こうそく》している相手は、長い尖《とん》がり帽子を被《かぶ》っていた。ぶんと横に振ってその帽子を落としてみると、そこには亜麻《あま》色の髪に覆われた丸みを帯びた頭があった。長いのは帽子だけで、当妖の頭は小春と同じくらい小さい。

（頭だけじゃなく、背丈も俺と同じくらいじゃねえか）

頭が長く、尻尾の生えた、謎の言葉を話す化け物と聞いていたが、合っているのは「謎の言葉を話す」ということだけに思えた。化け物ということさえ怪しいのは、相手の見目が十三、四歳くらいの人間の少年とほとんど変わりなかったせいだ。

「……いや、ちょっと違うか。髪の色は明るいし、目が碧《みどり》だもんな」

その上、鼻も高く、手足も長い。肌の色は、透き通るように白く、身体から発している匂いも、小春が知っている人間たちとは少し違った。小春が摑みあげたせいで、相手の股《また》下《した》から落ちたのは、箒《ほうき》だった。尻尾の正体はこれだった。小春が知っているものとは、少し異なる形をしている。顔立ちや箒だけでなく、相手が纏《まと》っている衣《ころも》もそうだった。前開きなのは着物と同じだが、背の途中まで山形に切られた布が垂れていた。そして丈は、地にひきずるほど長い。濃紺の衣の中は、シャツとズボンという洋装だった。足許は、衣と同じ色の長靴を履いている。

顔立ちから身につけているものまでじっくり観察した結果、小春はある結論を導きだした。

「お前……異国の妖怪だな？」

小春の問いに、相手は答えなかった。何か言っているようだが、小春に口を押さえられているため、まるで声は聞こえない。

「一体どこから来たんだ？　あっちの大きな港の方か？　それとも横浜《よこはま》か？　異国からやって来る人間たちの船にこっそり潜んで、こっちまで来たんだろ？　やっぱりな！　港を開いてから結構経つが、いつかこういう日が来ると思ってたんだよ。船に乗ってくるのは、人間だけじゃないってな。前に、他の妖怪連中に教えてやったことがあるんだが、皆ちっとも本気にしやがらなかった……なんだよ、やっぱり俺様が正しかったんじゃねえか！」

わっはっはっとまた高笑いをして言うと、異国妖怪と思《おぼ》しき少年は、一層暴れた。見目と同様、あまり力はないらしく、いくらもがいても小春の拘束から逃れられそうにない。それでも、何とか逃げようとする少年を見て、小春は首を傾げた。

「……お前、本当に妖怪なのかね？　妖気なんてほとんど感じられねえが……いや、妙な気は感じるんだよな。でも、妖気とはまた違うもんみてえだし……」

こんなことになるなら、化々学校の講義を真面目に聞いてみるべきだったと考えかけて、小春はぶんぶんと首を横に振った。

「いやいや……そんなの時の無駄だ！　大体、俺を教授方に呼ぼうとするなんざ、馬鹿げてる。それにも増して馬鹿げてるのは、俺に万屋《よろずや》みてえな真似をさせるところで――ん？」

アル――厳《おごそ》かな声が聞こえた気がして、小春は話を止めた。

「ある？　何が？……今、お前喋《しゃべ》ったか？」

小春は少年を見て言ったが、彼の口は小春の手で塞がれている。もごもごと何かを訴えようとしている音は聞こえたものの、声にはなっていなかった。

「それに、今響いた声は、こいつにはまるで似つかわしくない渋いおっさんのものだったもんな……結構いい声だった」

「それはどうも」

「どういたしまして――って、誰だ⁉」

小春は少年から手を放し、さっと距離を取りながら怒鳴った。小春の拘束からようやく逃れた少年はその場に膝を折り、げほげほと咳《せ》きこんだ。俯《うつむ》いて一部しか見えぬものの、耳や首まで真っ赤に染まっている。

「あ、ちと強く口を押さえすぎた……」

「少々ではなかろう。おかげでアルは死にかけた」

「あれくらいで死にそうになるなんて、やっぱりこいつ妖怪じゃなくて、人間——って、だからお前は一体誰だ！」

叫んだ小春は、声のする方——アルという名の少年を見下ろした。肩まで伸びた亜麻色の髪に、碧の目、高い鼻に白い肌。最初にじっくり観察した時と、何の異変も見られなかった。一瞬だけ周囲を見遣ったが、誰の姿もない。

「アルというのは、名だ。このアルという童子《どうじ》は、魔女だ」

またしても聞こえてきた声に、小春は目つきを鋭くさせた。

「魔女……？　魔の女っつーことは、相当悪い妖怪だな。でも、そいつは男だろ？　何で魔『女』なんだよ」

「魔女の子は、男も女もそのどちらにも当てはまらぬ者も皆、魔女になる。それが、魔女のさだめだ」

「……ふうん……そんで、お前はどこにいる？　さっさと姿を現せ」

そうしなければ、殺す——そんな物騒なことを口にした途端、アルの長い袖《そで》の中で何かが動いた。

「そこか——さっさと出てこい」

「……これほど強い妖気を発する妖怪には、迂闊《うかつ》に近づくべきではない」

「つまり、俺があまりにも強すぎるせいか……いや、そんなことはどうでもいいんだよ！」

お前は一体誰だ！――小春の声が響き渡った瞬間、アルの袖から黒いかたまりが飛びだした。

「私はサイという。正体は……見ての通りだ」

サイと名乗った相手は、赤みを帯びた黒い翼をぱたぱたと羽ばたかせた。日が暮れる頃、空によく飛び交っている動物――蝙蝠《こうもり》だった。

「喋るっつーことは、普通の蝙蝠じゃねえな……蝙蝠の経立か？」

小春も、猫から経立になった経験がある。しかし、サイと名乗った蝙蝠は経立が分からなかったようで、首を傾げるような仕草をしながら何事か呟いていた。

「うん？　今何て言ったんだ？」

小春は耳がいいので、サイの小さな声もはっきり聞こえていたが、サイが話した言葉はアルと同様、謎に満ちていた。

「ふったちというのは、魔になりかけた動物のことだろうか――と申した」

「ま？……魔か？　まあ、魔って言えばそうかね？　こっちでは化け物とか妖怪とかそういうもん……って、話を誤魔化《ごまか》すな！」

お前たちは一体何者だ！――小春の叫び声に、ようやく地から身を起こしたアルがこう答えた。

「……ある、ちち、さがす……」

片言の言葉を発した相手が、あまりにも心細そうな表情をしていたので、小春は文句を言おうとしていた口を思わず閉じた。

アルは、英国妖怪の母と、日本妖怪の父の間に生まれた魔女だという。

「左文字《さもんじ》――アルの父は、人間のふりをして生きていた。ある日、この港に泊まっていた貿易船に乗って、英国に来た。あちらの大学に留学しに来たのだ」

「日本の妖怪が異国で人間のふりして留学!?　何だそれ！」

サイの語りに素《す》っ頓狂《とんきょう》な声を出した小春は、港で胡坐《あぐら》をかいていた。小春の前には、アルが足を抱えて座り、アルの肩にはサイが止まっている。アルたちが日本に来た理由を語るというので、仕方なく腰を下ろしたのだ。

「左文字は賢い男だった。こちらの国にいた時分も、どこかの塾で学んでいたそうだが、その頃も優れた成果を出していたと聞く。その頭脳は、アルにも継がれている」

サイがアルに訳す前に、小春は「そりゃあ違わねえか？」と唇《とが》を尖らせた。

「親の出来がいいのは、かかわりねえだろ。そいつが賢いっていうなら、そいつが励んだおかげだ」

きっぱり言いきった小春に、サイはくすりと笑いを漏らした。

「何だよ？」

「いや……いい奴だと思ってな」

むすっとした小春を無視して、サイはアルに何事か話しかけた。話を聞いたアルは、目を丸くし、小春を見た。控えめに笑った顔を見て、小春はふうんと鼻を鳴らした。

（とっつきにくそうな奴かと思ったが、人懐《ひとなつ》っこい面《つら》もできるじゃねえか）

「左文字がアルの母である魔女エレナさまと出会ったのは、留学中だ。左文字は人の血を吸って生きる妖怪だったが、渡航してからというもの、忙しさにかまけてそれを怠《おこた》っていた」

「それじゃあ、死んじまうだろ」

小春の言に、サイは呆れた声で「その通りだ」と答えた。

「まことに死ぬところだった。あれは勉学はできるが、他は難がある男だった……もっとも、そのおかげでエレナさまと縁ができたのだろう。エレナさまが自ら血をお与えになり、左文字は生き延びた。左文字が英国にいる間は、ずっとそうしつづけた。エレナさまは、実に慈悲深い方であったのだ」

過去形で語ったことに気づいた小春に、サイもまた気づいたようだった。

「……エレナさまは亡くなられた。つい半年前のことだ」

妖怪らしからぬ、老衰だったという。サイに話を訳されたアルは、膝に顔を寄せて哀しそうな表情を浮かべた。

「じゃあ、お袋の死を伝えに、親父を捜しに来たのか？　そういや、何で親父は日本に帰っちまったんだ？」

「……病《やまい》に罹《かか》ったのだ。自国で治癒《ちゆ》をしなければ、助からぬ病だった。エレナさまは左文字を助けるために、泣く泣く別れを告げた。アルを腹に宿していることを黙ったまま、わざと厳しい言葉を告げて、あの男をこの国に帰したのだ」

アルが父の話を聞いたのは、母が死ぬ間際《まぎわ》だったという。

――これを持って、あなたの父……左文字を訪ねなさい。妖怪らしからぬ優しさに満ちた方です……きっと、よきに計らってくれるでしょう。

そう言ってアルに十字架を渡したエレナは、そのまま息を引き取ったという。

「その十字架は、エレナのものだったのか？　それとも、左文字のものだったのか？　ちょっと見せてみろよ」

手を差しだした小春に、アルは不思議そうな顔をした。

「大事なものだから見せられぬと申している」

「お前がな！　まったく……」

アルに訊しもしないで言ったサイに、小春ははあっと息を吐いて答えた。

「……だが、まあ話は分かった。父親なんてそんな必死になって捜すもんじゃねえと思うが、まあそれは俺の考えだ。お前にとっちゃあ大事なもんなんだろう。見つかるかは分からねえが、納得が行くまでやればいいさ」

正体を突き止めるという依頼は果たしたのだし、これでお役御免でいいだろう。

（かわそだったら、親身になってやったと思うが……俺は御免だ！）

かわそは、かわうそに似た水の怪だ。小春がまだ三毛の龍と呼ばれていた頃に出会った心優しき友である。小春は顔の前でぱしんと両手を叩くと、「よし、これにて解散！」と声を発し、さっと立ち上がった。

「日本は広いから、せいぜい頑張って捜すんだな！　そうすりゃあ、いつか見つかるかもしれん」

おそらく無理だろうけどと心の中でつけ加えた小春は、そのまま彼らの前から去ろうとしたが――

「……おい、何すんだ」

ぐぐぐ、と小春は前に足を踏みだそうと力を込めた。しかし、まるで身体が動かない。右足はアルに、左足はサイに、と拘束されていたからだ。アルの力はそれほどでもなかったが、問題はサイだった。小さな口で小春の足首に嚙みつき、黒い翼で足首を羽交《はが》い締めのようにしている。手のひらに乗るほど小さな身だというのに、物凄い剛力の持ち主らしい。どれほど力を込めても、左足はぴくりとも動かなかった。

「はーなーせー!!」

小春は喚くように言いながら、何とか前に進もうとした。そのたびに、アルの拘束から逃れられたが、アルはすぐにまた小春の右足に抱きついてくる。左足はまったく動かないため、小春は右足だけ前に出した状態のままとなり、段々と辛い体勢になってきた。

「股が裂《さ》けるだろ！　放せってば！」

「±△△※、□◆$$$◎!?」

「何言ってるか分かんねーって！」

「お前は人間の世の見回りをし、何か妖怪沙汰があればそれを解決する仕事をしていると先ほど申していた。ならば、このアルを助けることも、お前の仕事の内のはず。異国からはるばるやって来た同士を捨て置くなど、魔として恥ずべき行為。これでもまだ断るというなら、私は祖国に帰り、同士たちに語ってきかせるだろう。日本という国の妖怪に非情な扱いをされた、と。私以上に怒りを覚えた皆は、どんな行動を取るか。日英魔戦争が勃《ぼっ》発《ぱっ》する日もそう遠くない――とアルは申したのだ」

「嘘吐け！　そんなに長々と喋ってなかったじゃねえか！」

ぎゃあぎゃあと喚く小春に、アルはまた何事か言った。

「だから、何を言ってるのか分かんねえって――」

途中で言葉を止めた小春は、ぐっと詰まった。アルの顔は、あまりにも必死だった。言葉は分からないが、彼が懸命に何事かを訴え、助けを乞《こ》うているのは知れた。

力を抜いた小春は、髪をかき上げながら溜息《ためいき》を吐き、低い声を出した。

「……しようがねえなあ」

「引き受けてくれると思った、とアルは申している」

「今、そいつ喋ってねえだろ！」

サイの調子のいい言に、小春は即座に突っこみを入れた。

*

「……妖怪ってのはな、他妖のことも他人のことも、どうでもいいもんだ。相手が自分の獲物だったり、敵《かたき》だったりするなら、そりゃあかかわりはあるが、それ以外はまったくどうでもいい。親も友も、妖怪には不要なもんだからな。まあ、俺みたいに皆から『どうしても友になってくれ！』と頼まれるような妖望ある奴には、友の一妖や二妖、一人や二人くらいいたりはする。……そうだよ、俺はあまりにも妖望がありすぎるんだ！　どいつもこいつも、俺を無二の友扱いして、何でも頼ってきやがって！　妖怪も人間も図々しすぎる！　特にあいつなんて——あいつって言うのは、さっき言った俺が居候《いそうろう》してやってた古道具屋の主人だ。ちゃんと覚えたか？　その喜蔵っていうのがさ、ほんっとうに妖使いが荒くて、何でもかんでも俺を頼りにしてくるんだよ。この前の花見の時なんて——」

「今度は水天宮《すいてんぐう》に行くそうだ」

　小春の語りを遮るように、サイは言った。

「水天宮？　水天宮って、あの？」

「異国の妖怪に『あの』だの『その』だの言うなど、なんと愚かしい妖怪よの——とアルは申している」

「だから、そいつまだ喋ってねえだろ！　何回やらすんだ、このやり取り……って、違《ちげ》え！」

小春はぶんぶんと腕を振り回しながら喚いたが、

「――うわっ！」

乗っていた箒が急発進したため、慌てて前に座るアルの腰に摑まった。

「お前なあ……いきなり飛ぶなよ！　まっさかさまに落ちるところだったぞ!?」

「そんな間抜けに父捜しを手伝ってもらう辛さを考えてみろ、と――」

「お前がそう思ってんだろ！　ほんっと、生意気な蝙蝠だなっ！」

喚いているのは小春ばかりで、箒を操縦するアルも、箒にぶら下がっているサイも、澄ました顔をしている。

アルの父を捜しはじめてから、半日が過ぎた。

――お前の親父がどこにいるのか、当てはあるのか？　もしあるなら、そこに行けよ。箒に乗って空を飛ぶんだろ？　場所が分かるなら、俺が道を教えてやるからさ。

親切心からではなく、さっさと事を済ませた方が楽だからという理由で、小春はそう提案した。サイに訳してもらうと、アルは小春の着物の袂をぎゅっと摑んだ。

（……何で泣きそうな面してんだ？　そんなに感動したのか？）

それほど殊勝な妖怪には思えぬが――首を捻った小春に、一瞬で元通りの無表情に戻ったアルは、どうぞよろしくという風に深く頷いた。

はじめに向かったのは、上野《うえの》だった。着いて早々、走りだしたアルの後を追った小春は、アルが足を止めた場所を不思議に思った。それは、すし屋だった。建物の中にある店ではなく、路上で売っているそれだ。

——あの商人が親父なのか？

小春はアルにこそりと耳打ちした。すしを売っている商人は、やはりどこにでもいる男に見えた。妖気は感じられず、ただの人間にしか見えない。小春を振り向きもせず前に進んだアルは、並べられていたすしをガシッと摑むと、口の中に放りこんだ。

——意外と生臭くない！　おいしい！　だそうだ。

——ただすしが食いたかっただけかよ！

すし屋の商人が気の良い人間だったため、思ったよりは怒られなかったが、小春は平謝りしながら、わずかに持っていた人間の世の銭を渡した。

次に向かったのが、八王子《はちおうじ》だった。田畑が広がる道を少し散策したのち、箒に跨《また》がってまた次の場所に移動した。護国寺《ごこくじ》、銀座、渋谷《しぶや》、多摩《たま》、内藤新宿《ないとうしんじゅく》——とあちこち移動しては、また他の地に向かった。店に立ち寄ることもあれば、少し歩いただけで去ることもあった。

——あれはこっちの言葉で何て言うのかって？　あれは橋だ、は・し。……ぶりっじ？へえ、そっちの言葉ではそう言うのか。

アルは最初こそ口数が少なかったものの、慣れてくるとサイを通じて、あれこれ問うてきた。

——まさか、またここに来ることになるとは……見つからんうちに、さっさと去らねえと。危ない場所なのかって？……そうとも！　ここ浅草は——あ・さ・く・さ！　分かったか？　浅草なんてな、長くいるもんじゃねえんだ。なぜなら、おっかねえ閻魔《えんま》さんが住んでるから！……いや、そいつの正体は人間だ。でも、お前の国で言うところのサタン？　だっけ？　そいつにも匹敵するおっかない奴なんだ。

アルが語ったばかりの異国妖怪を例に、日本の人間や妖怪について話してやると、アルは熱心にふんふんと頷いた。アルは好奇心旺盛《おうせい》らしく、何にでも興味を見せた。ほとんどの会話はサイを通さねば成立しなかったが、アルは小春の手に指で文字を記し、自分や小春の名を異国語でどう書くのか伝えてきた。小春が同じように返してやると、アルははにかんだ笑みを浮かべた。

（……しっかし、こんなに捜してもいねえなんて、アルの親父はすでにこの世にいねえんじゃねえのか？）

小春が暗い顔をしたのを認めて、励まそうと思ったのだろう。アルは突然白目を向くと、鼻を膨《ふく》らませ、唇を異様に尖らせて、妙な動きで踊りだした。

——ひ、ひってえ面……やめろ、その顔で寄るな！

小春は思わずふきだし、腹を抱えて笑った。

そうこうしているうちに、数刻が過ぎ、半日が経った。東京中を縦横無尽に連れ回された小春は、「次は千駄木《せんだぎ》……ではなく、また浅草に行き、牛鍋《ぎゅうなべ》が食べたいと申している」

というサイの言を聞き、とうとう堪忍袋の緒が切れた。

「……いい加減にしろ！」

小春はそう怒鳴ってから、うっと呻《うめ》いた。言葉が通じなくとも、怒られたことは分かるのだろう。目に涙を溜《た》めたアルを見て、小春は怯《ひる》んだ。

「親を亡くしたばかりの幼子を、虐《いじ》めて楽しむ異国の魔――」

「うるせえ！　連れて行けばいいんだろ!?……今度こそ閻魔さんに会っちまったら、お前らを置いて逃げるからな！」

サイに怒鳴り返した小春は、アルを箒に乗せて、自らも続いた。アルの要望通り、浅草の牛鍋屋くま坂《さか》を訪れた小春は、深雪《みゆき》が非番だったのをいいことにここぞとばかりに牛鍋を食らい、「喜蔵につけておいてくれ！」と堂々と無銭飲食をした。アルも牛鍋を気に入ったようで、にこにこしながら食べていたが、小春が「また連れて行ってやるよ。今度はお前持ちだぞ」と言うと、表情を曇らせた。

（この国の金を持ってねえから、じゃねえよな……こいつ、何か暗い顔をすんだよな）

ふと見せる陰りが気になった。それほど、母を亡くした哀しみが深いのだろうか。父を捜しだせる保証もないので、明るく振る舞っていても、本当は不安なのかもしれぬ。

（捜索の途中でどっかに逃げちまおうかと思ってたが……）

どうやら、最後まで付き合うことになってしまいそうだと、小春は牛鍋でいっぱいになった腹を擦《さす》りながら呻いた。

アルの父親を捜しはじめて丸一日が経つという頃、捜索は突如終わりを迎えた。

「……ここが最後の場所だ」

サイの呟きに、小春は目を瞬《しばた》いた。アルの箒から降り、地に足をつけた小春は、辺りを見回しながら言った。

「……もしかしなくても、ここは最初の港だよな？」

散々あちこち連れ回されたのを思い返しながら、小春は眉を寄せて続けた。

「親父はここにいるのか？　だったら、何であちこち連れ回したんだよ！　俺のことおちょくってたんなら、ただじゃおかねえからな！」

牛鍋百人前食わせてもらうぞ！――そう言いかけた小春は、はっと口を噤《つぐ》んだ。ここを発《た》つ時と同じように、アルが小春の袂をぎゅっと摑んできたのだ。

「あり、がと」

アルの言葉に、小春は目を丸くした。小春の視線から逃れるように俯いたアルは、たどたどしい言葉で続けた。

「こはる、やさしい……あるたすけて……こはる、いいま、つよい、やさしい、ま……」

「な、何だよ急に」

拙《つたな》いからこそまっすぐに伝わってくる誉め言葉に、小春は動揺しながら返した。そんな小春にはまるで気づいていない様子で、アルはまた言葉を重ねた。

「つよいま、すごい……だから、こはるにした……ありがと、こはる」

ごめん——思わぬ詫びの言葉に、小春が首を傾げた時だった。

ゴゴゴゴゴ——大きな地鳴りが響き、地が激しく揺れた。

「……な、何だ……!?」

地震でないことは、すぐに分かった。周囲には、無数の赤い光が走っている。何かの模様を描いているように見えた。その中心にいるのは、小春だ。まっすぐに立っていられぬような激しい揺れに、小春は必死に抗《あらが》いながら声を張った。

「おい、アル！　大丈夫か——って、お前……」

数間離れた場所にいたアルを見て、小春は絶句した。アルは揺れなど一切感じていない様子で、まっすぐに立って小春を見ていた。手にしているのは、十字架だった。それを、小春に向けて翳《かざ》している。彼の腕にぶら下がっているサイが、常よりも低い声で話しだした。

「……いくつか嘘を吐いた。まず、左文字は病で帰ったわけではない。エレナさまが身ごもったことを知り、怖気《おじけ》づいて逃げたのだ。エレナさまはそんな左文字をずっと憎んでいらした。だから死に際《ぎわ》、アルにこの十字架を託し、こう言ったのだ」

——あなたの父である左文字は、我が国の吸血鬼と同種のもの……この十字架を翳せば、灰となって消えます。我ら母子《おやこ》を捨てたあの異国の俗物を、どうかあなたの手で……。

エレナの遺言を叶えるため、この国にやって来たアルは、先日ついに左文字の居場所を突き止めた。

「アルは心優しい子だ……エレナさまに詫びの言葉を述べるなら、左文字を生かしておこうと思ったそうだ。だが……あの男は、ありとあらゆる雑言《ぞうごん》をアルに浴びせた上、アルを殺そうとした」

だから、代わりに私が左文字を殺したのだ――サイの冷たい声が、辺りに響き渡った。

「……なんだよ、それ……」

サイが話している間に地に膝をついた小春は、呻くように言った。揺れに抗いきれなかっただけではなく、なぜか力が抜けてしまい、立っていられなかったのだ。

「父親捜しがとうに終わってたんなら、何で俺に一緒に捜してくれなんて頼んだんだよ！」

「……左文字は死してなおアルにひどい仕打ちをした」

サイが異国の言葉を続けると、アルは衣の前を開き、シャツのボタンを外した。露わになった細い首には、大きな黒い痣《あざ》があった。花の模様をしたそれからは、禍々しい気が発せられている。

――それ以上近づいてはならぬと思ってしまったのです。

（……涼花が言ってたのは、これか）

迂闊に触れると命を奪われる――本能で危険を察し、身動きが取れなくなったのだろう。

「この痣は、左文字がつけた。アルを殺すための呪を込めて、首に噛みついたのだ。この痣が手の平よりも大きくなった時、アルは死ぬ。命の期限は、あと二日もなかろう……この呪いを解く方法は、ただ一つ――強大な力を持つ魔を、アルの生贄《いけにえ》にすることだ」

「……それが、俺だってわけか……ふざけんな……ぐっ！」

叫びながら飛び起きた小春は、強い痛みを感じて、地に伏せた。

(何だ？　力が、はいんねえ……)

震える手を動かし、何とか身を起こそうとしたが、いくら試しても無理だった。地に這いつくばる小春を、アルとサイはじっと見下ろしている。

「お前は今、アルが張った魔法陣の中心にいる。そう……東京中を好き勝手に移動しているふりをして、魔法陣を作っていたのだ。この魔法陣に囚《とら》われし者は、術者の生贄となる……小春よ、お前はアルを生かすために死ぬのだ」

「……へへ……」

小春から漏れた笑い声に、アルとサイは息を呑《の》んだ。身構えた二妖にますます笑いが込み上げてきた小春だったが、それは余裕から出たものではなかった。

「……我儘《わがまま》ばっかり言うし、勝手なことばかりするし、言葉は通じねえし、いいことなんて一つもねえ。嫌な奴らに捕まっちまったなと思ったよ……でもな――」

友ができたと思ったんだ――小春はそう言いながら、腕に力を入れて、半身を起こした。すぐに身は沈んでしまったが、顔だけは上げて、アルたちを見つめた。歪《ゆが》んだ表情を浮かべていたアルは、小春と目が合うなり、さっと顔を横に背けた。

「……全部嘘だったのかよ！」

　小春は叫んだ。

「すしや牛鍋を美味《うま》そうに食ってたのも、変な顔して俺を笑わせてきたのも、アルっていう字を教えてくれたのも、こっちの言葉を頑張って覚えようとしたのも……友になったことも、全部嘘だったのかよ!?」

　大きな声を上げるたび、小春の身は痛んだが、構わなかった。アルは顔を背けたまま、何も言い返そうとしない。

「お前は友を裏切るのか!?　それとも、俺は友なんかじゃなく、生贄にするためだけに仲良くなったふりをしたのか!?　最初はそのつもりでも、最後までそう思って俺と一緒にいたのか!?……くっ」

　小春は呻きながら、言葉を続けた。

「何とか言えよ、このクソ魔、女……」

　身体から力が抜けていくのを感じた小春は、地に顔を伏せた。上目遣いで前を見ると、背を向けて歩きだしたアルの姿が見えた。もう十字架を翳さずとも、小春の魂《たましい》を取れると確信したのだろう。震える小さな背を薄目で眺めながら、小春は最後の力を振り絞って声を出した。

「……すっげー腹立つけど……俺が友と認めた奴だ。許す――」

　小春が言い終えた瞬間、アルは歩みを止め、振り向いた。何かを言いかけたようだったが、アルの声は小春の耳には届かなかった。

「ぐわああ……！」

これまで感じたことのない凄まじい痛みに、小春は悲鳴を上げた。魂が身体から抜けていく――それをまざまざと感じながら、小春は気を失った。

（……ここは黄泉《よみ》の国か？　それにしちゃあ、さっきとまるで景色が変わんねえな……）

身体に力が入らないのも一緒だったが、頭がぼんやりとしていて、まるで夢の中にいるかのようだった。

「小春を助けて――それがアルの望みか」

サイの声が聞こえた。アルが目を真っ赤にして頷いたのを認めて、小春は眉を顰《ひそ》めた。

（それじゃあ、お前が死ぬじゃねえか）

強大な力を持つ魔など人間の世にそういないし、そんな者が小春と同じように罠《わな》に引っかかるとは思えなかった。

「無理だ。一度張った魔法陣は、解けぬ」

アルは、「そんな……」というように絶句したように見えた。

「それが魔女の理《ことわり》だ。理を破ることなど、できはしない」

ある例外を除いて――そう続けたサイに、アルは目を見開いた。サイを両手に包みこむようにしたアルは、手の平にいるサイに向かって、何事か必死に訴えた。アルの言葉は相変わらず分からぬままだが、サイの言葉ははっきりと聞きとれた。アルも分かっているようなので、サイは今何語を話しているのだろうか。

「何でも捧げるというのか……異国の魔は、その身を犠牲にしてまで助けるべきものか？」

サイの問いに、アルははっきり頷いた。涙に濡れた碧色の目が、夜空に浮かぶ星のようにきらきらと輝いている。

（……馬鹿な奴。本当に、馬鹿だ。そんな約束、ほいほいすんじゃねえよ！）

馬鹿、やめろ、と小春は叫んだが、声にはならなかったようだ。やはり、小春は夢の中にいるのかもしれぬ。

「……何を捧《ささ》げても、決して後悔しないと誓うか？」

再度の質問に、アルは同じ答えを返した。アルの手の中からすっと抜けだしたサイは、しばしアルの顔と同じ位置に浮遊したのち、こう言った。

「――必ずよき魔女になれ、アル」

アルが怪訝な表情をしたと同時に、辺り一面が光に包まれた。小春はとっさに目を瞑《つむ》ろうとしたが、どうやらすでに閉じていたらしい。だが、そうして目を閉じていても、黄色味を帯びた白光を感じられた。

ぱちっ――！

何かが弾《はじ》けた音が響き、小春は目を開いた。港どころか、そのずっと広い範囲まで覆っていた光がすべて消えている——白光だけでなく、赤い光も一本も残っていなかった。十も数えぬうちのこととはいえ、凄まじい威力を発していた光は、一体どうやって消失したのか。

「アル……！」

我に返った小春は慌てて身を起こし、数間先に倒れているアルの許に駆けつけた。うつ伏せになっていたアルを、小春は抱き起こした。

「おい、アル！　おい！」

死ぬな——そう言いかけ、小春は口を噤んだ。アルは涙を流しながら、震えていた。顔色も鼻先も真っ赤だが、どこも怪我《けが》をした様子はなく、先ほどまでと何ひとつ変わりなく見えた。小春はおそるおそる問うた。

「アル、お前……」

「……さい、あるのかわり、」

しんだ——アルの悲痛な声を聞き、小春はひゅっと息を呑みこんだ。

「さい、いけにえ……しんだ……」

ぐすぐすと洟《はな》をすすりながら述べたアルは、手の平で顔を覆って、わんわんと泣いた。

「おい……そんなに泣くなよ……いや、泣くなって方が無理だろうけど……」

小春はアルの頭を撫《な》でながら、眉尻を下げて言った。母を亡くし、はじめて会った父には殺されかけ、たった一妖の相棒も亡くした相手に、何と声を掛けてよいのか小春には分からなかった。

「おい、アル……牛鍋を奢《おご》ってやるよ。また喜蔵のつけにするけど……あと、またすしを食うか？　天ぷらもいいぞ。あんみつはどうだ？　甘くて、口の中でとろけるんだ」

アルはますます泣いた。慌てた小春は、アルの髪をぐしゃぐしゃにかき混ぜた。

「泣くなって！　目が溶けちまうぞ！」

「この国では、泣きすぎると目が溶けるのか？」

「たとえだよ、たとえ！」

「なるほど。しかし、自分を生贄にしようとした相手を慰《なぐさ》めてやるなど、やはり奇特な妖怪だ」

「うるせーな！　俺だって好きでこんなことしてるわけじゃ……おい、今の声――」

小春は途中で言葉を止め、辺りを見回した。確かにサイの声がしたが、今、港にいるのは、小春とアルだけだった。

（幻聴か？　でも、いやに近くからはっきり聞こえてきたような……）

考えだした小春を突き飛ばすようにして、アルは起き上がった。

「さい……さい！」

どこにいるの――言葉は通じぬが、アルの必死の表情を見たら、何を言っているのかはっきりと分かった。

「さい！　さい……さい……！」

もつれる足で港を駆けながら、アルはサイを捜し回った。しかし、サイが小春たちの前に姿を現すことはなかった。

小春の近くで足を止めたアルが、力尽きたように膝を折った時、再びサイの声が響いた。

「……すべて捧げたつもりだったが、どうやら私の力は想像以上に強大だったようだ。とりこまれてなお、私の魂は生きている」

小春はぽっかり口を開けた。サイの声は、小春の目線の下――アルの方から聞こえてきた。

「身内のような者とはいえ、他者の身の中にいるのは不思議な心地がする。お前もさぞや居心地が悪いだろう。すまないが、耐えてくれ」

詫びの言葉を述べつつも、まるで悪びれていない様子は、まさしくサイだった。茫然とした顔をしていたアルは、やがてぽつりと何か呟いた。

「そうだ、私はいつでもお前と共にいる――これまでと何ら変わりない」

（……それは違《ちげ》えだろ）

サイの言葉を内心否定した小春は、顔を顰《しか》めて唇を尖らせた。

「いつかお前が強い魔女になった時、私の身を作り上げ、そこにこの魂を移してくれ。お前ならば、きっとできるさ」

どうやら、アルの身に入ったことにより、サイの言葉は訳さなくても誰にでも通じるようになったらしい。アルも小春も、サイの言っていることを同時に理解できた。

（さっき、アルの気持ちを確かめている時にはすでにこうだったから、サイの奴……あの時にはすでに魔術を掛けてたな？　きっとあいつも同じことを思ったに違いねえ）

サイの言葉は、ほとんど叶《かな》わぬであろう未来であることを——。

アルが、サイのような凄まじい魔力を持てるとは思えなかった。それは、丸一日共に過ごす中ではっきりと感じ取れたし、サイの力が大きく上回っていたからこそ、こうして彼の魂が残ったのだ。

（そりゃあ、努力しなけりゃ何も始まらんが……世の中には、いくら努力したってどうにもならんこともある）

努力の他に、才と運が必要だが、今のアルはどれも持っていなかった。

アルが小さな声を出すと、サイは息を呑んだ。

「……ぼくは駄目な魔女だからなんて、そんな哀しいことを言うな」

サイは泣きそうな声で言った。

（……くそっ）

小春はふうっと深い息を吐いた後、ズンズンと前に進みだした。アルのすぐ近くで足を止めると、彼の腕をぐいっと摑み上げ、無理やり立たせた。アルを箒に跨《またが》らせるや否や、小春も箒に跨り、地を蹴《け》った。風の抵抗を受けながらも、小春たちは空に舞い上がった。

「……!?　×◆☆☆◇▽▼※ー！」

「あ？　何言ってっか分かんねーよ！」

アルの叫びに、小春はさらに大きな声を返したが、本当はアルの言っていることは何となしに分かっていた。

（勝手に箒を操縦するなー！　とかだろ？）

今、小春は箒を操っていた。妖気でも飛べるのか分からなかったが、どうやら何とかなったようである。しかし、安堵したそばから、箒はあらぬ方向に飛びはじめた。

「うわっ！」

「◎◎＄×；！」

「おおっと！……落ちる！　いや、何とか……うおお！」

「▼▲◎◇!!」

小春とアルの叫びが夜空に響く中、サイの笑い声が静かに聞こえた。


青鬼から通行証を借りた小春は、もののけ道を通って、アルを化々学校に連れていった。このつきとっこうの妖気を頼りに向かった先は、道場だった。

「おお、小春。もう解決したのか？　それとも、やはり教授方になろうと思って来たのか？」

戸を引いて中に入った途端、声を掛けてきたのはこのつきとっこうだった。集会をしていたらしく、そこには大勢の妖怪がいた。ほとんどが生徒なのだろう。中には、涼花や春日たちの姿もあった。奥に立っていたこのつきとっこうの許に早足で向かった小春は、彼にアルを突きだしながらこう言った。

「こいつをここに入れてくれ！」

「は？」

間の抜けた声を出したこのつきとっこうは、真ん丸の目でまじまじとアルを見つめた。

「……異国の妖怪……魔女か？」

「はじめてお前を見直したぜ！」

易々と答えを導いたこのつきとっこうの肩をばしばしと叩きつつ、小春は言った。力が入りすぎたのか、このつきとっこうはぐわんぐわんと揺れたが、それをさして気にする様子もなく、こそりと問うてきた。

「……訳ありなのだな。密航か？　密漁か？　弱々しそうに見えるが、実は凄い魔力を持っているのか……？」

「訳のない妖怪なんて、どこにもいねえだろ！　だから、大丈夫だ！」

「ちっとも大丈夫に思えん」

胸を叩いて言った小春に、呆れ声を返したこのつきとっこうは、俯いて震えているアルの顔を覗きこんだ。

「言葉は分かるか？」

顔を上げぬアルに、このつきとっこうは重ねて問う。

「ここは化々学校だ。えぇっと……ひあいず、ごーすとすくーる……おーけい？」

「お前、異国語話せるのか!?」

「このくらい、なんてことはない」

ふさふさの羽に覆われた胸を張って小春に答えたこのつきとっこうは、おそるおそる顔を上げたアルに言った。

「皆と一緒に学ぶか？　向学心がある者なら、誰でも大歓迎——」

「やめてください……！」

このつきとっこうの言を遮ったのは、並んでいた列を飛びだし、前に出た涼花だった。美しい顔を歪め、憤怒の表情を浮かべている。

「異国妖怪など、何を企んでいるか分かったものではありません。その者を入れたら、そのうちまた違う者がやって来て、その後も他の者が来て……そうなるに決まっています。きっと、いつかこの化々学校を乗っ取るつもりなのです！」

涼花の発言に、生徒の妖怪たちはざわめきだした。

「……乗っ取るって、まことか？」

「まあ、人間の例もあるがな……」

「だが、あれは乗っ取られたのか？　異国の文化が入ってきて、人間たちの生活は彩り豊かになったではないか。あれこれと面倒な身分とやらもなくなったのだろう？」

「文明開化だな！　文明開化の音がするー！」

「ああ、この前覚えたばかりのやつだ！」

　わいわいと楽しそうに話す生徒たちに、涼花は驚きの目を向けた。

「お前たち、何を悠長なことを言っているんだ……私たちも、異国妖怪たちに支配されてもいいのか!?　愚かな人間たちの二の舞などごめんだ！　文化交流なんて冗談じゃない！戦だ、戦！　そうなる前に、早くそいつを殺して――」

　涼花の言葉は、途中で途切れた。小春は思わず身構えた。近くから、凄まじい妖気が放たれたのだ。それを発したのは、このつきとっこうだった。

「――く、喰《く》った!?」

　涼花をひょいっと摑み、口の中に放りこんだこのつきとっこうを指差し、小春は叫んだ。げぷっと喉から不気味な音を鳴らしながら、このつきとっこうは小春に「妖聞きの悪いことを言うでない」と反論した。数瞬で、あの巨大な妖気は消えていた。

「私は、胃袋を二つ持っている。そのうち一つは、皆が持っているものと同じものだ。もう一つは、ただの空き部屋――もったいないので、反省部屋として使っているのだ」

「悪さした生徒を閉じこめておくのか？……死ぬまで？」

「死ぬ前にちゃんと出すとも。……間違った考えを正してやるのが、教師の役目だ。どれほど時がかかるかは分からぬ。結局、分かってくれぬかもしれぬ。それでも、私は伝えることをやめるわけにはいかぬのだ」

「……教師だから？」

「皆が、私の可愛い生徒だからだ」

ふんと鼻を鳴らしたこのつきとっこうに、いつの間にか騒ぐのをやめていた生徒たちが、にこにこして頷いた。

「猫股鬼殿！　先生の言うことは確かだぞ！　前に閉じこめられたことがある俺が言うんだから、間違いない！　暗くて、べとべとしてて、何もなくて、本当にひどい時を過ごしたが、今はこうしてすっかり元気で勉学に励んでいる！」

腕まくりをし、力こぶを見せて言った春日に、生徒たちはどっと笑い声を上げた。今にも宴《うたげ》でもはじめそうな和やかな雰囲気に呆気に取られつつ、小春は頬《ほお》をかきながら言った。

「……ええっと、じゃあ、アルの入校を認めてくれるんだな？」

「入るか入らぬか決めるのは、当魔だ。どうする？」

小春の問いに肩をすくめたこのつきとっこうは、片言の異国語でアルに訊《き》き直した。涼花になじられてからずっと下を向いて泣いていたアルは、ゆっくり面《おもて》を上げて口を開いた。

「ここ、ある、いたい……です」

「おお！」と歓声を上げたのは、後ろで見守っていた生徒たちだった。そのうち数妖は、アルの許に駆けてきて、「よろしくな！」と言った。

「異国に興味があったんだ。色々教えておくれよ！　あたしも教えるから――って、言葉が通じないのか……」

残念そうに言った濡女《ぬれおんな》を見て、小春はアルの背に小声で話しかけた。

「……訳してやらねえのか？」

「アルはここで学ぶと決めたのだ。私の手助けは、むしろ邪魔になるだろう」

返ってきたのは、小春にしか聞こえぬ微《かす》かな声だった。サイの答えを聞いてニッと笑った小春は、ばしんっとアルの背を平手打ちして言った。

「頑張れよ！　卒業までに一等になれなかったら、今度は俺がお前を生贄にして喰ってやるからな！」

三毛の龍と名を馳せた小春のその言葉を聞き、生徒たちは「ひえ……！」と怯えた声を上げた。小春の馬鹿力で前に倒れてしまったアルは、よろりと立ち上がると、ゆっくり振り向いた。目も鼻も真っ赤で、困ったように眉尻を下げていたが、口許にはわずかに笑みが浮かんでいる。つられて笑った小春に、アルは何度も詰まりながらもはっきりと言った。

ある……いっとうぼし……なる……ともと……やくそく、した――と。

荻の屋の夜

荻《おぎ》の屋《や》の朝が深雪《みゆき》の一声で始まるなら、夜は妖怪たちの「おはよう」が掛け声だろうか。

人間たちが寝静まった頃、荻の屋の妖怪たちは本性を現し、店の中で自由に行動する。いつかのように、喜蔵《きぞう》を驚かせようと目論《もくろ》むのは稀《まれ》なことで、大体はたわいないお喋《しゃべ》りをしたり、外に出てよその妖怪と会ったり、人間を化かしに行ったりする。

「妖怪ときたら、人間を化かすしか能がねえよな」

作業台の上に胡坐《あぐら》をかいて言った小春《こはる》に、店のあちこちにいる妖怪たちは「お前に言われたくない」と返した。それぞれ違うことをしているのに、息がぴったり合っている。小春は見目こそ人間のようだが、五大妖怪にも数えられるほどの実力の持ち主だ。喜蔵たちと一緒に寝たふりをしながら、こうして起き上がって妖怪たちと話すことも、外に出て人間を驚かせることもあった。

「俺はお前らと違って、分別ある化かし方をしてるぞ」

「散々人間たちに悪戯《いたずら》したくせに、よくもまあそんな嘘《うそ》を言えるもんだ」

しゅうーしゅうーと湯気を吹かせながら、堂々薬缶《どうどうやかん》は呆《あき》れたように小春に言った。堂々薬缶の視線の先には、いつも通り前差櫛姫《まえざしぐしひめ》がいる。「綾子《あやこ》ったら三三九度の杯を落っことしちゃうなんて。喜蔵ったらなんであんなおっちょこちょいな女を……」とぶつぶつ言いながら櫛で髪を梳《と》かしている前差櫛姫の様子からして、堂々薬缶の熱烈な好意は今宵《こよい》も一方通行なままのようだ。

「そういえば、三毛《みけ》の龍《りゅう》は、残虐非道で有名だったのう」

「猫股鬼《ねこまたおに》の小春だって、見目に反して狂暴極まりないともっぱらの噂《うわさ》だ」

「あたしたちもいつ襲われるか、分かったもんじゃないわよねえ」

「おお、こわいこわい」

「くわばらくわばら……」

妖怪たちが好き勝手に言うのを眺めて、小春は頭の後ろで手を組み、ちぇっと舌打ちした。喜蔵たちが寝ている今、店の中には妖怪たちしかいないのに、まるで肩身が狭い。

「はあ……俺の味方はお前だけだぞ」

傍《かたわ》らにいた硯《すずり》の精《せい》に寄りかかりながら言うと、硯の精は不思議そうに首を傾げた。

「何だよ、その面《つら》」

「いや、何を申しているのかと思うてな……」

「お前まで俺の味方じゃないと言うのか！　血も涙もない硯め！」

泣き真似《まね》をしてみせた小春は、畳の上に顔を伏《ふ》せた。「顔に跡がつくぞ」と親切に忠告しながら、硯の精は続けた。

「妖怪に味方などおらぬ——そう言いたいところだが、お主は別だ」

うんともすんとも言わぬ小春に、硯の精はこれまで小春が出会ったたくさんの者の名を挙げた。妖怪も人間もいたし、中には「そいつはあきらかに敵だろ!?」という者もいたが、小春は一つも言い返さなかった。

「味方じゃねえ……」

ようやく答えた小春に、硯の精は「ふむ」と顎《あご》に手を当てて言った。

「味方と言うのは違うかもしれぬ……だが、彼らと深くかかわりあったのは確かなはず」

「かかわりたくもねえのに、かかわっちまっただけだけどな」

小春はうつぶせたまま、くぐもった声で続けた。

「その中で力を貸してくれた奴なんて、せいぜい弥々子《ややこ》とかわそくらいしかいねえよ。百目鬼《どうめき》の野郎は俺たちに散々迷惑を掛けてばっかりだし、天狗《てんぐ》の野郎もそうだ。まあ、風の噂でほんのちょっと改心したとか聞いたけど……俺の知ったこっちゃねえしな……ほれ、前にお前に話したアル！　あいつとか、ひでえもんだろ？　最低最悪の友だよ！……まあ、一応は友だ。約束したからな。このつきとっこうと当妖からたまに文が来るが、まぁ頑張ってるみたいだぜ？　涼花《りようか》とはいつも喧嘩《けんか》してるっぽいけど、喧嘩するほどほにゃららってえのに、……大体さ、この荻の屋にいる連中が一番俺の敵なんじゃねえか？　共に暮らしているってえのに、俺のことを馬鹿《ばか》にしすぎだ！　俺は猫股鬼の小春だぞ？　ものすごーく立派で、ものすごーく賢いのに、ものすごーく慈悲深くて……ふああ……。ええっと、何だっけ？　つくも、がみの話だっけ？　へ？……ああ、会議な。地獄《じごく》でやってる奴《やつ》？　え、ここでやってる？　今日もこれからやる？……ああ、だからいったんもめんと撞木《しゅもく》がいねえのか……ふうん、会議ね……そりゃあ、また……ふあああ！　ごくろうさんなこって……」

少し経って、小春は寝息を立てはじめた。硯の精によりかかった時にはすでに半分目が閉じていたので、荻の屋の妖怪たちは「ほれ見たことか」と呆れた声を上げた。

「わしたちに合わせて起きてくるのはいいが、いつもすぐに寝てしまう」

「妖怪といえば、夜こそが本番だというのに……まっこと妖怪らしくない妖怪だ」

「本当に妖怪なのかしらねえ？」

「そうじゃなかったら、こうして毎日こ奴を居間まで運び、布団の中に押しこんでやっている俺たちがまるで馬鹿になってしまうぞ」

「まったく、何て世話の焼ける小鬼なんだ！」

荻の屋の妖怪たちは、小春の身を引きずって運びながら、小声で文句を並べた。皆の言うように、彼らが小春を床《とこ》に戻してやるのは日常茶飯事《さはんじ》だったが、その事実を小春は知らない。荻の屋の二階で寝ている深雪と綾子も気づいていないはずなので、知っているのは小春と共に居間で寝ている喜蔵だけだった。

「……この小鬼は、今日もお仲間に迷惑を掛けたのか」

床に戻され、鼾《いびき》をかきはじめた小春を布団の中から薄目で睨《にら》みながら、喜蔵は低い声を出した。

仲間なんかじゃない！――店に戻りかけた妖怪たちの小さな反論に、小春は「うん？」と声を上げた。

「なかま……んじゅう？　おお……その大きさのまんじゅうなら、五十はいける……」

むにゃむにゃと寝言を口にした小春に頭から布団をかけ直し、喜蔵は溜息《ためいき》混じりに言った。

「……さっさと休め」

「やすむ……？　まんじゅう屋はやすみ……？」

「その饅頭《まんじゅう》屋は永遠に休みだ」

「えいえんにへらないまんじゅう……うふふ……あした食お……」

「布団に涎《よだれ》を垂らすなよ」

「へへ……」

「……」

静かな寝息が二つ響きだしたのを認めた硯の精は、少しだけ開けて覗いていた襖《ふすま》を閉じながら小声で言った。

「おやすみ――また明日会おう」

初出

荻の屋の朝……書き下ろし
付喪神会議……「asta*」二〇一九年二月号
かりそめの家……「asta*」二〇一四年八月号
山笑う……「asta*」二〇一七年十二月号
緑の手……「WEB asta*」二〇一八年七月二十六日、二十七日、二十八日
姫たちの城……「WEB asta*」二〇一八年十月十五日、十六日、十七日
化々学校のいっとうぼし……「asta*」二〇一九年三月号
荻の屋の夜……書き下ろし

一鬼夜行《いっきやこう》　つくも神《がみ》会議《かいぎ》

小松《こまつ》エメル

2019年3月5日初版発行

発行者……長谷川 均

発行所……株式会社ポプラ社

〒102-8519 東京都千代田区麹町4-2-6

電話……03-5877-8109（営業）

03-5877-8112（編集）

フォーマットデザイン　荻窪裕司（design clopper）

組版・校正　株式会社鷗来堂

印刷・製本　凸版印刷株式会社

乱丁・落丁本はお取り替えいたします。
小社宛にご連絡ください。
電話番号　0120-666-553
受付時間は、月〜金曜日、9時〜17時です（祝日・休日は除く）。

ポプラ文庫ピュアフル

ホームページ　www.poplar.co.jp

N.D.C.913/300p/15cm
ISBN978-4-591-16244-6
P8111271

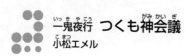

二 一鬼夜行 鬼やらい〈上・下〉

喜蔵の営む古道具屋に、なぜか付喪神の宿る品ばかり買い求める客が現れて……

三 一鬼夜行 花守り鬼

人妖入り乱れる花見の酒宴で、あれやこれやの事件が勃発!?

四 一鬼夜行 枯れずの鬼灯

今度は永遠の命を授ける妖怪「アマビエ」争奪戦!?

五 一鬼夜行 鬼の祝言

荻の屋に見合い話が持ち込まれた。前代未聞の祝言の幕が開く!

六 一鬼夜行 鬼が笑う

小春と猫股の長者との戦いについに決着が――シリーズ第一部、感動の完結編!

七 一鬼夜行 雨夜の月

小春の過去を遡る待望の番外編ほか、人と妖の交流と絆を描いた珠玉の一冊。

八 一鬼夜行 鬼の福招き

可愛い小鬼と閻魔顔の若商人が営む妖怪相談処、開業!? シリーズ第二部開幕!

九 一鬼夜行 鬼姫と流れる星々

恋を知った少女があやかしと交わした、切ない「契約」の行方は――。

十 一鬼夜行 鬼の嫁取り

「俺と夫婦になってください」鬼の求婚で新たな事件が――。第二部完結編!

小松エメル
『一鬼夜行』シリーズ次回作

2019年冬
刊行予定

綾子と祝言を挙げ、平穏な毎日を送っている喜蔵の許を、記録本屋の高市が訪れた。旅の途中で耳にした奇妙な出来事の裏には、どうもあの妖怪がかかわっていそうだというのだが——。

クライマックスへと向けて大きく物語が動きだす第三部、始動！